名校名著课堂

顾之川　主编

细读《呐喊》

大先生的绝望与希望

王志彬——著

教育科学出版社

·北京·

目录

总序

青春做伴好读书
顾之川

　　我国新一轮基础教育课程改革风生水起，新课标、新教材、新高考正在稳步推进。教育理念与教学方式的变革，已成为语文教育界当前重点关注和研究的问题。其中一个重要变化，就是返璞归真，回归教育常识与本分，引导学生多读书，好读书，读好书，读整本的书。在阅读中，感受母语的无穷魅力，体会汉语汉字的美，包括节奏之韵、声韵之味、意境之雅，激发学生的阅读兴趣，让学生感受书香魅力，掌握阅读方法，培养学生的阅读习惯，提高其阅读能力。新课标提出 18 个学习任务群作为教学内容，其中第一个就是"整本书阅读与研讨"。这体现了语文学习的综合性、实践性与选择性特点，必将给语文教学乃至整个教育带来深刻影响。但是，究竟该如何引导学生读名著，怎么读，不少老师和学生仍然感到迷惘和茫然。怎样将这一新的教学理念贯彻落实到语文教学实践中，使之落地生根，成为学生学习语文的自觉行动，不仅是广大语文教育工作者必须解决的问题，也是值得广大文化教育出版工作者深入思考的话题。

　　我国近 20 年来的课程改革实践表明，语文教育在立德树人方面具有特殊优势。语文课上，教师不仅教学生识字写字，学习读书，练习语言运用，训练口语与书面语，锻炼表达能力，感受母语的博大精深，而且应该引导学生学习知识，发展能力，锤炼品格，开阔视野，丰富内心，认识世界，崇尚真善美，为他们的人生奠基。而倡导读书，尤其是阅读文学名著，不仅有利于学生打好语文基础，掌握语文工具，而且有利于他们开拓知识视野，丰富人文底蕴。新课标、新教材对名著阅读的积极倡导，对于一线语文教师来说，既是挑战，也是机遇。名著阅读成为语文教学的重要内容，需要教师深入学习，认真领会，做出相应调整。一是要学习领会新课标对"整本书阅读与研讨"的要求，把握理念，明确要求；二是要了解新教材对"名著导读""整本书阅读与研讨"的编写意图；三是要实事求是，立足于本地区本学校的教学实际与学生实际，因地制宜，因材施教，确定适当的教学策略。整本书阅读不同于以往的精读或略读，也不同于篇章阅读，更不是课外阅读，而是一种深度阅读，要求以创新的方式向学生传递丰富的核心学习内容，引导他们有效学习并能将其所学付诸应用。比如，可以是基于项目的学习、基于问题的学习，也可以是基于探究的学习、基于挑战的学习，等等，目的是让学生获得更多主动学习的经历。整本书阅读的教学，要突出学生的自主阅读、撰写读书报告和交流讨论，教师不能代替或限制学生的阅读与思考。教师的作用在于提出问题、激发阅读兴趣，在于参与讨论、解答疑惑，在于引导学生深入思考、讨论与交流。教师可以引导学生开展方法研习、问题研讨、片段赏析、汇报展示等活动。方法研习是指根据书籍类型（文学名著 / 学术名著……）、学生需求等介绍、演练整本书阅读的方法、策略。问题研讨则主要针对学生阅读讨论过程中出现的问题展开深入讨论，这些问题应来自学生，经过教师的再组织与深加工，是核心问题而非枝节问题。片段赏析不是逐章逐节依次赏析，而是有选择性地为解决核心问题、示例阅读方法等而嵌入学生阅读进程中的课堂讨论。汇报展示是学生阶段性阅读成果的展示和交流，激发、驱动他们精心提炼和表达自己的阅读成果。展示成果可以使用 PPT 等可视化工具，但不能把主要心思花在 PPT 的美化装饰上。不能只有展示没有互动，没有教师的评点和学生的质询互评。教师要善于发现、保护和支持学生阅读中的独到见解。

事实上，近年来，名著阅读日益成为语文教学的热点。不少名校敢于探索，不少语文名师勇于创新，北京、广东、四川、江苏、湖南的很多学校和教师都在这方面进行了大量的探索，取得了可喜成绩，积累了鲜活经验。

正是在这样的背景下，活字文化审时度势，助力教育，策划了这部"名校名著课堂"丛书，邀请北京四中等名校的若干位语文名师，把他们在名著阅读指导方面的相关成果，进行总结提炼，汇编成书，交由教育科学出版社出版。这对语文教育教学改革，乃至对推动全民阅读，都是顺势而为的实事，也是值得点赞的好事。

有一位作家说，人生要读三本大书，一本是"有字之书"，一本是"无字之书"，一本是"心灵之书"，也就是古人所说的"读万卷书，行万里路"。在我看来，出版这部丛书，至少具有以下意义和价值。第一，对于教师来说，可以与语文教育同行分享交流语文名师的教学经验，借以彼此切磋教学心得与教学艺术；第二，对于学生来说，可以借助这些名师的教学智慧，自己进行阅读实践，走进经典，发现"不一样的文学名著"；第三，对于一般读者来说，可以把其作为阅读文学名著时的参考，拓展阅读视野，掌握读书方法，提高阅读能力，养成阅读习惯。承组织者雅意，邀我写篇总序。我也正好可以借此机会，谈谈我对名著阅读的看法，同时对参与编撰的语文名师表示我由衷的敬意，为他们摇旗呐喊，擂鼓助威，无疑是一件赏心乐事。

2019 年五一国际劳动节
于京东大运河畔之两不厌居

（顾之川，浙江师范大学教授，人民教育出版社编审，中国教育学会中学语文教学专业委员会理事长）

这个时代，为何我们还要阅读鲁迅？
王志彬

一

2006 年，我大学毕业，变成了北漂一族，宿舍在香山附近。十余年前，香山附近多是村落，从大马路到天香颐要经过一片低矮的棚区，汽车驶过，尘土飞扬。宿舍，其实是地下室，夏天潮冬天闷，外地无房户都栖居于此。一个三室一厅的地下室，就我一个人。

那时候我有一套从潘家园旧书市场淘来的小开本鲁迅文集，1973 年人民文学出版社出版，主要是小说、散文和杂文，大约二十本。一年多的时间，暮色延展，端坐室内，就读鲁迅。地下室异常清冷，黑夜寂寥分割，不知尽头。

从《呐喊》读起，《彷徨》《故事新编》《野草》《朝花夕拾》，然后《热风》……再然后读到《花边文学》《且介亭杂文》等，整个人犹如陷落到广阔无边的海峡，艰于呼吸，无法泅渡，于是往往跑出宿舍，望着奇怪而高的天空，猛吸几口空气，沿着寂静的小区，漫无目的地走，头脑中弥漫着鲁迅鬼魅一般的语言。如果是冬天，清冷的空气会使人心更敏感，更能感知鲁迅文字背后的那种"无聊"的窒息感。

鲁迅自己对这"无聊"是有自知的，他在《华盖集·题记》中说："现在是一年的尽头的深夜，深得这夜将尽了，我的生命，至少是一部分的生命，已经耗费在写这些无聊的东西中，而我所获得的，乃是我自己的灵魂的荒凉和粗糙。但是我并不惧惮这些，也不想遮盖这些，而且实在有些爱他们了，因为这是我转辗而生活于风沙中的瘢痕。凡有自己也觉得在风沙中转辗而生活着的，会知道这意思。"

这是 1925 年 12 月 31 日的深夜，一年尽头的深夜，他的内心是何等的荒芜，又是何等的翻涌！生命的长度有限，然而眼前的事情却又紧迫；灵魂的丰饶自是祈求，可惜荒凉和粗糙往往成为常态，他该作何取舍，他能作何取舍？

1926 年鲁迅离开北京，辗转厦门、广州，最后在 1927 年迁居上海，此后一直到 1936 年 10 月 19 日。鲁迅的最后十年，外面的环境越发严苛，来自敌营的明枪和来自友阵的暗箭应接不暇，你来我往，鲁迅写的也多是匕首、投枪一类的文字。读这些文字，能感到鲁迅当时内心世界的紧张。

钱理群说，当你一切春风得意，你的感觉极好的时候，你觉得鲁迅著作是读不进去的；但是当你一旦对现状不满，包括对社会现状不满，包括对你自己的现状不满，你想寻求新的出路的时候，这个时候就是你接近鲁迅的最佳时机。当年惨淡的状态、生活的艰难、前途的渺茫、朋友的四散天涯，一切交织在一起，就使我有了走近鲁迅的契机。

我与鲁迅的"遭遇"，大约经历了三个阶段。高中时代是逆反，是"对抗"心理，并不曾进入鲁迅的世界。大学本科时代爱极了鲁迅的语言，觉得恰到好处，自己写文章会不自觉地去模仿。后来读到张宗子的告诫："鲁迅的文章不宜学，仿效者的境界但差一小截，不是油滑，便成刻毒。"[1] 而第三阶段则是"亲近"，在鲁迅那里，灵魂得到了共鸣。从对抗、接受到亲近，在更丰富深入的阅读下，一个完整而真实的鲁迅慢慢呈现在我面前。在他身上，我窥见了火之下的冰、实在之下的空虚、光明之下的黑暗，也经由他看到了自己的生死爱欲。

读书就是印证自己的生命。老舍、沈从文、胡适、傅斯年，这些现

---

① 张宗子. 梦境烟尘: 张宗子自选集 [M]. 北京: 九州出版社, 2012: 115.

代文学熠熠生辉的名字，他们或者代表生命的宽度，或者代表生命的高度，或者代表生命的硬度，而鲁迅，则代表了生命的深度。鲁迅及其作品，将成为我此生常读不厌的存在。

二

成为一名语文教师，当我站在三尺讲台上，跟学生讲述鲁迅的冷冽与热血时，却发现情况并不乐观，他们中大多数似乎与这位文学巨匠隔着"厚厚的障壁"。

作为中国文学史、思想史上卓然独立的大家，鲁迅不仅是中学语文教学绕不过去的一座高峰，也是中学生必须认识和理解的一位精神伟人。然而，在中学语文学习中却流传着这样一个段子："一怕文言文，二怕写作文，三怕周树人。"周树人，就是鲁迅。

鲁迅怎么就成了中学生的"噩梦"呢？

在中学语文教材中，现当代作家作品入选最多的，是鲁迅先生。按理说，中学生对鲁迅应该是熟悉的，但事实上对他却是如此隔膜。

一个写作者的作品入选中学语文教材，让所有的年轻人学习他的文字，这当然是一份巨大的荣耀；可是如果他的文章让学习的人都害怕了，这是不是就有点适得其反的意思？

对大多数人而言，有关鲁迅的认识，来自他人的评述多于自己的感知。在许多人的印象里，鲁迅先生已经固化成了一个符号：坚强不屈，刚毅果决。一定程度上，类似于"文思革"①这样的标签消解了我们对鲁迅的第一印象。假如在最开始，给学生提供一个迥异于他们过往阅读经验的鲁迅形象，那是不是有可能激发学生的阅读兴趣，进而扭转固化在学生脑海中的鲁迅印象呢？

比如，陈丹青的《笑谈大先生》所呈现出的"好看"与"好玩"的鲁迅，就让人产生别开生面之感，让人充满阅读渴求。有了这样"迥

---

① 即文学家、思想家、革命家。

异"的鲁迅形象，有了切合中学生认知需求的文本细读，是不是就有可能让更多的中学生喜欢鲁迅，进而去阅读他的作品？

所以我想，既然读鲁迅不是一件急于求成的事，那么先给中学生开一个小窗户，让他们瞧见里面的好之前，先激发他们的兴致，或许登堂入室才可有望。我秉持这样的初心，安排了一系列的颇为不同的鲁迅教学专题。在学习专题之后，一位学生写道："从前知道鲁迅，几乎是胁迫式的，必须读，因为考试要考，然而自己又读不懂，于是便只能将稚嫩而怯生生的眼光放在老师身上，听他是如何激昂地解释那几个'不必说'，然后认真地记在段落旁边。"而现在，他说："通过鲁迅专题的学习，我真的收获了许多：我才知道他是这样一位有洞察力的先生，看出时弊，甚至省察革命者的不足；他是或许会被失望笼罩，但从不向失望低头的，总是用炙热的眼望着这片黄色土地，但又不总是那么严肃的斗士。从他身上，我知道伟人也会踟蹰不前，也会有所犹豫有所怀疑，只是他从不逃避，似乎他只会直面恐惧。他总是强迫自己活得真实。"

这或许就是一位三尺讲台上的教师，引导学生阅读鲁迅所敞开的那一扇微小却光亮的大门吧。

三

鲁迅以及他的精神，从未离我们远去，这个时代，依然有阅读鲁迅的价值。

2018 年 6 月 20 日，甘肃庆阳一个女学生，跳楼轻生。消防队员冒着生命危险，拉住了女孩的手。但，女孩把手挣开了。看着女孩坠落，消防队员痛哭失声。然而，围观的人群中却不时有人催促、怂恿，甚至鼓掌，并在女孩最终跳下、当场死亡时，竟发出了荒诞的欢呼声。叫嚣的人群参与了她的死亡，围观的人群欣赏了她的死亡。——这些人以别人的死亡作为自己的狂欢盛宴，叫嚣着作恶而不自知。年仅 19 岁的她在楼上坐了 4 个小时，这让我相信她在跳与不跳之间是存在一丝犹豫的，但现实的冷漠、恶意掐灭了她最后一丝生的希望！

时间倒流到近 100 年前，悲愤的鲁迅在《〈呐喊〉自序》中写道：

"有一回，我竟在画片上忽然会见我久违的许多中国人了，一个绑在中间，许多站在左右，一样是强壮的体格，而显出麻木的神情。据解说，绑着的是替俄国做了军事上的侦探，正要被日军砍下头颅来示众，而围着的便是来赏鉴这示众的盛举的人们。"

李欧梵在《铁屋中的呐喊》中说，在"幻灯片事件"中有"两个自我形象的相互撞击。一个是身处异域的'观察者'，另一个是更大范围的象征性的'参与者'。"[1] 在观看"幻灯片"的过程中，鲁迅深切地感受到民众的不可依赖，让他明白当时中国的民众大多不过是看客。看客重点在于"看"，无论其有没有可"看"之处，有得"看"最重要。

鲁迅在 1925 年写过一篇小说，叫做《示众》，小说几乎没有情节，几乎没有对人物个性化的刻画，或者说基本上没有主要人物，甚至连人物的姓名都没有。一个警察牵着一个犯人经过，于是人们开始围观，越来越多，终至于大家都伸长了脖子，像极了被人提起来的鸭。

这一根绳子系住的不仅是这个犯人，而是将千万个围观者也系起来，紧紧地吸引住。只要还有戏可看，他们就不会离开。他们看犯人，看警察，也看彼此，当有人打破集体的沉默，他们就将眼睛盯在打破沉默的人身上，你在众人"看"的威压下会产生犯罪感，即使你无辜。所以在一个众人趋向看戏做戏的场合，你能葆有自己独立的思考和行动吗？你不会成为他们中的一员吗？鲁迅写于 1925 年的《示众》，似乎重现于 2018 年的这个夏天。

从 1925 年到 2018 年，淡漠无聊的看客变成了冷漠起哄的看客。既然是看戏，当然不嫌事大，于是，在群体性的盲目泛滥的时候，人性之恶就会膨胀；恶在一个特定的场合下，会被激发出来，会被鼓励。所以一个好的社会一定是竭尽所能抑制恶的生长和泛滥的，一定是引领人

---

① 李欧梵. 铁屋中的呐喊 [M]. 尹慧珉，译. 杭州：浙江大学出版社，2016：19.

趋向善良的。在 6 月 20 日甘肃庆阳女孩跳楼自杀后，相关部门对起哄者进行了相关的法律追责，这是我们社会的进步。在我看来，人的本性并没有太大的差别，但其原生家庭的影响，整个社会能够提供的环境，个人学习的经历，都将深刻地影响一个人对外部世界、对他人、对自我的认识，进而决定他对待他人、对待外部世界的态度。

鲁迅写于近 100 年前的文章，依然适用于当下的某些社会现象。鲁迅生前说："我以为凡对于时弊的攻击，文字须与时弊同时灭亡。"时弊若不灭，文字自然不朽。这样的群众在当代是少数，但仍然值得警醒，这就是我们要读鲁迅的第一个原因。

第二，我是在想，如果我是《示众》中的一员，我也在甘肃庆阳女孩的跳楼现场，我能站出来制止周围人的起哄吗？我能不让自己陷入到他们当中吗？人都有好奇心，人都愿意在平常无聊的生活中有一点新鲜刺激的东西出现，当这些新鲜刺激是以损害别人为前提的时候，我能够洁身自好并上前制止吗？鲁迅说："我的确时时刻刻解剖别人，然而更多的是无情地解剖自己。"鲁迅给我做了这样的示范，他不断地与自己原有的固定的思维、观念辩驳，对自我有深刻的反省，对外部谨慎地怀疑。读鲁迅，是思考不断深入的过程，更是和自我辩驳的过程，而这种自我辩驳其实就是在"明辨之"。所以读鲁迅，你必须思考，而且是独立思考；读鲁迅，就是帮助你成长为一个有独立思想的人。

第三，如果是鲁迅先生面对甘肃庆阳的民众，他会怎么办？以他写作的《示众》来看，他一定会出离愤怒，一定会感到异常悲哀，也一定会用文字作为匕首，去挖掘，去批判，叫醒沉睡杀人的看客。鲁迅对其笔下愚弱的人物怀有一种复杂的情感，我们经常用"哀其不幸，怒其不争"来形容。"哀其不幸"，是他们鼓动女孩跳楼的时候，他们也往往落入生活的庸常琐屑甚至苦难当中，有生命的苦涩、生活的艰难；"怒其不争"，是他们对于自己的境遇缺乏足够的认识，或者不愿认识，即使认识了也不愿做出改变，于是一步步堕落。无论是《示众》里的看客，还是当代社会中的看客，他们都表现出对他人的冷漠，对现实的隔阂，说到底是对人的忽视和抹杀。

这种对他人的冷漠的隔膜、这种无思想性，可能会引发难以估量的灾难和浩劫。

古人说"知行合一"，"知"是思想，"行"是实践。鲁迅一辈子写小说，写杂文，帮助年轻人，都是在践行他的思想。鲁迅是思想者，他的思想站在底层民众一边，是永远的批判者。鲁迅是行动者，他一直在为被侮辱被损害的人们悲哀，呐喊，战斗。他一辈子就是希望能够"立人"。所谓"立人"，就是让人站立起来，但不仅是身体的站立。毛主席说中国人民站起来了，指的是权利的站立，除此之外，更要有精神的站立。鲁迅一辈子在做的就是这样的工作。鲁迅去世以后，在他身上覆盖着一面旗帜，上面写着三个字——"民族魂"。

现代著名作家郁达夫在听闻鲁迅逝世的消息后写下《怀鲁迅》一文，其中有这样一段文字：

"没有伟大的人物出现的民族，是世界上最可怜的生物之群；有了伟大的人物，而不知拥护，爱戴，崇仰的国家，是没有希望的奴隶之邦。因鲁迅的一死，使人自觉出了民族的尚可以有为，也因鲁迅之一死，使人家看出了中国还是奴隶制很浓厚的半绝望的国家。"①

鲁迅即是郁达夫笔下的"伟大的人物"吧。

他不只创造了具有永久欣赏价值的杰出文艺作品，而且呈现出一种原创性的思想和精神，从而成为撑起民族精神大厦的擎天巨柱。当民族在现实生活中遭遇困境时，我们常常能够到这些凝结了民族精神源泉的伟大人物那里汲取精神的养料，然后面对所要面对的现实。每个国家都有这样几个人，家喻户晓，其思想精神渗透到每一国民的心灵深处。

所以，我觉得在我们这个时代依然需要阅读鲁迅，学习鲁迅。这，也是我写这样一本小册子的原因。

---

① 郁达夫. 郁达夫散文全集 [M]. 哈尔滨：哈尔滨出版社，2006：425.

鲁迅像
1933 年 5 月 1 日
摄于上海春阳馆

第一讲
生活中的鲁迅

通过这八次"笑",读者看到了鲁迅的开朗率性,

体会到了鲁迅的生活情趣,也感知到了鲁迅对他人的关心和爱护。

读完文章后,"爱笑"似乎就成了鲁迅的一个特点,

这个特点与鲁迅爱骂人,样子很凶、很苦,爱发脾气等截然不同。

一、给鲁迅画像

读其文，想见其人。自小学到高中，入选各版本语文教材的鲁迅作品将近二十篇。此外，《朝花夕拾》是初中生必读书目，《呐喊》是高中生必读书目。三四十万字读下来，学生经由这些文字，在头脑里构建起一个怎样的鲁迅形象？

不妨先从描写鲁迅先生"相貌"的文字开始说起吧。

《一面》中阿累为我们一共描写了六次鲁迅的外貌，其中最有名的是以下几段：

> 他的面孔是黄里带白，瘦得教人担心，好像大病新愈的人，但是精神很好，没有一点颓唐的样子。头发约莫一寸长，显然好久没剪了，却一根一根精神抖擞地直竖着。胡须很打眼，好像浓墨写的隶体"一"字。
>
> "你要买这本书？"他看了我一眼。那种正直而慈祥的目光，使我立刻感到身上受了父亲的抚摩——严肃和慈爱交织着的抚摩似的。
>
> "是的。"我低低地说。
>
> 他从架上抽下一本书来，版式纸张和《毁灭》一模一样，只是厚一点点，封面上印着两个字：铁流。
>
> 他用竹枝似的手指递给我，小袖管紧包在腕子上："你买这本书吧——这本比那本好。①

一般来讲，眼光可以慈爱，却很少用"正直"来形容；阿累在这里用"正直"形容鲁迅的眼光，然后感受到"严肃"的父亲般的抚摩，给人怪怪的感觉。然而这符合第一次见到崇拜对象时的心境，何况是鲁

---

① 阿累. 一面 [M] // 课程教材研究所，等. 义务教育课程标准实验教科书 语文：六年级上. 北京：人民教育出版社，2016: 89-90.

迅，自然会与"伟大""正直"等字样相联系。

"瘦得教人担心"、"隶体'一'字"似的胡须，这些外貌描写和鲁迅的性格之间有没有关系？"瘦得教人担心"是否表现了鲁迅为民族为人民前途的操劳？"隶体'一'字"似的胡须是否写出了鲁迅性格当中的坚毅？每个人看问题的角度不同，阿累对鲁迅外貌的描写，刻画出的是鲁迅的战斗性。

此外，我们还可以选出《一面》中对鲁迅外貌的两次描写，仔细推敲。

片段一：他的面孔是黄里带白，瘦得教人担心，好像大病新愈的人，但是精神很好，没有一点颓唐的样子。头发约莫一寸长，显然好久没剪了，却一根一根精神抖擞地直竖着。胡须很打眼，好像浓墨写的隶体"一"字。[①]

片段二：什么？我很惊异地望着他：黄里带白的脸，瘦得教人担心；头上直竖着寸把长的头发；牙黄羽纱的长衫；隶体"一"字似的胡须；左手里捏着一枝黄色烟嘴，安烟的一头已经熏黑了。[②]

两次描写相差不大，可是情感倾向不太一样，片段一是阿累初遇陌生的鲁迅，尽管内心充满情感，但相对冷静。而片段二则是在接受了鲁迅的帮助和终于认出鲁迅的情况下，阿累心情起伏，感情奔涌，内心深处早就形成的鲁迅形象与现实中的鲁迅形象构成了一个叠加。相较于片段一，片段二观察得更细致，"安烟的一头已经熏黑了"，不是近距离亲见是绝难写出来的，这已经是对鲁迅生活习惯的关注了。

"瘦"，精神抖擞的头发，一字胡须，对青年人充满关爱。这是《一面》中对鲁迅外貌的六次描写留给我们的印象。

我们在心中构建鲁迅形象的过程，大约都和阿累一样：先是通过

---

① 阿累．一面［M］//课程教材研究所，等．义务教育课程标准实验教科书 语文：六年级上．北京：人民教育出版社，2016：89-90．

② 同上90-91．

鲁迅的作品和外界的评论，点滴形成最初的印象；然后在更多的阅读和亲近中，这一形象逐渐发生改变。

现在能看到的鲁迅的照片，总让人觉得剑拔弩张，即使脸带微笑，也依然消除不了这样一种潜在的感觉。周作人在《鲁迅的笑》中对此批评说："我曾见过些鲁迅的画像，大都是严肃有余而和蔼不足。可能是鲁迅的照相大多数由于摄影时的矜持，显得紧张一点，第二点则是画家不曾和他亲近过，凭了他的文字的印象，得到的是战斗的气氛为多，这也可以说是难怪的事。"① 周作人与鲁迅既是兄弟亦是知己，尽管后来闹翻，但是对鲁迅的了解和感受大约无人能出其右。

有些刻板印象固化得太严重，需要一点一点去还原。

——如果给鲁迅画一张像，他的亲人、朋友、爱人，又会如何来画呢？

许广平在北京女子高等师范学校做学生时，对鲁迅的第一印象是：

> 突然，一个黑影子投进教室来了。首先惹人注意的便是他那大约有两寸长的头发，粗而且硬，笔挺的竖立着，真当得"怒发冲冠"的一个"冲"字。一向以为这句话有点夸大，看到了这，也就恍然大悟了。黑色的暗绿夹袍，褐色的黑马褂，差不多打成一片。手腕上、衣身上的许多补丁，则炫着异样的新鲜色彩，好似特制的花纹。皮鞋的四周也满是补丁。人又鹘落，常从讲坛跳上跳下，因此两膝盖的大补丁，也掩盖不住。一句话说完，一团的黑。那补丁呢，就是黑夜的星星，特别熠耀人眼。小姐们哗笑了！"怪物，有似出丧时那乞丐的头儿。"也许有人这么想。"囚首垢面而读诗书"，这是古人的一句成语，拿来转赠给鲁迅先生，是很恰当的。②

① 周启明. 鲁迅的青年时代 [M]. 北京：中国青年出版社，1957：102.

② 许广平. 许广平文集：第二卷 [M]. 海婴，编. 南京：江苏文艺出版社，1998：50-51.

"投""跳上跳下""鹊落"，动作迅猛，走路急促，旋风一般；头发"粗而且硬，笔挺的竖立着"，与阿累在《一面》中的描述一致。许广平、阿累两人与鲁迅的初见大约相距了十多年，可见鲁迅十多年来发型比较固定，发质也没有变化，"怒发冲冠"正是和鲁迅相匹配的一个词。"褪色""褐色""黑"；头发、胡须、上衣、裤子，上下一黑，正是许广平形容的"一团的黑"。"补钉"遍布全身，上衣的小补丁，膝盖上的两个大补丁，满身的小"星星""特别熠耀人眼"。这是许广平回忆课堂上的鲁迅，此时的鲁迅身任教育部佥事，在北大、女师大等大学兼职，已经名满天下，然而竟然这般穿着，令人吃惊，怪不得小姐们"哗笑"，并且称呼鲁迅为"怪物，有似出丧时那乞丐的头儿"。

许广平曾经这么回忆道，鲁迅是一个平凡的人，如果走到大街上，绝不会引起一个人的注意……但在讲台上，在群众中，在青年们的眼里所照出来的真相却不一样。他那灰暗的面孔这时从深色的罩上面纱的一层灰暗放出夜光杯一样的异彩。人们听到他的声音就好像饮过了葡萄美酒一般的舒畅。两眼在说话的时候又射出来无量的光芒异彩，精神抖擞地，顿觉着满室生辉起来了。

在讲台上鲁迅闪耀着"夜光杯一样的异彩"，而他的话使人"饮过了葡萄美酒一般的舒畅"，两眼"无量的光芒异彩""精神抖擞"，令人顿觉"满室生辉"。这是鲁迅的不凡之处，他的魅力不在于外在的相貌和穿着，而在于其思想的深邃，在于其卓越的见识，在于其精神的广博。

也是在 1925 年，一个名叫马珏的少女亲眼见过鲁迅："一个瘦瘦的人，脸也不漂亮，不是分头，也不是平头""穿了一件灰青长衫，一双破皮鞋，又老又呆板"；她大为感慨："鲁迅先生我倒想不到是这么一个不爱收拾的人！"[①] 这是年仅十五岁的马珏写下的《初次见鲁迅先生》一文，刊登于 1926 年 3 月的《北京孔德学校旬刊》上，那是马珏就读的学校的刊物。

---

① 许寿裳. 亡友鲁迅印象记 [M]．北京：当代世界出版社，2015：218．

马珏的父亲马裕藻在日本留学期间，曾与鲁迅等一起听章太炎先生讲文字音韵学。1911年马裕藻回国后，担任浙江省教育司视学。1913年起任北京大学教授、研究所国学门导师，讲授文字音韵学。1920年8月6日，《鲁迅日记》云："晚马幼渔来送大学聘书。"马幼渔就是马裕藻。这是两人共事于北大之始。

"瘦""灰青长衫""破皮鞋"，鲁迅是如此"不爱收拾""又老又呆板"。这位十五岁少女眼中的鲁迅，和许广平初见鲁迅时候的印象差不多。

郁达夫在《回忆鲁迅》中回忆与鲁迅第一次见面："他的脸色很青，胡子是那时候已经有了；衣服穿得很单薄，而身材又矮小，所以看起来像是一个和他的年龄不大相称的样子。""他的绍兴口音，比一般绍兴人所发的来得柔和，笑声非常之清脆，而笑时眼角上的几条小皱纹，却很是可爱。"①

郁达夫的这篇文章是在惊闻鲁迅逝世的消息后写下的，其与鲁迅初见的确切日期已经记不清楚，但根据郁达夫的回忆，此时鲁迅正在当时的教育部任职，同时在北京大学兼课，住在砖塔胡同61号，而鲁迅是从1923年夏至1924年5月居住于此。这一次拜访，郁达夫对鲁迅有近距离的观察——脸色很青，身材矮小，衣服单薄。同时，两个人一定交流得颇为愉快，否则不会有"笑时眼角上的几条小皱纹"。

1931年8月17日，鲁迅"请内山嘉吉君教学生木刻术，为作翻译"，内山嘉吉记云："片刻间，店门口闪了一道光亮，穿上一身雪白的长衫的鲁迅先生走了进来。我不知道该怎样描写当时的情景，鲁迅先生的服装和外面的阳光正争相辉映着。他那件长衫简直像是用水晶织成的一般灿烂夺目。平时总见鲁迅先生穿的那件是褪了色的似赭非赭、似黑非黑色的长衫，今天简直使我大为吃惊。"②

嘉吉的哥哥是内山完造。"在讲习班第一天结束归来的那天，家兄

① 许寿裳. 亡友鲁迅印象记［M］. 北京：当代世界出版社，2015：190.
② 止庵. 旦暮帖［M］. 济南：山东画报出版社，2012：5.

也和我谈起那件长衫，他也不禁'嗬！'的一声发出感叹。"①

因为鲁迅很少穿新衣服，也很少换衣服，所以当他终于换掉了之前那件褪色的长衫，穿上"一身雪白的长衫"，便格外引人注目，给人"灿烂夺目"的观感。这个时候，自鲁迅于1927年决心定居上海，已经过去五年。有了许广平的精心照料，鲁迅此时的穿着打扮与往昔不同，补丁大约没有了。然而，平时还是比较朴素，怪不得这一回的一身雪白让友人"大为吃惊"，于是印象深刻。

阿累、许广平、马珏、郁达夫、内山嘉吉、内山完造……他们或是鲁迅的爱人，一起生活过；或是鲁迅的学生，对他充满崇敬；或是鲁迅的好友，彼此敬重。他们都与鲁迅过从甚密，因此，他们笔下的鲁迅能够去掉粉饰，渐趋真实。他们描绘的大多是第一次见面时眼中的鲁迅——并不起眼，甚至有点令人嫌弃。他矮小，不太修边幅，衣服破旧、单调，喜欢穿黑色，一双破皮鞋，脸色铁青，显得呆板。这样的鲁迅形象大约是出乎我们意料的，然而，这就是亲友眼中的鲁迅、生活之中的鲁迅。

这些回忆鲁迅的文字，和你阅读的鲁迅作品，叠加在一起会交融出一个怎样的鲁迅形象？与你此前心中的鲁迅又有着怎样的差别呢？

阿累、许广平、马钰、郁达夫、内山嘉吉、内山完造……他们和鲁迅同处一个时代，都曾经近距离地接触过鲁迅，而且他们描述的多属初见的印象，侧重在于鲁迅相貌的呈现。于异代的读者而言，面对着这些文字，再对照着印刷的鲁迅画像，是契合我们内心的想象，还是有些偏差？而这些偏差，可能不在于鲁迅"相貌"的改变，更在于我们阅读鲁迅文字之后对其的想象，所以，给鲁迅画像，不仅是画鲁迅有一张什么样的脸，而且是说哪一张脸会更切合我们的期待。而这个期待一定蕴含着我们对于鲁迅精神、思想的体认和思考。所以，给鲁迅画像，画的首先是其相貌，但更是经由其文字所形成的思想印记。

---

① 止庵. 旦暮帖［M］. 济南：山东画报出版社，2012：5.

二、《回忆鲁迅先生》

萧红的《回忆鲁迅先生》是她的名篇，也是众多回忆鲁迅的文章里的名篇，历来为人称道。这不仅由于她和鲁迅的熟稔，使她能将鲁迅的日常生活呈现在我们面前；更由于其琐屑的文字背后蕴藏着对鲁迅"特别"之处的表达，而这"特别"指的就是鲁迅的精神。

萧红的文字有一种别样的美好：她闲散的笔触不拘一格，并不因为描写的对象是鲁迅而显得拘谨；她的叙事并没有故事性，她就像坐在你的对面，一边喝着茶，一边给你讲鲁迅的生活点滴。读书的人，倾听的人，写文字的人，被写的人，仿佛穿越时空般，在某个瞬间交叠重合。胡风这样评价萧红的小说创作："对于题材的组织力不够，全篇现得是一些散漫的素描。"① 暂且不论胡风所言正确与否，但这种散漫的素描，恰恰是萧红创作的独特风格，把一个个细碎的生活场景进行图画式的归并和拼接。《回忆鲁迅先生》即是如此。

这篇怀人散文大体上可以分为四十五个片段，短的一两行，长的八十多行，内容涉及鲁迅的饮食起居、待人接物、读书写作、休闲娱乐、病中生活等。

文章一万六千两百多字，没有任何明晰的时间或空间意义上的逻辑顺序，而是撷取日常生活中的碎片加以整合：鲁迅先生的笑声、走路姿势、评论女人穿衣、不游公园的习惯、看电影、抽烟、陪客人、写文章、讲鬼故事、尝海婴碟里的鱼丸子、卧病在床、和海婴互道"明朝会"、步行赴约会、身体变化、床头摆放小画，直到最后的病逝……逐一道来，近乎杂乱，甚至你会觉得有点絮絮叨叨。

比如："许先生说鸡鸣的时候，鲁迅先生还是坐着；街上的汽车嘟

---

① 萧红. 生死场 [M]. 广州: 花城出版社, 2009: 111.

嘟地叫起来了，鲁迅先生还是坐着。"①

再比如："鲁迅先生从下午二三点钟起就陪客人，陪到五点钟，陪到六点钟……，于是又陪下去，陪到八点钟，十点钟，常常陪到十二点钟。"

这种近乎啰嗦的叙写，在重复之中形成了一种咏叹调，深切地表达了作者对情感交流的伙伴——鲁迅的眷恋和不舍。

萧红几乎不加修饰，把自己与鲁迅先生交往过程中那些值得回忆的点滴原生态地表达出来。碎片化、细节化的叙事往往更接近生活的本真状态，这些看似散漫的回忆其实饱含深情，因为一个人对生命中最难以忘怀的人展开回忆的时候，是很难用一条明晰的线索贯穿下来的，浮现在脑海中的往往是一些细碎的片段：是相对独坐时的神情，是一个特定场景之下的关切之语，也可能是最甜蜜的瞬间。

《回忆鲁迅先生》都写了些什么？我们一起来进行梳理。

（一）笑

鲁迅先生的笑声是明朗的，是从心里的欢喜。若有人说了什么可笑的话，鲁迅先生笑得连烟卷都拿不住了，常常是笑得咳嗽起来。

鲁迅先生走路很轻捷，尤其使人记得清楚的，是他刚抓起帽子来往头上一扣，同时左腿就伸出去了，仿佛不顾一切地走去。

鲁迅是民族魂，毛泽东评价"鲁迅的骨头是最硬的，他没有丝毫的奴颜和媚骨"，既然是硬骨头，就往往与"严肃""正经""庄重"等特征相关。于是我们印象里的鲁迅，仿佛是和"笑"绝缘的，然而萧红一上来就与众不同，写鲁迅的"笑声"，而且"笑声是明朗的，是从心里的欢喜"，更夸张的是竟然"笑得连烟卷都拿不住""笑得咳嗽起来"。

---

① 萧红. 呼兰河传 [M]. 成都：巴蜀书社，2016：390-408. 本节以下所有未注引文，均出自本书。

我读《回忆鲁迅先生》时已经上大学了，被第一段的前两句话完全给惊着了，在我鄙陋的见闻里，鲁迅这样伟大的人物，应该是迥异于平凡人的，很难想象他竟然会笑，而且还笑得如此狂放！

"刚抓起帽子来往头上一扣，同时左腿就伸出去了。"萧红是细节描写的高手，"抓""扣""伸"三个动作，如在目前，干净利落，将鲁迅行动的爽利、性格的峻急都展现出来了。

通常读到的那些回忆鲁迅的作品，往往采用的是高山仰止的视角。鲁迅仿佛是要永远被摆放在远离凡间、高高在上的神台上的。那些回忆录的作者，无论将鲁迅怎样拔高，怎样美化，我们都会认为是天然合理的，谁也不会觉得不对劲儿。但是他们笔下的鲁迅，读起来总有那么一点"隔"，伟大是伟大了，崇高是崇高了，可就是缺少了些人间的烟火味儿，"横眉冷对"，让人敬而远之，亲近不了，更谈不上亲切。

萧红的这个开头在众多回忆鲁迅的文章中别具一格，一下子就拉近了读者与鲁迅的距离。原来鲁迅是一个凡人，是和你我一样的有血有肉的人，他不再只是"文思革"，不再只是方向和导师，他首先是和你我一样的人。这样，阅读的兴趣就被引发了。

其后，萧红还写了鲁迅的另外七次笑声。

片段一：一上楼梯，就听到楼上明朗的鲁迅先生的笑声冲下楼梯来，原来有几个朋友在楼上也正谈得热闹。

片段二："好久不见，好久不见。"一边说着一边向我点头。

刚刚我不是来过了吗？怎么会好久不见？就是上午我来的那次周先生忘记了，可是我也每天来呀……怎么都忘记了吗？

周先生转身坐在躺椅上才自己笑起来，他是在开着玩笑。

片段三：鲁迅先生就问我：

"有什么事吗？"

我说："天晴啦，太阳出来啦。"

许先生和鲁迅先生都笑着，一种对于冲破忧郁心境的展然的会心的笑。

片段四："周先生一天走多少路呢？也不就一转弯到××书店走一趟吗？"

鲁迅先生笑而不答。

片段五：原来是个盗墓子的人在坟场上半夜做着工作。

鲁迅先生说到这里就笑了起来。

"鬼也是怕踢的，踢他一脚就立刻变成人了。"

片段六：有一次鲁迅先生到饭馆里去请客，来的时候兴致很好，还记得那次吃了一只烤鸭子，整个的鸭子用大钢叉子叉上来时，大家看着这鸭子烤得又油又亮的，鲁迅先生也笑了。

片段七：鲁迅先生大概看出我的不安来了，便说：

"人瘦了，这样瘦是不成的，要多吃点。"

鲁迅先生又在说玩笑话了。

"多吃就胖了，那么周先生为什么不多吃点？"

鲁迅先生听了这话就笑了，笑声是明朗的。

这八次"笑"，贯穿全文，展现出了一个生活化的鲁迅形象。鲁迅的笑声是明朗的，是发自内心的欢喜；鲁迅的笑声"冲下"楼梯来；鲁迅开玩笑，讲笑话；鲁迅为萧红的单纯可爱而开怀；鲁迅因为看见一只烤得又油又亮的烤鸭而欢笑；鲁迅也会一个人安静地笑着，并不回答别人的问话。

通过这八次"笑"，读者看到了鲁迅的开朗率性，体会到了鲁迅的生活情趣，也感知到了鲁迅对他人的关心和爱护。读完文章后，"爱笑"似乎就成了鲁迅的一个特点，这个特点与鲁迅爱骂人，样子很凶、很苦，爱发脾气等截然不同。陈丹青在《笑谈大先生》中写道："最近我弄到一份四十多年前的内部文件，是当年中宣部关于拍摄电影《鲁迅传》邀请好些文化人做的谈话录，其中一部分是文艺高官，都和老先生打过交道。……第二个感触就比较好玩了：几乎每个人都提到鲁迅先生并不是一天到晚板面孔，而是非常诙谐、幽默、随便、喜欢开玩笑，千万不能把他描绘得硬邦邦。"[1]

爱笑的人往往对生活的态度是乐观的。他看到生命的真相，却依然笑对，而且还能自嘲，这是应对生活的余裕，是从容和坦然。

爱笑的鲁迅是可亲近的，这就自然地拉近了读者与鲁迅的距离。

（二）吃

片段一：鲁迅先生很喜欢北方饭，还喜欢吃油炸的东西，喜欢吃硬的东西，就是后来生病的时候，也不大吃牛奶。鸡汤端到旁边用调羹舀了一二下就算了事。

以后我们又做过韭菜合子，又做过荷叶饼，我一提议鲁迅先生必然赞成，而我做得又不好，可是鲁迅先生还是在饭桌上举着筷子问许先生："我再吃几个吗？"

片段二：来了客人，许先生没有不下厨房的，菜食很丰富，鱼、肉……都是用大碗装着，起码四五碗，多则七八碗。可是平常就只三碗菜：一碗素炒豌豆苗，一碗笋炒咸菜，再一碗黄花鱼。

这菜简单到极点。

片段三：请客人在家里吃饭，吃到半道，鲁迅先生回身去拿来校样给大家分着。客人接到手里一看，这怎么可以？鲁迅先生说："擦一擦，拿着鸡吃，手是腻的。"

片段四：鲁迅先生吃的是清茶，其余不吃别的饮料。咖啡、可可、牛奶、汽水之类，家里都不预备。

鲁迅先生陪客人到夜深，必同客人一道吃些点心。那饼干就是从铺子里买来的，装在饼干盒子里，到夜深许先生拿着碟子取出来，摆在鲁迅先生的书桌上，吃完了，许先生打开立柜再取一碟。还有向日葵子差不多每来客人必不可少。鲁迅先生一边抽着烟，一

① 陈丹青. 笑谈大先生 [M]. 桂林：广西师范大学出版社，2011：26.

边剥着瓜子吃，吃完了一碟，鲁迅先生必请许先生再拿一碟来。

片段五：鲁迅先生喜欢吃一点酒，但是不多吃，吃半小碗或一碗。鲁迅先生吃的是中国酒，多半是花雕。

片段六：鲁迅先生很喜欢吃竹笋的，在菜板上切着笋片笋丝时，刀刃每划下去都是很响的。

片段七："我不多喝酒的。小的时候，母亲常提到父亲喝了酒，脾气怎样坏，母亲说，长大了不要喝酒，不要像父亲那样子……所以我不多喝的……从来没喝醉过……"

片段八：鲁迅先生吃饭，是在楼上单开一桌，那仅仅是一个方木桌，许先生每餐亲手端到楼上去，那黑油漆的方木盘中摆着三四样小菜，每样都用小吃碟盛着，那小吃碟直径不过二寸，一碟豌豆苗或菠菜或苋菜，把黄花鱼或者鸡之类也放在小碟里端上楼去。若是鸡，那鸡也是全鸡身上最好的一块地方拣下来的肉；若是鱼，也是鱼身上最好一部分许先生才把它拣下放在小碟里。

片段九：希望鲁迅先生多吃一口，多动一动筷，多喝一口鸡汤。鸡汤和牛奶是医生所嘱的，一定要多吃一些的。

把饭送上去，有时许先生陪在旁边，有时走下楼来又做些别的事，半个钟头之后，到楼上去取这盘子。这盘子装得满满的，有时竟照原样一动也没有动又端下来了，这时候许先生的眉头微微地皱了一点。旁边若有什么朋友，许先生就说："周先生的热度高，什么也吃不落，连茶也不愿意吃，人很苦，人很吃力。"

片段十："周先生平常就不喜欢吃汤之类，在病里，更勉强不下了。"

片段十一：鲁迅先生在无欲望状态中，什么也不吃，什么也不想，睡觉是似睡非睡的。

鲁迅是绍兴人，大约在北京待久了的缘故，很喜欢北方饭。平时的菜简单，只有客人来的时候才会丰盛一些。鲁迅喜欢吃竹笋，吃油炸的、硬的东西，喜欢吃清茶，喜欢吃点点心，喜欢嗑瓜子，还喜欢吃一点酒。然而，他终于连自己喜欢的吃食也不吃了，什么也不吃，他生病了，哪怕医生叮嘱一定要多吃，亲朋好友也都希望他能多吃一点，然而盘子送上楼时装得满满的，送下来照原样一动也没有动。

萧红在不动声色的描写中，让我们看到了一个好客、热情、充满生命力的鲁迅。萧红的情绪很克制，可是她的每一笔都饱蘸着深情，她似乎没有表露自己的情感，然而她已经呈现出自己的叹惋和哀痛——鲁迅一天天吃得更少甚至不吃，而她对这一切无能为力。

（三）客人

片段一：鲁迅先生抱着印花包袱从外边回来，还提着一把伞，一进门客厅早坐着客人，把伞挂在衣架上就陪客人谈起话来。谈了很久了，伞上的水滴顺着伞杆在地板上已经聚了一滩水。

"伞上的水滴顺着伞杆在地板上已经聚了一滩水。"萧红的观察细腻至极，这一笔将久谈的"久"展现得淋漓尽致。而这个细节背后的情感，可能是嗔怪客人的"久"？也可能是写主客之间的倾心交谈？……萧红是旁观，也可能恰好参与其中吧？

片段二：鲁迅先生陪客人到夜深，必同客人一道吃些点心……

片段三：鲁迅先生从下午两三点钟起就陪客人，陪到五点钟，陪到六点钟，客人若在家吃饭，吃完饭又必要在一起喝茶，或者刚刚吃完茶走了，或者还没有走就又来了客人，于是又陪下去，陪到八点钟，十点钟，常常陪到十二点钟。从下午两三点钟起，陪到夜里十二点，这么长的时间，鲁迅先生都是坐在藤躺椅上，不断地吸着烟。

从二三点钟，到五点钟、六点钟，吃饭；接着八点钟、十点钟、十二点钟，原来鲁迅的日常竟是如此？迎来送往，时常谈到深夜，陪人不是一件轻松的事。

片段四：鲁迅先生非要送到铁门外不可。我想为什么他一定要送呢？对于这样年青的客人，这样的送是应该的么？雨不会打湿了头发，受了寒伤风不又要继续下去吗？站在铁门外边，鲁迅先生说，并且指着隔壁那家写着"茶"字的大牌子："下次来记住这个'茶'，就是这个'茶'的隔壁。"而且伸出手去，几乎是触到了钉在铁门旁边的那个九号的'九'字，"下次来记住'茶'的旁边九号。"

"下次来记住这个'茶'，就是这个'茶'的隔壁。"这个细节让人感受到鲁迅的细心。萧红以这样的细节提醒读者，这就是生活中的鲁迅，他就是这样热情好客。

片段五：客人来差不多都要到楼上来拜望拜望，鲁迅先生带着久病初愈的心情，又谈起话来，披了一张毛巾子坐在躺椅上，纸烟又拿在手里了，又谈翻译，又谈某刊物。

鲁迅作为大文豪，自然少不了来客拜访，也会成为各党派争取的对象。鲁迅对朋友，比如茅盾、瞿秋白、杨杏佛、二萧，是热忱的，也是欢迎的。他款待茅盾，亲自送萧红，陪客人吃饭聊天一直到很晚……可能，但凡被鲁迅视作客人的，都是他愿意结交的人。他与客人谈话，应该多是关于文稿、刊物、翻译。这样的谈话是轻松的、愉悦的，是彼此都可以放下包袱，随意发表意见的，因为相互信任，所以一谈时间就过得特别快。

可是，在读到鲁迅与客人一谈谈至深夜，一谈而忘掉休息的时候，我似乎心里就对访客有一种怪罪，或许他少一些交谈，是不是就有更充裕的时间休息？然而，病情稍微好一点，鲁迅总是喜欢和客人交谈的。

（四）烟

片段一：鲁迅先生生病，刚好了一点，窗子开着，他坐在躺椅上，抽着烟，那天我穿着新奇的火红的上衣，很宽的袖子。

片段二：鲁迅先生好像听了所讲的什么引起了幻想，安顿地举着象牙烟嘴在沉思着。

片段三：鲁迅先生上楼去拿香烟，抱着印花包袱，而那把伞也没有忘记，顺手也带到楼上去。

片段四：鲁迅先生依着沿苏州河的铁栏杆坐在桥边的石围上了，并且拿出香烟来，装上烟嘴，悠然地吸着烟。

片段五：鲁迅先生一边抽着烟，一边剥着瓜子吃，吃完了一碟鲁迅先生必请许先生再拿一碟来。

鲁迅先生备有两种纸烟，一种价钱贵的，一种便宜的。便宜的是绿听子的，我不认识那是什么牌子，只记得烟头上带着黄纸的嘴，每五十支的价钱大概是四角到五角，是鲁迅先生自己平日用的。另一种是白听子的，是前门烟，用来招待客人的。白烟听放在鲁迅先生书桌的抽屉里，来客人鲁迅先生下楼，把它带到楼下去，客人走了，又带回楼上来照样放在抽屉里。而绿听子的永远放在书桌上，是鲁迅先生随时吸着的。

片段六：从下午两三点钟起，陪到夜里十二点，这么长的时间，鲁迅先生都是坐在藤躺椅上，不断地吸着烟。

片段七：在工作之前，他稍微阖一阖眼睛，燃起一支烟来，躺在床边上，这一支烟还没有吸完，许先生差不多就在床里边睡着了。

片段八：眼睛闭着，差不多永久不离开手的纸烟，也放弃了。

片段九：鲁迅先生坐在躺椅上，沉静地、不动地阖着眼睛，略微灰了的脸色被炉里的火光染红了一点。纸烟听子蹲在书桌上，盖着盖子，茶杯也蹲在桌子上。

片段十：而鲁迅先生这时候，坐在躺椅上，阖着眼睛，很庄严地在沉默着，让拿在手上的纸烟的烟缕，慢慢地上升着。

片段十一：差不多一刻也不停的纸烟，而今几乎完全放弃了。纸烟听子不放在床边，而仍很远地蹲在书桌上，若想吸一支，是请许先生付给的。

在所见鲁迅的画像中，烟是极为重要的道具。躺在床上吸烟，坐在躺椅上吸烟，举着象牙烟嘴沉思，和客人交谈的时候一支烟接着一支烟抽，工作之前闭上眼燃一支烟……

抽烟的鲁迅比不抽烟的鲁迅似乎更为睿智，在烟雾缭绕中独坐在桌前写稿，这似乎更契合鲁迅的形象。在缕缕吞吐而出的烟雾中，伏案写作的鲁迅似乎就有了伴侣，不再孤单。

然而，他连烟也不想抽了，他真的病了，而且病得很重。白听的、绿听的，他都不吸了。纸烟听子静静地躺在书桌上，"若想吸一支"，可是他终于连吸烟的力气都没有了。史沫特莱为他请来最好的肺病专家，专家说鲁迅并非常人，因为常人早就因为吸烟死掉了，鲁迅却还活着，这是 1934 年。长期被烟毒害的肺部终于出了问题，戒烟也晚了吧？他是烟瘾那么大的一个人，一刻也不停地吸烟，然而，他的肺部终于不行了，要休息了，他也就将休息了。

如果这篇文章只写了鲁迅的衣食住行、迎来送往的话，那么他就不是鲁迅了，鲁迅之所以为鲁迅，不仅是因为"鲁迅先生坐在那和一个乡下的安静老人一样"，而且因为他的特异之处，他是鲁迅，而不是别的什么人。所以萧红在写鲁迅的吃穿住行、迎来送往之外，也写了鲁迅对青年人的提携关爱，写了鲁迅的博大和深邃，写了鲁迅之所以成为"民族魂"的缘由。

片段一：青年人写信，写得太草率，鲁迅先生是深恶痛绝之的。

"字不一定要写得好，但必须得使人一看了就认识，青年人现在都太忙了……他自己赶快胡乱写完了事，别人看了三遍五遍看不明白，这费了多少工夫，他不管。反正这费的工夫不是他的。这存心是不太好的。"

但他还是展读着每封由不同角落里投来的青年的信，眼睛不济时，便戴起眼镜来看，常常看到夜里很深的时光。

片段二：全楼都寂静下去，窗外也一点声音没有了，鲁迅先生站起来，坐到书桌边，在那绿色的台灯下开始写文章了。

许先生说鸡鸣的时候，鲁迅先生还是坐着；街上的汽车嘟嘟地叫起来了，鲁迅先生还是坐着。

有时许先生醒了，看着玻璃窗白萨萨的了，灯光也不显得怎样亮了，鲁迅先生的背影不像夜里那样黑大。

鲁迅先生的背影是灰黑色的，仍旧坐在那里。

片段三：人家都起来了，鲁迅先生才睡下。

片段四：鲁迅先生必得休息的，须藤老医生是这样说的。可是鲁迅先生从此不但没有休息，并且脑子里所想的更多了，要做的事情都像非立刻就做不可，校《海上述林》的校样，印珂勒惠支的画，翻译《死魂灵》下部；刚好了，这些就都一起开始了，还计算着出三十年集。

鲁迅先生感到自己的身体不好，就更没有时间注意身体，所以要多做，赶快做。当时大家不解其中的意思，都对鲁迅先生不加以休息不以为然，后来读了鲁迅先生《死》的那篇文章才了然了。

鲁迅先生知道自己的健康不成了，工作的时间没有几年了，死了是不要紧的，只要留给人类更多，鲁迅先生就是这样。

不久书桌上德文字典和日文字典又都摆起来了，果戈里的《死魂灵》又开始翻译了。

这是作为文学家的鲁迅。他如此认真，那些年轻人应该为自己的潦草感到羞愧；在所有人都睡下的时候，鲁迅开始工作了；尽管身体状态很差，但是鲁迅依然在翻译，在为亡友瞿秋白未出版的书籍校稿。瞿秋白与鲁迅相差十八岁，然而互为知己，瞿秋白夫妇曾经在鲁迅上海的寓所住过一段时间，后来瞿秋白奉命前往苏区，临别时鲁迅辑录清朝人何瓦琴的句子"人生得一知己足矣，斯世当以同怀视之"相赠。此去一别，竟成永诀。《海上述林》是瞿秋白的遗稿，鲁迅要赶在生命之火熄灭前编辑完亡友的文稿。这份深情令人感慨。

鲁迅说："我不过把别人喝咖啡的时间，用在了工作上。"他自觉身体太差，于是"要多做，赶快做"。

鲁迅说自己喜欢在黑夜里工作，因为只有夜还算是诚实的。他在1933年写过一篇文章叫《夜颂》，爱夜的人并不是孤独的战斗者，并不是有闲阶级，而是因为"爱夜的人于是领受了夜所给与的光明"。

弗朗茨·卡夫卡有一段话："周围的人都睡了。……他们都在寂静中集合在一起，一个露天的营地、无数的人、一支军队、一个民族，在寒冷的天空下，在坚实的大地上……而你，你整夜不睡，你是守夜人之一，在你挥动的火把光下，你瞥见脚下燃烧的火更近了……你为什么通宵不眠？必须有一个守夜人，大家都这么说！必须要有一个。"①

鲁迅大约就是这样的守夜人，所有的人都睡了，但一定要有一个人醒着，为大家守夜。万籁俱寂，孤独的清醒者洞穿白日的喧嚣和装饰，直抵真实。这是一个卓异的鲁迅、与众不同的鲁迅，他的思考全部经由文字表现出来。鲁迅所处的时代是黑暗的，他就犹如时代的守夜人，用自己的文字揭出病苦，引起疗救的注意。

也是在这样的夜晚，1936 年 8 月 23 日，距离鲁迅去世的 10 月 19 日大约还有两个月，鲁迅在《这也是生活》中写道："街灯的光穿窗而入，屋子里显出微明，我大略一看，熟识的墙壁，壁端的棱线，熟识的书堆，堆边的未订的画集，外面的进行着的夜，无穷的远方，无数的人们，都和我有关。我存在着，我在生活，我将生活下去……"②我想，鲁迅的这份深沉博大正是他之所以成为"民族魂"的原因之一吧。

在萧红这篇文章里，最打动我的一处是鲁迅与儿子的对话，一处是鲁迅的死亡。萧红在写这两处的时候，笔墨深情，可又极为克制。即如这一段：

> 楼上楼下都是静的了，只有海婴快活的和小朋友们的吵嚷躲在太阳里跳荡。
>
> 海婴每晚临睡时必向爸爸妈妈说："明朝会！"
>
> 有一天他站在走上三楼去的楼梯口上喊着：

---

① 加洛蒂. 论无边的现实主义 [M]. 2 版. 吴岳添，译. 天津：百花文艺出版社，2008：123.
② 鲁迅. 鲁迅全集：编年版：第 10 卷 [M]. 北京：人民文学出版社，2014：110.

"爸爸，明朝会！"

鲁迅先生那时正病得沉重，喉咙里边似乎有痰，那回答的声音很小，海婴没有听到，于是他又喊：

"爸爸，明朝会！"他等一等，听不到回答的声音，他就大声地连串地喊起来：

"爸爸，明朝会，爸爸，明朝会……爸爸，明朝会……"

他的保姆在前边往楼上拖他，说是爸爸睡了，不要喊了。可是他怎么能够听呢，仍旧喊。

这时鲁迅先生说"明朝会"，还没有说出来喉咙里边就像有东西在那里堵塞着，声音无论如何放不大。到后来，鲁迅先生挣扎着把头抬起来才很大声地说出：

"明朝会，明朝会。"

说完了就咳嗽起来。

许先生被惊动得从楼下跑来了，不住地训斥着海婴。

海婴一边笑着一边上楼去了，嘴里唠叨着：

"爸爸是个聋人哪！"

鲁迅先生没有听到海婴的话，还在那里咳嗽着。

周海婴1929年才出生，1934、1935年，他不过六七岁，又如何懂得父亲的病痛，他只知道每天睡觉前要跟父亲道一声"明朝会"，然后父亲也要向他回应"明朝会"。鲁迅先生重病，回答的声音小，海婴没有听见，于是就大喊大叫地重复"明朝会"，鲁迅只能"挣扎着把头抬起来"，很大声地说"明朝会，明朝会"。

一个衰弱的老人，一个幼稚的孩子。幼子的到来是其晚年生命的幸福，然而，五十多岁的父亲和几岁的幼子之间，隔着长长的岁月。海婴把鲁迅用过的药瓶拿来做玩具，哪里懂得"病"之于父亲的痛苦，之于整个家庭的痛苦。既然是睡觉前固定的问好，那就一定要父亲回应"明朝会"。

萧红用客观的视角为我们呈现这样一个生活场景，然而，在读完之后，我们却感受到了心痛和无奈。"明朝会"犹在耳畔，鲁迅的挣扎也似乎在眼前，子的呐喊，父的回应，都淹没在鲁迅先生的咳嗽声里，让人不忍卒读。

　　许寿裳在《亡友鲁迅印象记》中说：海婴生性活泼，鲁迅曾对我说："这小孩非常淘气，有时弄得我头昏，他竟问我：'爸爸可不可以吃的？'我答：'要吃也可以，自然是不吃的好。'"① 鲁迅对海婴之爱，在有些人看来就是溺爱，大约有讥诮之语，于是鲁迅写下了题名为《答客诮》的诗："无情未必真豪杰，怜子如何不丈夫？知否兴风狂啸者，回眸时看小於菟。"这首诗写于 1931 年，海婴三岁。

　　比对前后，当时海婴三岁，鲁迅尚健康，可以给予他足够的关爱，父子之间的对话自然温暖；然而，当鲁迅病重的此刻，连回答一句"明朝会"都很艰难，这是怎样的一种生命哀痛啊！

　　再比如文章的最后部分：

　　　　这一次鲁迅先生好了。
　　　　还有一样不同的，觉得做事要多做……
　　　　鲁迅先生以为自己好了，别人也以为鲁迅先生好了。
　　　　准备冬天要庆祝鲁迅先生工作三十年。
　　　　又过了三个月。
　　　　1936 年 10 月 17 日，鲁迅先生病又发了，又是气喘。
　　　　17 日，一夜未眠。
　　　　18 日，终日喘着。
　　　　19 日，夜的下半夜，人衰弱到极点了。天将发白时，鲁迅先生就像他平日一样，工作完了，他休息了。

---

① 许寿裳. 亡友鲁迅印象记 [M]. 北京：当代世界出版社，2015：92.

鲁迅好了；鲁迅以为自己好了；别人也以为鲁迅好了。

十月十七日，病又发了，一夜未眠；十八日，终日喘着；十九日下半夜，人衰弱到极点，天将发白时，工作完了，他休息了……

萧红在写下这段文字的时候，该是什么样的心境？

"气喘""喘着""他休息了"，萧红不愿意接受鲁迅逝世这一残酷的现实，所以她没有着意渲染鲁迅临终前的痛苦挣扎，她使用的这三个词语，烘托出一种日常的安稳的气氛。这段文字中有排比，有对偶，有长句，有短句，朗诵起来舒缓而流利，是抒情诗般的调子。

萧红将无限深情蕴藏于客观冷静的笔调中，有明代文学家归有光散文的余韵，"庭有枇杷树，吾妻死之年所手植也，今已亭亭如盖矣"。（《项脊轩志》）

鲁迅逝世的时候，萧红在日本，两天后，即 10 月 21 日，萧红才得知消息，因为不懂日文，不敢确认，一直存有幻想，待确知噩耗，24 日给萧军写信："昨夜，我是不能不哭了……可惜我的哭声不能和你们的哭声混在一道。"这封信后以《海外的悲悼》为题，刊载于 1936 年 11 月 5 日上海《中流》第一卷第五期。 1937 年 1 月萧红回国，随即去祭拜鲁迅，1937 年 3 月 8 日写作诗歌《拜墓》：

> 跟着别人的脚印，
> 我走进了墓地。
> 又跟着别人的脚印，
> 来到了你的墓边。
> 那天是个半阴的天气，
> 你死后我第一次来拜访你。
>
> 我就在墓边竖了一株小小的花草，

但并不是用以招吊你的亡灵，
只是说一声："久违。"

我们踏着墓畔的小草，
听着附近石匠钻刻着墓石，
或是碑文的声音。

那一刻，
胸中的肺叶跳跃起来，
我哭着你，
不是哭你，
而是哭着正义。
你的死，

总觉得是带走了正义，
虽然正义并不能被带去。
我们走出墓门，
那送着我们的仍是铁钻去打着石头的声音，
我不敢去问那石匠，
将来他为你将刻成怎样的碑文？[①]

　　相较于《回忆鲁迅先生》，《海外的悲悼》和《拜墓》的情感挥洒得更为直接。鲁迅 1936 年 10 月 19 日去世，因为时间上距离太近；或因为在鲁迅墓前，情感的冲击会更大，情感也会更强烈，所以在语言上会更加直接，倾泻而出。《回忆鲁迅先生》写于 1939 年，此时距离鲁迅去

① 萧红. 八月天 [M]. 武汉: 华中科技大学出版社, 2014: 37-38.

世已经有了三年左右；而 1939 年 10 月的萧红身在重庆，空间上也有了距离。所以萧红能够把激烈的情感收敛起来，把内心深处长期积淀的情感，化浓重为清淡，琐细处做文章，平淡中见真情。她的文字往往以日常生活细节为依托，略施白描点染，勾抹几笔，绝少修饰，有一种洗尽铅华，自然、悠远、深长的力量。

清代作家袁枚在《祭妹文》的结尾写道："凡此琐琐，皆为陈迹，然我一日未死，则一日不能忘。"《回忆鲁迅先生》所写的种种也正是"凡此琐琐"，无量的生活细事，皆为陈迹，然而，"则一日不能忘"之处，除却"琐琐"，更是其人格的伟岸，是由他的文字拔地而起的精神高塔，这一切交织而成鲁迅的画像，成为影响你我的一面镜子。

拓展阅读

① 鲁迅:《自叙传略》，选自《鲁迅全集（编年版）》，人民文学出版社，2014 年。

② 陈丹青:《笑谈大先生》，广西师范大学出版社，2011 年。

③ 台静农:《关于鲁迅及其著作》，海燕出版社，2015 年。

④ 许寿裳:《亡友鲁迅印象记》，当代世界出版社，2015 年。

思考题

参照鲁迅画像，结合你对他的了解，刻画出你心目中鲁迅的形象。

要求：

一、结合本讲内容，侧重人物形象描写。

二、结构相对完整，语言简明、连贯、得体。

三、不少于 200 字。

珂勒惠支：凌辱《农民战争之二》

铜版画

35cmx53cm

1904—1908 年

孔乙己的『可笑』与『不幸』

小说不是要让读者接受作家的态度，

而是呈现出生活的面貌，

你自己去感受，自己去体味，然后做出选择。

惟其如此，才能见出鲁迅的伟大。

一、《孔乙己》里的"笑"

　　《孔乙己》中有一句经典的话："店内外充满了快活的空气。"然而这样快活的空气，非常难得。"掌柜是一副凶脸孔，主顾也没有好声气，教人活泼不得。""只有孔乙己到店，才可以笑几声，所以至今记得。""至今记得"，明显是一种回忆的语调，原来"这是二十多年前的事"，所以小伙计是在时隔二十多年后，回忆当年自己在咸亨酒店里的关于孔乙己的旧事。

　　我们跟着小伙计去看鲁镇酒店别具一格的布局，跟着他去观察掌柜的、短衣帮、穿长衫的，也跟着他去看孔乙己；当然也跟着他一起去回忆那难得的几次笑。

　　那么，笑了几次？每次为什么笑？孔乙己本身可笑么？"我""我们"笑孔乙己合理吗？

　　小说中"笑"出现了四次。

　　片段一：孔乙己一到店，所有喝酒的人便都看着他笑，有的叫道，"孔乙己，你脸上又添上新伤疤了！"他不回答，对柜里说，"温两碗酒，要一碟茴香豆。"便排出九文大钱。他们又故意的高声嚷道，"你一定又偷了人家的东西了！"孔乙己睁大眼睛说，"你怎么这样凭空污人清白……""什么清白？我前天亲眼见你偷了何家的书，吊着打。"孔乙己便涨红了脸，额上的青筋条条绽出，争辩道，"窃书不能算偷……窃书！……读书人的事，能算偷么？"接连便是难懂的话，什么"君子固穷"，什么"者乎"之类，引得众人都哄笑起来：店内外充满了快活的空气。[①]

　　片段二：孔乙己喝过半碗酒，涨红的脸色渐渐复了原，旁人便又问道，"孔乙己，你当真认识字么？"孔乙己看着问他的人，显出不屑置辩的神气。他们便接着说道，"你怎的连半个秀才也捞不

① 鲁迅. 鲁迅全集: 编年版: 第1卷 [M]. 北京: 人民文学出版社, 2014: 599. 本书所引的鲁迅小说原文，均出自该版本的各卷，以下不再注明。

到呢?"孔乙己立刻显出颓唐不安模样,脸上笼上了一层灰色,嘴里说些话;这回可是全是之乎者也之类,一些不懂了。在这时候,众人也都哄笑起来:店内外充满了快活的空气。

这两次笑,是周围的酒客无理取闹。生活无聊总得需要一点佐料,孔乙己来了,自然就从孔乙己下手,那么为什么要从孔乙己下手呢?

孔乙己有故事,值得笑闹。"你脸上又添了新伤疤了!""你一定又偷了人家的东西了!""孔乙己,你当真认识字么?""你怎的连半个秀才也捞不到呢?"孔乙己偷东西,孔乙己添了新伤疤了,孔乙己认识字,孔乙己认识字可是连半个秀才也捞不到……这些都是附着在孔乙己身上的标签,是孔乙己与他们不一样的地方,这些话里有鄙夷,也会有羡慕嫉妒恨吧?毕竟在当时的社会,能够识字读书,能够参加科考,本身就是一种身份地位的象征,而这些是短衣帮无法企及的人生经验。

而借此话头,孔乙己的反应大概是他们更乐意看到的:"孔乙己睁大眼睛""孔乙己便涨红了脸,额上的青筋条条绽出""接连便是难懂的话,什么'君子固穷',什么'者乎'之类";"孔乙己看着问他的人,显出不屑置辩的神气""孔乙己立刻显出颓唐不安模样,脸上笼上了一层灰色,嘴里说些话;这回可是全是之乎者也之类,一些不懂了"。

孔乙己越是窘迫,越是慌乱无措,这"戏"就越是好看,于是看戏的人得到了欢愉,一起大笑,"店内外充满了快活的空气"。

片段三:有几回,邻居孩子听得笑声,也赶热闹,围住了孔乙己。他便给他们茴香豆吃,一人一颗。孩子吃完豆,仍然不散,眼睛都望着碟子。孔乙己着了慌,伸开五指将碟子罩住,弯腰下去说道,"不多了,我已经不多了。"直起身又看一看豆,自己摇头说,"不多不多!多乎哉?不多也。"于是这一群孩子都在笑声里走散了。

于是孩子们听到笑声也过来赶热闹。"赶热闹",是啊,平常的生活太过无聊,也只有在孔乙己到店里的时候才有些许快乐,小孩子们"围住了孔乙己",他们喜欢孔乙己吗?并不是,只有在孔乙己这儿他们能够讨到一点吃的，尽管不过是一人一颗茴香豆，但也算是生活的惊喜。"孩子吃完豆，仍然不散，眼睛都望着碟子"，孔乙己温一碗酒已是难得，因为他常常是要赊账的；要了一碟茴香豆，于他是奢侈了，然而，孩子们眼睛都望着碟子。"孔乙己着了慌，伸开五指将碟子罩住，弯腰下去说道，'不多了，我已经不多了。'直起身又看一看豆，自己摇头说，'不多不多！多乎哉？不多也。'"

孔乙己自己就很贫穷，然而他还是愿意分享他的茴香豆，而茴香豆原本就少，大约从这样的行为中可见其爱心，其次也有孤独吧。

片段四：掌柜也伸出头去，一面说，"孔乙己么？你还欠十九个钱呢！"孔乙己很颓唐的仰面答道，"这……下回还清罢。这一回是现钱，酒要好。"掌柜仍然同平常一样，笑着对他说，"孔乙己，你又偷了东西了！"但他这回却不十分分辩，单说了一句"不要取笑！""取笑？要是不偷，怎么会打断腿？"孔乙己低声说道，"跌断，跌，跌……"他的眼色，很像恳求掌柜，不要再提。<u>此时已经聚集了几个人，便和掌柜都笑了</u>。我温了酒，端出去，放在门槛上。他从破衣袋里摸出四文大钱，放在我手里，见他满手是泥，原来他便用这手走来的。<u>不一会，他喝完酒，便又在旁人的说笑声中</u>，坐着用这手慢慢走去了。

孔乙己究竟经历了什么？他在丁举人家偷东西，被打折了腿；然后，四处沦落，四处乞食；然后，不知道到哪里弄得了四文大钱，来咸亨酒店喝一碗酒……这些都是真的吗？无论如何，孔乙己的腿折了；孔乙己在初冬穿一件破夹袄；孔乙己用手走来……而这一切，掌柜的都没有看见，或者说不会在意，他"仍然同平常一样"，笑着，揭孔乙己的伤疤，而且步步紧逼，孔乙己"低声说道""他的眼色，很像恳求掌柜，不要再提"，在这种情况下，掌柜的和聚拢来的几个人便都笑了。

这四次笑，小孩子们的笑是天真使然吗？那其他三次笑是赤裸裸的嘲笑吧？而"我"也会跟着众人一起笑；小孩子们也会跟着大人们一起笑吧?

"我"也就是小伙计,对孔乙己的态度是有一个变化的过程的。最开始他是一个不相干的旁观者,但是随着不断地附和着笑,他和孔乙己的关系发生了一些变化,在孔乙己想教小伙计写字的时候,"我"心里的反应是"讨饭一样的人,也配考我吗?"转过头去,不再理会。既而是懒懒的回答,最后努着嘴走远。在整个过程中,小伙计实际上在不断受到周围人的影响,他附和众人对待孔乙己的态度,他就有可能成为下一个他们。

其实在小说所有的人物之外,还有另外一个叙事声音,由隐含作者发出。他在看"看客"怎样对待孔乙己,也在看小伙计如何被看客一步步地同化,这个太可怕了。鲁迅说中国就是一个大染缸,你身处其中,很容易就被同化了。那么,这些小孩子呢?他们耳濡目染的是这样的行为处世,他们长大后会不会也就成了短衣帮?

到这里,我们来问自己两个问题:

第一个,我们对于他人的不幸是什么态度?

第二个,我们是不是也很容易受到周围人的影响?

第一个问题涉及我们是否具有足够的同情心,我们是不是对他人怀有一份爱心。第二个问题关系到我们是否具有独立的思维能力。为什么那么多人愿意随大流?并且这潮流极有可能不好。因为当我们自身的思维能力不够强大的时候,就很容易跟风。

那么,孔乙己本身好笑吗?好笑。

可是一个人好笑,不等于我们要去嘲笑他。哪怕是一个小丑,我们也没有权利去嘲笑人家。孔乙己偷,孔乙己好吃懒做,孔乙己没有考上秀才,孔乙己说一些叫人半懂不懂的话,孔乙己是唯一站着喝酒的穿长衫的人,孔乙己分给小孩们茴香豆吃……这些是孔乙己被嘲笑的理由吗?揭人伤疤、"损着别人的牙眼",以获取自己内心的愉悦,这是可以的吗?

鲁迅在《暴君的臣民》中说："只愿暴政暴在他人的头上，他却看着高兴，拿'残酷'做娱乐。拿'他人的苦'做赏玩，做慰安。""自己的本领只是'幸免'。"①

现实生活太无聊了，于是需要有戏可看，孔乙己就可成为戏台上的小丑。他们越是残酷，孔乙己暴露出来的苦痛就越深，他们就越高兴。

二、孔乙己为什么会成为大家的笑料？

小说开篇写酒店的格局——曲尺形的大柜台，柜台里面是掌柜和伙计，柜台外面是短衣帮，店面隔壁的房子是穿长衫的。三个空间，三类人，分属不同阶级。孔乙己属于哪一类？短衣帮？穿长衫的？店主或者伙计？无法归类，很尴尬。但是孔乙己恰恰成为沟通这三类人的一个角色。短衣帮和穿长衫的老死不相往来，"掌柜是一副凶脸孔，主顾也没有好声气，教人活泼不得"，但是孔乙己一到店，大家都可以笑。无论是短衣帮，还是掌柜，抑或是穿长衫的，都可以调侃孔乙己，甚至揭他的伤疤，于是"店内外充满了快活的空气"。

为什么孔乙己会成为大家共同的笑料？为什么酒客们偏偏要揭孔乙己的伤疤？因为孔乙己最弱小，所以他的伤疤是人人都可以揭的，而且揭了之后还能获得别人的赞许、自己的开心。

那孔乙己为什么最弱小？

孔乙己好歹是个读书人，可惜书没读成气候，连个秀才都没有捞上；写得一手好字，好不容易找到替别人抄写稿子的差事，不好好抄写不说，隔三岔五把人的稿子都弄丢了，也无怪乎赚不到银子吃不上饭。孔乙己穷，短衣帮也好不到哪儿去，可是孔乙己的好吃懒做，是连短衣帮都看不上的；可是反过来，孔乙己也是不屑与短衣帮为伍的。孔乙己

① 鲁迅. 鲁迅全集: 编年版: 第1卷 [M]. 北京: 人民文学出版社，2014: 756.

是唯一穿着长衫却站着喝酒的人。长衫带着身份，是有钱有闲阶级，所以可以坐到隔壁的房间里慢慢品酒；而孔乙己最多能要一碟茴香豆。短衣帮和孔乙己互相看不上，穿长衫的更看不上孔乙己，孔乙己能交往的就只剩下小伙计了，而小伙计也就是"我"，也"愈不耐烦了，努着嘴唇走远"。

孔乙己的名字是什么？周围人并不感兴趣，就从"描红纸的'上大人孔乙己'这半懂不懂的话里，替他取下一个绰号"。用绰号取代了真名，孔乙己愿意吗？然而周围人并不管这些，这在一定程度上反映了周遭对他的轻视和不在乎。

孔乙己穿着长衫，尽管已经经年不洗，既旧也破，但毕竟是读书人的象征，在受教育的权利不够普遍的年代，能识字、读过书、考过试也就是拥有知识，怎么说也是一种权势。可是，他读的书并没有给自己带来好处，反而带来的是迂腐不堪——满嘴之乎者也，说些别人半懂不懂的话——于是周围的人就以此打趣，"孔乙己，你当真认识字么？""你怎的连半个秀才也捞不到呢？"读书不成器，也是遭人嘲笑的。

孔乙己读书没有改变或者说维持自己的生计，那就去做一个劳动者吧。"幸而写得一笔好字，便替人家钞钞书，换一碗饭吃。可惜他又有一样坏脾气，便是好吃懒做。坐不到几天，便连人和书籍纸张笔砚，一齐失踪。如是几次，叫他钞书的人也没有了。"孔乙己连劳动者也做不好，好吃懒做是不是就活该受穷？是不是就该受到人们的嘲笑呢？在一个等级森严的宗法社会中，穷而且好吃懒做，自然是受人耻笑的。

所以，孔乙己是怎样的一个人？

是站着喝酒却穿长衫的人；

是穷得要讨饭但又好吃懒做的人；

是以读书人自居但又连半个秀才也没捞到的人；

是竭力争辩、试图维护清白但又偶有偷窃的人；

是绝少拖欠酒钱然而屡遭冷遇热嘲的人；

是热心教小伙计认字，给孩子们分茴香豆，但又与人交流被拒绝的人；

是被人们讥讽且无人关心的人；

是唯一的用手走来咸亨酒店喝酒的人；

是阔绰时排出九文大钱，穷困时摸出四文大钱的人；

是使人快活但又可有可无的人；

……

孔乙己是弱者，还带着一点善良；是读书人，然而迂腐；是底层，却又故作清高；是小偷，却为自己辩白；被冷遇被热嘲，是因为他可笑，是因为他可以为"我们"笑。

"凡捕食雀鼠，总不肯一口咬死，定要尽情玩弄，放走，又捉住，捉住，又放走，直待自己玩厌了，这才吃下去，颇与人们的幸灾乐祸，慢慢地折磨弱者的坏脾气相同。"① 猫是强者，雀、鼠是弱小者，猫总要尽情地玩弄它们。强者往往并不愿意轻易放过弱小者，因为生活的无聊乏味，还要求弱者做取悦自己的材料。掌柜的、短衣帮调侃孔乙己，颇有一点猫玩弄雀、鼠的意味。孔乙己是弱小者，所以大家并不急于饶恕他，他一出现就尽情玩弄，"故意""高声嚷""背地里议论""便又问他"……这就如同"放走，又捉住，捉住，又放走"，人们的幸灾乐祸，慢慢折磨，正是此类。

三、鲁迅怎么看《孔乙己》

鲁迅的学生孙伏园，在《鲁迅先生二三事·孔乙己》中，有这样几段话：

---

① 鲁迅. 鲁迅全集：编年版：第4卷 [M]. 北京：人民文学出版社，2014：22.

我尝问鲁迅先生，在他所作的短篇小说里，他最喜欢哪一篇。他答复我说是《孔乙己》。

……

何以鲁迅先生自己最喜欢《孔乙己》呢？我简括地叙述一点作者当年告我的意见。

……

对于苦人是同情，对于社会是不满，作者本蕴蓄着极丰富的情感。不满，往往刻画得易近于谴责；同情，又往往描写得易流于推崇。

……

《孔乙己》的创作目的既在描写一般社会对于苦人的凉薄……《孔乙己》的主人公却是一个无关大局的平凡的苦人；另一方面则是作者态度的"从容不迫"……。鲁迅先生特别喜欢《孔乙己》的意义是如此。[1]

从这几段话中，大约可以略微知道鲁迅先生为什么喜欢《孔乙己》了[2]。首先是这篇小说写作的"从容不迫"；其次是表现了一种平凡的苦人被众人凉薄的生存境遇。

何谓"从容不迫"？由叶圣陶编写的《孔乙己》一文的阅读"提示举隅"第一小题写道：这一篇写孔乙己，以"我"（酒店小伙计）的所见所闻为限。用这种写法的时候，"我"不在场的事情不能写，人家藏在心里的想法不能写。另外一种写法，作者不参加在里头，文中没有作者自称的"我"，那就什么都可以写，没有限制了。[3]

① 孙伏园，等. 鲁迅先生二三事：前期弟子忆鲁迅 [M]. 石家庄：河北教育出版社，2000：58-59.
② 1932 年上海天马书店请鲁迅出《自选集》的时候，他在《呐喊》中选了五篇，其中就包括《孔乙己》。
③ 钱理群. 中学语文教材中的鲁迅作品解读 [M]. 桂林：漓江出版社，2014：121.

鲁迅是一个小说文体实验家，《孔乙己》特意设置了一个"小伙计"，经由他的眼睛去看。因为他是酒店的"小伙计"，所以酒店之外的事情只能听说，而不能亲见，这就决定了小说中的事件，哪些可以细致呈现，哪些只需略加交代；而那些关乎孔乙己生命的"大事件"，比如落第，比如偷书，比如被打折了腿，比如他大约的确已经死了……这些事件因为"小伙计"没有在场，所以鲁迅的笔墨极为简省，大多采用的也只是略写的手法。所有精彩的细节都只是"我"在场时候发生的。这样的处理方式首先节约了笔墨，更确立了写作重点：孔乙己几次到酒店的场景。于是我们明白，这一篇小说并不在于交代孔乙己的一生，而是在考察孔乙己遭遇悲惨命运后，周围人和他之间的关系是怎样的。

小说中的人不过是普通的"一个"，特殊个体的故事本身就足够吸引人了，但这不是鲁迅小说的诉求，他更期待从"一个"入手去看"无数"。孔乙己当然有其特殊性，但是他作为平凡的苦人，却也代表了一个群体，或者说几乎是整个下层百姓的代表。丁举人、店主、穿长衫的如何对待孔乙己，涉及的是一个阶级如何对待一个异己者；而短衣帮、"我"如何对待孔乙己，反映的就是同一个阶级内部的情况了。

马克思说"全世界无产阶级联合起来"，因为都是无产阶级，于是有了联合的基础。短衣帮是贫穷的人们，他们没有钱只能站着喝酒；孔乙己尽管是读书人，但也是站着喝酒的贫苦人，照理说，他们有联合的基础，然而孔乙己一到咸亨酒店就成了大家的笑料。当一个群体太过愚昧落后的时候，他们对同类的嘲笑和打击往往更加猛烈，因为无知是最大的破坏力。孔乙己是被丁举人打折了腿，这是他自作自受，是孔乙己的可恨之处；而他带着新的伤痂，用手走到咸亨酒店而店内外也充满了欢笑的时候，你会深味周围人的凉薄，这凉薄就是冷漠，就是麻木愚昧。

孔乙己的处境除却糟糕，就是更糟糕；然而这样的人生际遇并不能引起周围人的同情，反而是带来欢乐，因为只有孔乙己到店，店内外才充满了快活的空气。人们不会因为孔乙己处境更悲惨了而有所改变，还是一如往常，如此的平静，如此的冷漠。经由"小伙计"的眼睛，鲁迅客观节制地呈现出生活的常态，没有更好，也没有更坏，就是这样，似乎永远这样。而正是在这种冷静的叙事风格中，小说节奏不急不缓，文字似乎没有情感倾向，就像在说一个人物没有任何起伏的命运一样，有情感吗？看似没有，可是却满满的都是情感。鲁迅没有表达什么，却也什么都表达了。

小说不是要让读者接受作家的态度，而是呈现出生活的面貌，你自己去感受，自己去体味，然后做出选择。惟其如此，才能见出鲁迅的伟大。

我时常在想，鲁迅为什么写孔乙己？他自己非常喜欢《孔乙己》，那么鲁迅和孔乙己的现实困境与精神困境有无相通处？

孔乙己在小说中，是被所有人弃绝的一个角色。郁达夫《沉沦》的主人公称呼自己为"零余人"，意即多余者，孔乙己也是这样的零余者。

《孔乙己》中所有人对孔乙己都是绝情冷漠的态度，这篇小说写出了人是如何一步步地被置于绝望的深渊的。而孔乙己的遭遇不由令人联想到鲁迅当年的处境。当祖父入狱，父亲病故，家道中落之后，他所感受到的大约也就是孔乙己所感受到的人世冷暖吧。"有谁从小康人家而坠入困顿的么，我以为在这途路中，大概可以看见世人的真面目。"[1]1922年在《〈呐喊〉自序》里鲁迅如此感慨。而1925年他在《自叙传略》里说："但到我十三岁时，我家忽而遭了一场很大的变故，几乎什么也没有了；我寄住在一个亲戚家里，有时还被称为乞食者。我于是决心回家，而我底父亲又生了重病，约有三年多，死去了。"[2]1927年他又说："我小的时候，因为家境好，人们看我象王子一样；但是，一当我家庭发生变故后，人们就把我看成叫化子都不如了。我感到这不是

---

① 鲁迅. 鲁迅全集：编年版：第2卷 [M]. 北京：人民文学出版社，2014：311.
② 鲁迅. 鲁迅全集：编年版：第3卷 [M]. 北京：人民文学出版社，2014：287.

一个人住的社会，从那时起，我就恨这个社会。"① 这个真面目就是从王子到乞丐不如的身份转变中世人眼色脸色的变化，从这些变化中，鲁迅发现了周围是一个冷漠无情的世界。

我们再来看《藤野先生》中"我"在仙台学医时，周围的人如何对待"我"。"我"作为弱国子民，在他们眼中就是"低能儿"，考试就该不及格，及格了一定是因为作弊；在看"幻灯片"的时候，周围的日本师生不会顾及"我"的感受，他们鼓掌并且欢呼。

所以我在读《孔乙己》的时候，觉得鲁迅有可能把自己的生命际遇反射在小说的主人公孔乙己身上了。孔乙己的人生遭际，与鲁迅小时候"乞食者"的角色，与他逃往异地寻求别样的人生，与他在异国他乡读书谋生，甚至写作小说时候的生命境遇会有关联。正所谓：眼中看到什么，心中才有什么；心中有什么，笔下才有什么。

四、孔乙己与当下的"我"

鲁迅不仅是呐喊者，更是呐喊后的反省者，他一直在问，"呐喊"之后会怎么样？孔乙己这样的人还会不会存在？甚至在当下还会不会存在？

我想到自己的乡村，想到我好朋友的叔叔。他是一个落第的高考生，爱好文学，然而连农活都干不好，他走不出去，却也难以融入生于斯长于斯的乡土。他终身未娶，也不愿与周围的乡民接触，他愿意写诗，愿意和孩子交流，他常常独自一人走到广漠的野外，年少的我们永远不知道他在想些什么。凡有他出现的场合，气氛都特别奇怪，背后大人们往往瞧不起他，说他犁都扶不稳，媳妇都捞不到一个。他孤寂地生活，孤寂地老去，在四十多的时候病逝。他是不是当下的"孔乙己"？他没有孔乙己的恶习，他不偷，也不好吃懒做；他有孔乙己的善良，尤

---

① 薛绥之. 鲁迅生平史料汇编：第四辑 [M]．天津：天津人民出版社，1983：359.

其是他似乎拥有孔乙己一般的命运。这位叔叔无法归类，他不是走出去的读书人，也不是留下来的农人；他一辈子都很尴尬，一辈子都在突围，然而到底没有成功。

孔乙己徘徊于短衣帮和长衫者之间，左右不是，谁也不接纳他，也让我联想到自己。

我从农村读书出来，逃离农村，在京城名校读书到硕士，然后在一所著名中学教书。我是知识分子吗？我应该归类于穿长衫的一类吗？还是表面看起来光鲜，其实"长衫"又破又旧？站在三四十个孩子的面前，高高在上，似有威权，但其实没有。这个世界依然由威权世界、金钱世界、劳力世界三个阶层构成，而且阶层越来越固化。像我一样的读书人，身无半亩，故乡回不去；在城市里无立锥之地。权力攀不上，金钱捞不到，劳力支出不了，我们的位置到底在哪里？王富仁教授说："我们的工作，就是孔乙己的工作：'抄书'，把古代的书反复抄下来，把外国的书不断抄进来，我们就在这'抄书'的工作中'换一碗饭吃'。"[①] 王教授是大学教授，我是中学老师，他说自己是"抄书"，那我就更是"抄书"的了。

读到这样的文字，再去看《孔乙己》，我异常感动，却也异常害怕，内心悲伤。然而，这样的阅读才是有意义的吧。

当我把我的生活、我周围的人与事，和《孔乙己》这篇小说勾连起来的时候，我发现了很多前所未有的东西，很新鲜，很有创痛感；却也让人欣喜，因为经由这种方式，我的世界与《孔乙己》、与鲁迅发生了奇妙的关联。这个时候，这个文本才触动了我，我的感情因为这个文本而有了变化，这才是阅读吧。

鲁迅小说的深刻性不在于鲁迅为它规定了什么样的主题，而在于它为读者开辟了异常宽阔广大的联想和想象空间，它可以容纳连鲁迅自

---

① 钱理群. 中学语文教材中的鲁迅作品解读 [M]. 桂林：漓江出版社，2014：126.

己也未曾经历的人生经验和体悟。在阅读鲁迅的时候，每个人都应该有不同的感悟，每个人都应该读出自己。那你阅读时的关注点在哪里？

拓展阅读

钱理群：《中学语文教材中的鲁迅作品解读》，漓江出版社，2014年。

思考题

1. 小说《孔乙己》是以"我"的视角进行书写的，那么哪些部分是二十多年前的"我"亲见？哪些部分是二十多年前的"我"听闻？哪些部分又是"我"而今的感慨？

2. 请根据小说内容，用文字为二十多年后的"我"（小伙计）画一幅画像，并附上200字左右的理由。

珂勒惠支：穷苦
石版画
15cmx15cm
1898 年

对于鲁迅这样的知识分子，

一方面努力逃离"故乡"，一方面在谋食的异地站稳了脚跟，

却又思念着"故乡"。

这是一种割舍不掉的乡愁。

一、《故乡》的过去与现状

（一）"故乡"的过去与现状

故乡，是一个很特殊的词，它可能意味着闲情逸致，意味着乡愁，意味着风俗画，意味着人情美，也可能意味着闭塞落后。在鲁迅的笔下，《故乡》第一句话就几乎奠定了整篇小说的情感基调："我冒了严寒，回到相隔二千余里，别了二十余年的故乡去。"

参照鲁迅日记：一九一九年十二月一日，晴。晨至前门乘京奉车，午抵天津换津浦车。二日，晴。午后到浦口，渡扬子江换宁沪车，夜抵上海。三日，雨。晨乘沪杭车，午抵杭州。四日，雨。上午渡钱江，乘越安轮，晚抵绍兴城，即乘轿回家。[1] 鲁迅的确是"冒了严寒"，然而既然是小说，就不一定非得按照实情来写。所以，为什么非得是"严寒"？可不可以是春暖花开的季节？可不可以是炎热的夏天，或者收获的秋天？可是鲁迅选取的是"严寒"，意味着冷、凉，万物肃杀，而"严寒"的外在环境与"我"回乡后所感到的内心情感温度相似，在某种意义上做了一个暗示。"相隔二千余里""别了二十余年"，因为时间上和空间上都有了距离，所以生于斯长于斯的地方只能称之为"故乡"了。而且这一句话，充满了浓郁的抒情意味。一般情况下，状语如果过长，我们会把状语"严寒""相隔二千余里""别了二十余年"放在句子主干之前，以状语从句的方式呈现，那就可能变成"二十余年后，严寒之时，在二千余里外，我回到故乡。"这个句子就变成了一般陈述句，较之于小说中的句子，缺少了韵味，这就是鲁迅小说语言的魅力，形成了一种长长的咏叹调，让读者不由自主地进入句式所传达的情绪当中。

时候既然是深冬；渐近故乡时，天气又阴晦了，冷风吹进船

---

[1] 鲁迅. 鲁迅全集：编年版：第1卷 [M]. 北京：人民文学出版社，2014：793.

舱中，呜呜的响，从篷隙向外一望，苍黄的天底下，远近横着几个萧索的荒村，没有一些活气。我的心禁不住悲凉起来了。

阿！这不是我二十年来时时记得的故乡？

这是一幅江南水乡冬景图，鲁迅的文字就像一幅图画，而且更丰富，鲁迅调动了各种感官来写。"深冬""阴晦""冷风""呜呜的响""苍黄的天""横着几个萧索的荒村""没有一些活气"，从触觉、听觉、视觉和内心的感受多角度呈现渐近的故乡。而这些感觉总体上就是"冷""阴""萧索""死气沉沉"，和第一段的严寒形成了一种呼应关系，同时强化了"我"对于故乡"冷""荒凉"的认识。而这直接导致的结果就是："我的心禁不住悲凉起来了"。因为外在环境如此，所以才禁不住悲凉了——阿！这不是我二十年来时时记得的故乡？

这是"我"记得的故乡吗？二十年来，时时反顾，长长的思念，真的与之相见，却竟然面目全非。于是一声"阿"，是巨大的惊讶，是不敢相信，是由于外在景物的阴冷萧索引发内心的悲凉后，"情动于中而形于言"。接着一个问句，是反问，难道这就是故乡？也是设问，再怎么将信将疑，也得承认，这就是故乡啊！

然而，"我所记得的故乡全不如此。我的故乡好得多了。但要我记起他的美丽，说出他的佳处来，却又没有影像，没有言辞了。仿佛也就如此。于是我自己解释说：故乡本也如此，——虽然没有进步，也未必有如我所感的悲凉，这只是我自己心情的改变罢了，因为我这次回乡，本没有什么好心绪"。

"全不如此"，"此"就是渐近故乡时候的情况，较之于记忆中的故乡，差距很大，因为"我的故乡好得多了"。然而，真要说出故乡的"美丽""佳处"来，却又没有"影像"和"言辞"了。于是自我劝慰，一则，本来"我"回家就是"专为了别他而来"，心绪不好；二则，故乡本就如此，只是"我"在外时日太长，距离太远，在一次次的记忆中将故乡美化，于是就有了落差，但这不过因为"我"的心境随着年龄发生了很大的变化。

果真如此吗？那么记忆中的故乡会是什么样子的呢？

> 这时候，我的脑里忽然闪出一幅神异的图画来：深蓝的天空中挂着一轮金黄的圆月，下面是海边的沙地，都种着一望无际的碧绿的西瓜，其间有一个十一二岁的少年，项带银圈，手捏一柄钢叉，向一匹猹尽力的刺去，那猹却将身一扭，反从他的胯下逃走了。
>
> ……
>
> 现在我的母亲提起了他，我这儿时的记忆，忽而全都闪电似的苏生过来，似乎看到了我的美丽的故乡了。

"我"经由母亲谈起闰土而闪电般复活了儿时的记忆——和闰土初次见面，和闰土一起捕鸟，听闰土讲海边奇奇怪怪生动有趣的事，这一切都是高墙内的"我"未曾经历过的。而这些儿时的美好生活叠加在一起，"似乎看到了我的美丽的故乡了"。所以，一个人的故乡美不美，首先当然是因为外在的景物，更重要的则取决于与他人相处时产生的记忆和情感。人与人以及外在景物、事物有了交集，才会产生意义。"我"似乎看到故乡的美丽，是因为"我"回忆起了闰土，"我"和闰土之间是产生过深刻的友谊的，"我们"熟识，分享彼此的世界，"闰土很高兴"，"我"也很高兴，甚至在闰土必须要回家的时候，"我急得大哭，他也躲到厨房里，哭着不肯出门"。"我"清晰地记得闰土来时的相貌，清晰地记得他来到和离去的时间，清晰地记得"我们"一起做过什么，连细节都清清楚楚，说明"我"和闰土真的在一起度过了一段难忘的时光，而"我"对于故乡"美好"的记忆恰恰就是由这些"细节"构成的。

（二）"豆腐西施"与圆规

先来看两段文字。第一段出自《故乡》，写的是杨二嫂的出场；第二段是《红楼梦》的经典篇目《林黛玉进贾府》，写的是王熙凤的出场。

"哈！这模样了！胡子这么长了！"一种尖利的怪声突然大叫起来。

我吃了一吓，赶忙抬起头，却见一个凸颧骨，薄嘴唇，五十岁上下的女人站在我面前，两手搭在髀间，没有系裙，张着两脚，正像一个画图仪器里细脚伶仃的圆规。

——《故乡》

一语未了，只听后院中有人笑声，说："我来迟了，不曾迎接远客！"黛玉纳罕道："这些人个个皆敛声屏气，恭肃严整如此，这来者系谁，这样放诞无礼？"心下想时，只见一群媳妇丫鬟围拥着一个人从后房门进来。这个人打扮与众姑娘不同：彩绣辉煌，恍若神妃仙子。头上戴着金丝八宝攒珠髻，绾着朝阳五凤挂珠钗；项上带着赤金盘螭璎珞圈；裙边系着豆绿宫绦双衡比目玫瑰珮；身上穿着缕金百蝶穿花大红洋缎窄裉袄，外罩五彩刻丝石青银鼠褂；下着翡翠撒花洋绉裙。一双丹凤三角眼，两弯柳叶吊梢眉，身量苗条，体格风骚。粉面含春威不露，丹唇未启笑先闻。黛玉连忙起身接见。[1]

——《林黛玉进贾府》

杨二嫂一出场就与众不同："哈！这模样了！胡子这么长了！"这个出场很像《红楼梦》中王熙凤的出场："我来迟了，不曾迎接远客！"都是未见其人先闻其声，都是声音大，都比较"突然"，引起他人注意。两个人物对此的反应：《故乡》中"我吃了一吓"；《林黛玉进贾府》中"黛

---

① 曹雪芹，无名氏. 红楼梦 [M]. 北京：人民文学出版社，2008：39-40.

玉纳罕道"。《红楼梦》中是通过林黛玉的眼睛看王熙凤；《故乡》中是通过"我"的眼睛看杨二嫂。写法上有异曲同工之妙。至于"看的内容"，天差地别：王熙凤光彩照人，一时间成为众人眼中的焦点；杨二嫂则是大大出乎"我"的意料。《红楼梦》中王熙凤此人是既有可恨也有可爱之处，而《故乡》里的杨二嫂似乎只有可厌之处。

《故乡》中"哈！这模样了！胡子这么长了！"一句一连三个感叹号，之后用了"尖利""怪声""突然"和"大叫"四个词，表现了说话者的夸张做作，听者的惊讶愕然和尴尬。

再看人，"凸颧骨""薄嘴唇"，非常有特点，为什么是薄的嘴唇呢？是跟她能言善辩、说话尖酸刻薄有关系吧。"五十岁上下的女人站在我面前，两手搭在髀间，没有系裙，张着两脚，正像一个画图仪器里细脚伶仃的圆规。"这个描写太精彩了，杨二嫂一下子就定了型，圆规就是杨二嫂，想一想杨二嫂站成圆规那个样子，会是什么感觉？一般的女人站姿不会是这样的，"两手搭在髀间""张着两脚"，有点泼妇骂街的架势。所以杨二嫂一上场就是很夸张的，无论是语音语调，还是她的站姿，都充满对他人的威压感，可是她这样做也许自己并没有意识到。长期处于下层社会的屈辱和无奈，已经把她的生存空间和人格尊严挤压得非常逼仄。她希求从生活"富裕"者——就是比她过得好的人——那里获得好处，所以往往巴结；在面对比自己更不如意者的时候，便故作姿态。生活艰辛，她需要极尽所能获取更多的生活资料，而这样的艰辛挤压得她从西施变成了"泼妇"。她的行为是一种自我保护，可恨但也可怜。

我们读小说，往往记住的是人物，为什么能记住人物，一般是因为这个人物形象塑造得特别、深入人心。杨二嫂就是这样的人物形象。只要一提起杨二嫂或《故乡》，可能首先出现在脑海中的就是"圆规"，这个比喻太特别了，几乎让阅读过小说《故乡》的人都记住了这个比喻。第一，一个人是一支圆规，圆规是什么样子？瘦长瘦长，尤其是下面特别"尖""细"，杨二嫂是裹脚女人，也就变成了"细脚伶仃"的样子，非常不协调，但这就是杨二嫂的样子，外形上与圆规相似。第二，圆规是科学用语，是为了计算上的精确细致，这个就和杨二嫂的"精于算计"神似了。第三，杨二嫂是愚弱的村妇，而"圆规"是特别现代化的一个词，作家毕飞宇在《小说课》中对此有一个特别好的阐述："《故乡》写于1921年的1月，小一百年了。那时候，'圆规'可不是现代汉语里的常用词，在'之乎者也'的旁边，它是高大上。就是这么高大上的一个词，最终却落在了那样的一个女人身上。我的意思是，如果我们能够用'历史的眼光'去阅读经典，我们所获得的审美乐趣要宽阔得多。"① 一个生活在狭小闭塞空间的农村小老太太，愚昧、落后，鲁迅却把如此摩登、现代的一个词放在她身上，于是，一种因不协调而产生的讽刺感就出来了。而在这样的描写中，鲁迅，或者说"我"对于人物的态度也就表现出来了。

　　　　我愕然了。

　　　　"不认识了么？我还抱过你咧！"

　　　　我愈加愕然了。幸而我的母亲也就进来，从旁说：

　　　　"他多年出门，统忘却了。你该记得罢，"便向着我说，"这是斜对门的杨二嫂，……开豆腐店的。"

　　　　哦，我记得了。我孩子时候，在斜对门的豆腐店里确乎终日坐着一个杨二嫂，人都叫伊"豆腐西施"。但是擦着白粉，颧骨没有这么高，嘴唇也没有这么薄，而且终日坐着，我也从没有见过这圆规式的姿势。那时人说：因为伊，这豆腐店的买卖非常好。但这大约因为年龄的关系，我却并未蒙着一毫感化，所以竟完全忘却了。然而圆规很不平，显出鄙夷的神色，仿佛嗤笑法国人不知道拿破仑，美国人不知道华盛顿似的，冷笑说：

　　　　"忘了？这真是贵人眼高……"

① 毕飞宇. 小说课［M］. 北京：人民文学出版社，2017：101.

"那有这事……我……"我惶恐着,站起来说。

"那么,我对你说。迅哥儿,你阔了,搬动又笨重,你还要什么这些破烂木器,让我拿去罢。我们小户人家,用得着。"

"我并没有阔哩。我须卖了这些,再去……"

"阿呀呀,你放了道台了,还说不阔?你现在有三房姨太太;出门便是八抬的大轿,还说不阔?吓,什么都瞒不过我。"

我知道无话可说了,便闭了口,默默的站着。

"阿呀阿呀,真是愈有钱,便愈是一毫不肯放松,愈是一毫不肯放松,便愈有钱……"圆规一面愤愤的回转身,一面絮絮的说,慢慢向外走,顺便将我母亲的一副手套塞在裤腰里,出去了。

当"我"显示出不认识她、感到愕然的样子时,豆腐西施掩饰不住地失望,进而有些愤怒:"不认识了么?我还抱过你咧!"因为越是卑微,就越是希望得到别人的认可。但同时,她又似乎在攀两人的交情——你看,我当年可是抱过你的。

"然而圆规很不平,显出鄙夷的神色,仿佛嗤笑法国人不知道拿破仑、美国人不知道华盛顿似的,冷笑说:'忘了?这真是贵人眼高……'""很不平""鄙夷""冷笑""贵人眼高",杨二嫂依旧"犀利",可以想到她说话的阴阳怪气,她也不一定是真生气,许是惯性使然。因为后面接着就显示出杨二嫂的短视和褊狭:"阿呀呀,你放了道台了,还说不阔?你现在有三房姨太太;出门便是八抬的大轿,还说不阔?吓,什么都瞒不过我。"在杨二嫂的世界里,出门的"我"就一定是富贵人,所谓富贵就是放了道台,出门就是八抬的大轿。她的天空也就这么大,她为了获得一点好处,就尽自己所能知道地夸赞"我",可是"我"偏偏不买账,并不能让杨二嫂获得什么好处。既然没好处,杨二嫂脸马上就变了,"'阿呀阿呀,真是愈有钱,便愈是一毫不肯放松,愈是一毫不肯放松,便愈有钱……'圆规一面愤愤的回转身,一面絮絮的说,慢慢向外走,顺便将我母亲的一副手套塞在裤腰里，出去了。"先是抱怨，愤怒，最后是顺手牵羊，大的捞不着，小的怎么着也得捞点，这就是爱贪小便宜，市侩、庸俗的杨二嫂。

杨二嫂一切言行的特点是夸张、做作。在她这里，一切都是夸大了的，是根据自己的实利考虑变了形的。她一出场，发出的就是一种"尖利的怪声""突然大叫"，这是她不感惊奇而故作惊奇的结果。她的面貌特征也是在长期不自然的生活状态中形成的，豆腐西施的脸相迅速衰老，只留下"薄嘴唇""凸颧骨"，没有了当年的风韵。她的站姿也是不自然的，故意装出一副不可一世的样子，实际上她早已失去了自信心，失去了做人的骄傲，但又希望别人看得起她，尊重她。她对"我"故意装出一副有感情的样子。她通过自己的想象把别人的生活说得无比阔气和富裕，无非是为了从别人那里捞取更多的好处。这是现实中的杨二嫂。

之前呢？杨二嫂是怎样的一个人？

她原来是开豆腐店的，为了豆腐店能够赚到更多的钱，她擦着白粉，终日坐着，人们都叫她"豆腐西施"。"西施"是古代四大美女之一，杨二嫂年轻的时候被人们叫作"西施"，尽管在"西施"之前加上了"豆腐"，但大约是有几分姿色的。至于"豆腐"，一则是因为她确实是做豆腐的生意；二则是她确也当不起"西施"这份美誉。"豆腐"这个意象让人联想到的是软、易碎，而且人们通常把调戏女性、非礼女性的行为叫作"吃豆腐"。杨二嫂是用自己的美来招揽顾客，免不了受到游手好闲之徒的轻薄，然而"因为伊，这豆腐店的买卖非常好"。王富仁说："'美'，在'豆腐西施'杨二嫂这里已经不再是一种精神的需要，而成了获取物质利益的手段。物质实利成了她人生的唯一目的。为了这个目的，她是可以牺牲自己的道德名义的。"① 其实，豆腐西施利用自己的年

---

① 钱理群，孙绍振，王富仁. 解读语文 [M]. 福州：福建人民出版社，2010：52-53.

轻美貌让豆腐卖得多一些，并没有什么错误，毕竟一个人是需要物质生活的保证的。当一个人无法通过自己正常的努力而获得最起码的物质生活保证的时候，为了生命的保存，就要通过一些非正常的、不体面的手段来获取这种保证了。在这个意义上，她是值得同情的。然而，当她青春逝去、美貌不再的时候，她就有可能把任何东西都拿来当作获取物质实利的手段了，这在杨二嫂身上得到了验证。到了这个时候，她的人生就完全成了物质的人生、狭隘自私的人生。她的眼里只有"物"，只有"利"，没有"人"，没有感情。为了物质，为了能够活下去，道德感就可能丧失，之后，她可能会能捞就捞，能骗就骗，能偷就偷，能抢就抢。

但人类社会是在相互关联中存在和发展的，人类为了其共同的生存和发展，需要心灵的沟通，需要感情的联系，需要道德的修养，需要精神品质的美化。像豆腐西施杨二嫂这样的人，时时刻刻都在做着损人利己的勾当，是不能不引起人们的厌恶乃至憎恨的。所以，就她本人命运的悲惨而言，她是可怜的；而就其对别人的态度而言，她又是可气、可恨的。杨二嫂还是一个可笑的人，她的可笑在于长期的狭隘自私使她已经失去了对自我的正常感觉。她把虚情假意当作情感表现，把小偷小摸当作自己的聪明才智。她是属于世俗社会所谓的能说会道、手脚麻利、不笨不傻的女人。但在正常人眼里，她这些小聪明小把戏都是瞒不了人、骗不了人的。所以，人们又感到她的言行的可笑。人们无法尊重她、喜欢她，甚至也无法真正地帮助她。她是一个令人看不起的人。

豆腐西施杨二嫂体现的是"我"所说的"辛苦恣睢而生活"的人的特征。她的生活是辛苦的，但这种辛苦也压碎了她的道德良心，使她变得没有信仰，没有操守，没有真挚的感情，不讲道德，自私狭隘。

（三）"少年闰土"与"中年闰土"

《故乡》中还塑造了一个更重要的形象——闰土。少年闰土在下雪天捕鸟，夏天到海边捡贝壳，矫健地用胡叉刺猬，整日里和"我"混在一起，没有尊卑贵贱之分，充满生命的活力。于"我"而言，少年闰土代表了更为广阔的生活空间：他总有更多的新鲜生活和新鲜感受要表达；他对于生活的一切感受和知识都是从大自然中获得的，所以他的行为充满大自然的神韵：浑然天成、毫不做作。少年闰土给"我"留下了难以磨灭的印象，所以"我"回家之后非常期待和闰土的重逢，好好再叙一叙兄弟之间的情谊。

他站住了，脸上现出欢喜和凄凉的神情；动着嘴唇，却没有作声。他的态度终于恭敬起来了，分明的叫道：

"老爷！……"

我似乎打了一个寒噤；我就知道，我们之间已经隔了一层可悲的厚障壁了。我也说不出话。

他回过头去说，"水生，给老爷磕头。"便拖出躲在背后的孩子来，这正是一个廿年前的闰土，只是黄瘦些，颈子上没有银圈罢了。"这是第五个孩子，没有见过世面，躲躲闪闪……"

母亲和宏儿下楼来了，他们大约也听到了声音。

"老太太。信是早收到了。我实在喜欢的了不得，知道老爷回来……"闰土说。

"阿，你怎的这样客气起来。你们先前不是哥弟称呼么？还是照旧：迅哥儿。"母亲高兴的说。

"阿呀，老太太真是……这成什么规矩。那时是孩子，不懂事……"闰土说着，又叫水生上来打拱，那孩子却害羞，紧紧的只贴在他背后。

……

"冬天没有什么东西了。这一点干青豆倒是自家晒在那里的，请老爷……"

然而，相见了，"我"很兴奋，闰土也很兴奋，"脸上现出欢喜和凄凉的神情；动着嘴唇"。"欢喜"代表高兴，当年建立的友谊犹存；"凄凉"意味着闰土对自我生命的认识，是两个人之间的沟壑。所以闰土动着嘴唇，可是能说什么呢？这么多年没见，还能叙旧吗？闰土心里有多少真挚的感情啊，然而，"老爷！……"这一声呼唤，让所有对于友谊的回忆都烟消云散，原本融合的两颗心瞬间被撕裂，甚至能听到生生被撕裂后带血的声音。

母亲说："阿，你怎的这样客气起来。你们先前不是哥弟称呼么？还是照旧：迅哥儿。""阿呀，老太太真是……这成什么规矩。那时是孩子，不懂事……"小时候不懂事，叫什么都可以的，现在长大了，怎么能够不懂事呢？小时候闰土和"我"之间也是有地位、身份的差异的，只是那时候"不懂事"，所以呈现出新鲜、活泼、自然的生命状态。现在成人了，懂事了，他明白了老爷和短工之间的身份地位和处境的差异就像一道厚壁障一样横亘在两人之间，无法逾越。"老爷"这个称呼充满敬意，是对身份地位比自己高的"我"的尊敬，但对一个高高在上（至少闰土是这样想的）的老爷自己能诉说什么呢？他的痛苦、悲哀、无奈能在"我"这儿获得释放吗？不可以。闰土是一个懂事的人，他懂得他们之间的尊卑，知道什么该说什么不该说，所以"动着嘴唇"无话可说。这个充满敬意的称呼却也同时散发出彻骨的寒冷，所以"我""打了一个寒噤"，心瞬间被冻结。

儿童时期，"我"是高墙内的孩子，"闰土的心里有无穷无尽的希奇的事，都是我往常的朋友所不知道的"。所以，闰土与"我"的关系中，闰土是强势的一方，"我"是羡慕者，闰土是讲述者。而到了中年之后，闰土的一声"老爷"，是闰土和"我"之间关系的扭转，"我"岂止成了强势的一方，两人之间简直有了不可逾越的鸿沟。

闰土为什么前后发生了如此巨大的变化呢？

我问问他的景况。他只是摇头。

　　"非常难。第六个孩子也会帮忙了，却总是吃不够……又不太平……什么地方都要钱，没有定规……收成又坏。种出东西来，挑去卖，总要捐几回钱，折了本；不去卖，又只能烂掉……"

　　他只是摇头；脸上虽然刻着许多皱纹，却全然不动，仿佛石像一般。他大约只是觉得苦，却又形容不出，沉默了片时，便拿起烟管来默默的吸烟了。

　　……

　　他出去了；母亲和我都叹息他的景况：多子，饥荒，苛税，兵，匪，官，绅，都苦得他像一个木偶人了。母亲对我说，凡是不必搬走的东西，尽可以送他，可以听他自己去拣择。

　　下午，他拣好了几件东西：两条长桌，四个椅子，一副香炉和烛台，一杆抬秤。他又要所有的草灰（我们这里煮饭是烧稻草的，那灰，可以做沙地的肥料），待我们启程的时候，他用船来载去。

　　在这段文字中，写了两次"他只是摇头"，说这句话的语境是谈到闰土的景况，景况太糟糕了，"多子，饥荒，苛税，兵，匪，官，绅，都苦得他像一个木偶人了"。这是第一个原因——生活的重压。

　　"木偶人"意味着人没有自觉的反抗现实的精神力量，他把这一切都视为不可战胜的，他只能承受，只能忍耐，他尽量不去思考自己的不幸，尽量快速遗忘自己的困苦。"什么地方都要钱，没有定规……"兵来了要捐钱，匪来了还是要捐钱；没收成是穷，有收成要捐钱交税，于是也还是穷。闰土只是觉得苦，都不知道怎么形容了，或者他都没有能力形容穷的境地，于是只好"拿起烟管来默默的吸烟了"。

　　"默默的吸烟"这个动作大约有遮掩"鸿沟"避免尴尬的用处吧。我想起逢年过节回家，和小时候一起长大的朋友聊天，除却"工作怎么样""家里怎么样"以及几个套路型的问候后，就不知道接下去聊什么了。于是两个人干坐着，他点上烟，有一搭没一搭，默默地抽完几支烟，找个借口，就走了。所以我在读这段文字的时候，"我"与闰土的隔阂，其实也是我与儿时小伙伴的隔阂。从儿时相似的生命经历，到成年之后各奔天涯，我们各自有不同的人生轨迹，除了回忆，共同话题很少。尽管我与小伙伴，比之于"我"与闰土已经是"世殊时异"，然而其中的人生况味却有很多相近处。

"我"是故乡的人吗？其实是"外来者"，即使心里如何惦念，然而一定会是那些一直生活在故乡的人眼中的他乡之客，不过暂作停留而已，也确实如此。所以，往往话不投机，往往沉默，往往尴尬。此处闰土"拿起烟管来默默的吸烟"，也是遮掩尴尬的一种方式吧。

闰土不知道如何改变现实境遇的苦，于是他只好把希望寄托在神灵的护佑上，所以他要了"一副香炉和烛台"。

此外还有很重要的一个原因，就是中国传统封建社会固有的礼法制度。这套礼法制度中人与人之间是有等级的。鲁迅 1925 年在《灯下漫笔》中说：

> 有贵贱，有大小，有上下。自己被人凌虐，但也可以凌虐别人；自己被人吃，但也可以吃别人。一级一级的制驭着，不能动弹，也不想动弹了。因为倘一动弹，虽或有利，然而也有弊。我们且看古人的良法美意罢——
>
> "天有十日，人有十等。下所以事上，上所以共神也。故王臣公，公臣大夫，大夫臣士，士臣皂，皂臣舆，舆臣隶，隶臣僚，僚臣仆，仆臣台。"（《左传》昭公七年）[1]

帝王与臣民，大官和小官，官僚与百姓，父子，兄弟，夫妻，一

① 鲁迅. 鲁迅全集: 编年版: 第 3 卷 [M]. 北京: 人民文学出版社, 2014: 249.

级压一级，"但是'台'没有臣，不是太苦了么？无须担心的，有比他更卑的妻，更弱的子在。而且其子也很有希望，他日长大，升而为'台'，便又有更卑更弱的妻子，供他驱使了。如此连环，各得其所，有敢非议者，其罪名曰不安分！"[①]闰土就是身处最底层，当他还是小孩子的时候，他可以不顾这套礼法，因为中国自古就有"小子之言、百无禁忌"的说法。可是到了成年，你就得"懂事"，就得自觉遵循这套礼法制度，否则就会受到惩罚。闰土就是在这套礼法制度下成长的，他是一个"老实人"，他把这套准则作为处理人与人之间关系的准则，所以他自然而然地就会在阔别多年后喊"我"一声"老爷"。这是一种很可怕的社会现象，因为这套礼法的存在，人与人之间那份原本该拥有的温情可能就消失掉了，人与人之间心灵的融合变得很难，尤其是跨阶级的融合往往是不可能完成的。

（四）杨二嫂与闰土

> 母亲说，那豆腐西施的杨二嫂，自从我家收拾行李以来，本是每日必到的，前天伊在灰堆里，掏出十多个碗碟来，议论之后，便定说是闰土埋着的，他可以在运灰的时候，一齐搬回家里去；杨二嫂发见了这件事，自己很以为功，便拿了那狗气杀（这是我们这里养鸡的器具，木盘上面有着栅栏，内盛食料，鸡可以伸进颈子去啄，狗却不能，只能看着气死），飞也似的跑了，亏伊装着这么高底的小脚，竟跑得这样快。

小说中的主要人物："我"、闰土、杨二嫂、母亲都建立了彼此关系，只有杨二嫂和闰土之间没有关联。母亲的这一番话，让小说中最为

---

① 鲁迅. 鲁迅全集：编年版：第3卷［M］. 北京：人民文学出版社，2014：250.

重要的两个人物发生了关联。杨二嫂向母亲告密说是闰土私下藏了一些碗碟。这十几个碗碟究竟是谁偷偷藏在灰堆中的？是闰土，或者是杨二嫂自己？鲁迅留下了这样一个悬念。

毕飞宇曾提到两个很重要的概念：流氓性、奴性。"最令鲁迅痛心的是，这两个部分不只是体现在两种不同的人的身上，在更多的时候，他体现在同一个人的身上。""流氓性通常伴随着奴性，奴性通常伴随着流氓性。"①

闰土身上是奴性，而杨二嫂身上是流氓性伴随着奴性。我愿意相信流氓性的人往往会欺负奴性的人，杨二嫂是会欺负闰土的。而他们两个是属于同一阶级的，理应成为互帮互助的兄弟姐妹，然而"穷"促使人工于算计、"巧取豪夺"，哪怕是一丁点的利益。

他们都属于这个社会的底层，是"辛苦恣睢"的人们，无数的生活磨难压弯了他们的脊梁，不仅在物质上对他们极尽剥削，也在精神上对他们疯狂掠夺。他们都有可怜的一面，只是杨二嫂没有守住人的最后一点尊严，变成令人讨厌的人；而闰土主动使自己成为一个符合社会规矩的人，在"多子，饥荒，苛税，兵，匪，官，绅"的重压下拼命地挣扎，到底是一个本分的"木偶人"。

作为读者，对杨二嫂和闰土，情感大约是不一样的，对杨二嫂更多是厌恶，对闰土更多是同情。对于杨二嫂，在厌恶之后，恰恰更需要我们设身处地去看杨二嫂的处境，要体谅。杨二嫂作为一个女人，从"豆腐西施"变作"圆规"，从"终日坐着"到"愤愤的回转身""絮絮的说"，容颜从美到丑，心态上从平和到不平，艰辛的生活是导致这些变化的重要原因，她的"丑"，她的令人生厌，恰恰也是表现其无能为力处，她也是艰辛生活的受害者。而对于闰土，同情之后恰恰需要我们去愤怒。闰土从鲜活到"木偶"，会让我们认识到奴性不是天然的，是

① 毕飞宇. 小说课 [M]. 北京：人民文学出版社，2017：100.

一个缓慢被培养的过程；比之更可怕的是闰土心甘情愿做奴隶，他对于生活除了叹息无奈，大约就只能对着"香炉""烛台"祈求了。闰土的处境令人同情，然而他自己也是制造其艰辛处境的"罪魁"之一。

在《故乡》中，人与人之间的关系异常冷漠，等级森严，没有任何的温情，《社戏》中的那抹乡土社会的温暖和美好在《故乡》中丧失殆尽。如果双喜、阿发长大了，他们会成为什么样的人呢？只要社会依旧，封建礼法制度依旧，杨二嫂或者中年闰土是不是就是双喜、阿发中年的面目呢？除此之外，还有别的可能吗？鲁迅说"哀其不幸，怒其不争"，对于像杨二嫂和闰土这样的人，是连什么是"争"都不知道的，只会默然忍受。钱锺书说古代的愚民政策就是不让老百姓接受教育。的确如此，因为不受教育，老百姓就很难知道还有别样的人生，就往往安于现状。既然祖祖辈辈都是如此活着，那就认为自身遭受的一切都是理所当然的，就不会对加诸自身的艰辛产生怀疑，也就不会对自己的处境有清醒的认知，也就当然对自身处于奴隶地位毫不自知，至于反抗，又怎么会来临呢？

二、没有炬火，"我"便是唯一的光

先分析一下两段文字，第一段在开头部分，第二段在结尾部分。

片段一：我这次是专为了别他而来的。我们多年聚族而居的老屋，已经公同卖给别姓了，交屋的期限，只在本年，所以必须赶在正月初一以前，永别了熟识的老屋，而且远离了熟识的故乡，搬家到我在谋食的异地去。

片段二：老屋离我愈远了；故乡的山水也都渐渐远离了我，但我却并不感到怎样的留恋。我只觉得我四面有看不见的高墙，将我隔成孤身，使我非常气闷；那西瓜地上的银项圈的小英雄的影像，我本来十分清楚，现在却忽地模糊了，又使我非常的悲哀。

"我"回乡是为了卖掉老屋，接母亲和年幼的侄儿去"我"生活的异地，那么处理掉一切事务之后，"我"直接带着母亲、宏儿离开。"我"乘船而来，乘船而去。片段一中的"永别了""远离了"，充满了难以割舍的离别愁绪；片段二中的"愈远了""远离了""但我却并不感到怎样的留恋"形成明显对比。《故乡》在小说结构上形成了一个闭合，"我"来故乡，"我"在故乡，"我"离开故乡，一头一尾，是外在的。而"我"在故乡是小说主体，主体部分是封闭的，外来者"我"是融入不进去的，也是不能融入进去的。"我"怀着期盼而来，却并不留恋而去，甚至"使我非常的悲哀"，恰恰是因为"我"发现了"故乡"以及"故乡人"并不美好甚至是丑恶的一面，进而思考"丑恶"的原因。

　　　　我想：我竟与闰土隔绝到这地步了，但我们的后辈还是一气，宏儿不是正在想念水生么。我希望他们不再像我，又大家隔膜起来……然而我又不愿意他们因为要一气，都如我的辛苦展转而生活，也不愿意他们都如闰土的辛苦麻木而生活，也不愿意都如别人的辛苦恣睢而生活。他们应该有新的生活，为我们所未经生活过的。

　　这一段话值得注意的地方在于："辛苦展转而生活""辛苦麻木而生活""辛苦恣睢而生活"。"我"是"展转"，闰土是"麻木"，杨二嫂是"恣睢"，各有各的特殊情况；然而无论是"我"、闰土，还是杨二嫂，我们的生活都有共同特点，那就是"辛苦"，这是所有人共有的外在生活境遇，"辛苦"的生活会给人带来什么样的影响呢？个人努力，能够改变的是各自特殊的境地，比如"我"的"展转"，比如闰土的"麻木"，比如杨二嫂的"恣睢"。但是，人往往对"辛苦"的生活无能为力，大环境如此，不是个体经过努力能够改变的。然而"辛苦"与"展转""麻木""恣睢"之间究竟有什么关系？　"辛苦"的生活一定会造成"我"的"展转"，催化闰土的"麻木"，加剧杨二嫂的"恣睢"。所以首先要改变的就是"辛苦的生活"。水生和宏儿应该有新的生活,"为我们所未经生活过的"。

鲁迅在1925年写的《灯下漫笔》中把中国自古以来一治一乱的历史总结为:"一,想做奴隶而不得的时代;二,暂时做稳了奴隶的时代。"[①]

无论治世,还是乱世,都不过是奴隶,始终没有争取到"人"的地位。要打破这两个时代,才可能有"新的生活,为我们所未经生活过的"。"而创造这中国历史上未曾有过的第三样时代,则是现在的青年的使命!"[②]

而开创从未有过的第三样时代,注定是异常艰难的。这是"我"的希望。

> 我想到希望,忽然害怕起来了。闰土要香炉和烛台的时候,我还暗地里笑他,以为他总是崇拜偶像,什么时候都不忘却。现在我所谓希望,不也是我自己手制的偶像么?只是他的愿望切近,我的愿望茫远罢了。
>
> 我在朦胧中,眼前展开一片海边碧绿的沙地来,上面深蓝的天空中挂着一轮金黄的圆月。我想:希望是本无所谓有,无所谓无的。这正如地上的路;其实地上本没有路,走的人多了,也便成了路。

"害怕"、反省、重新燃起希望,"我"的内心经历了这样的变化过程。"害怕"是因为希望的艰难,"第三样时代"的到来需要改变的地方太多了,而每一个细小的变化都非常艰难。凡中国人说一句话,做一件事,尤其是"改变""革新",因为与积习抵触,甚至背离,所以往

---

① 鲁迅. 鲁迅全集:编年版:第3卷[M]. 北京:人民文学出版社,2014:247.

② 鲁迅. 鲁迅全集:编年版:第3卷[M]. 北京:人民文学出版社,2014:248.

往被安上标新立异的罪名，不许说话，或者竟成了大逆不道，为众人唾弃，天地不容。所以"我"深感希望"茫远"。

然而，毕竟人还是本性善良的，希望是在于孩子，在于青年，所以要"救救孩子"，从孩子抓起，正如鲁迅 1919 年 1 月 15 日发表于《新青年》的《随感录四十一》中所说："愿中国青年都摆脱冷气，只是向上走，不必听自暴自弃者流的话。能做事的做事，能发声的发声。有一分热，发一分光，就令萤火一般，也可以在黑暗里发一点光，不必等候炬火。""此后如竟没有炬火：我便是唯一的光。"①

三、梦魂常向故乡驰

> 行人于斜日将堕之时，暝色逼人，四顾满目非故乡之人，细聆满耳皆异乡之语。一念及家乡万里，老亲弱弟必时时相语，谓可当至某处矣，此时真觉柔肠欲断，涕不可仰。故予有句云：日暮客愁集，烟深人语喧。皆所身历，非托诸空言也。②

这是可见的鲁迅最早的文字记录，按照周作人的回忆应该是写于 1898 年。1898 年，18 岁的鲁迅决意离开周家大院，逃往异地，寻求别样的人生。

作为周家台门的长房长孙，他的生命轨迹应该类似于巴金笔下的觉新，本本分分地撑起周家，上安顿好老的，下照顾好小的，人情往来，家长里短，在一地鸡毛当中虚耗自己的青春，一点点榨干残存的理想，一点点泯灭别样人生的愿景；然后，活着，活着，就老了；就成了以前自己讨厌的样子，一样地养小妾，一样地要抓住年轻人，一样地要树立威严，直至死去。

---

① 鲁迅. 鲁迅全集：编年版：第 1 卷 [M]. 北京：人民文学出版社，2014：688.
② 鲁迅. 鲁迅全集：编年版：第 1 卷 [M]. 北京：人民文学出版社，2014：3.

觉新，在新与旧的煎熬中，在自我与家族的对立里，无可奈何地做出了令人佩服的屈服，然而 1899 年的周家已经败落，鲁迅不是觉新。

1893 年，祖父周介孚的"科场舞弊案"让周家陷入无可挽回的败局中。周介孚被判了斩监候，就是所谓的秋后问斩。大地丰收以后，正是秋后算账的时候，所以凡是被判斩监候的，一到秋天就很紧张，弄不好就刀架到脖子上，脑袋就搬家了。所幸的是，斩监候就意味着打点尚可商量，但这既要看人情更需要银两。周家在当时尚能被称为台门，属于地方望族，广有田产，但是也经不起一年一年的折腾。到 1903 年周介孚去世，十年时间，填进去多少银子已经难以计数，大约偌大的周家快被掏空了。屋漏偏逢连夜雨，鲁迅的父亲周伯宜并不善于治理产业，病重后为了纾解痛苦，染上了鸦片，最终在 1896 年去世。1922 年鲁迅在《〈呐喊〉自序》中说：

> 我有四年多，曾经常常，——几乎是每天，出入于质铺和药店里，年纪可是忘却了，总之是药店的柜台正和我一样高，质铺的是比我高一倍，我从一倍高的柜台外送上衣服或首饰去，在侮蔑里接了钱，再到一样高的柜台上给我久病的父亲去买药。回家之后，又须忙别的事了，因为开方的医生是最有名的，以此所用的药引也奇特：冬天的芦根，经霜三年的甘蔗，蟋蟀要原对的，结子的平地木，……多不是容易办到的东西。然而我的父亲终于日重一日的亡故了。[①]

从小康人家坠入困顿之中，在交割房产的族人会上，一向慈爱的老人们显得狰狞；衍太太看似温和，流言竟然从她那里传出。《朝花夕拾》中有一篇写于 1926 年的《琐记》说，在这样的时候，居然还有流

---

① 鲁迅. 鲁迅全集：编年版：第 2 卷 [M]. 北京：人民文学出版社，2014：311.

言说他偷了家里的东西去变卖，使他觉得真如犯罪一般。"世人的真面目"不仅指的是和我一样高、比我高一倍的柜台，从侮蔑里感受到；也是一向尊敬信任的长辈明着的刀和暗着的箭，那尤其使人受伤。于是，他决计出走。"但是，哪里去呢？"文章回忆道，"S城人的脸早经看熟，如此而已，连心肝也似乎有些了然。总得寻别一类人们去，去寻为S城人所诟病的人们，无论其为畜生或魔鬼。"① 这几乎是鲁迅的诅咒了。然而离开绍兴，去路只有新式学堂，因为免费。母亲好不容易弄了八元川资，另外托了一个在新式学堂的堂叔照顾，就这样，鲁迅出发了。

"行人于斜日将堕之时，暝色逼人，四顾满目非故乡之人，细聆满耳皆异乡之语。"② "行人"正是鲁迅的自谓。这让我想起自己有一年骑自行车，与骑友或前或后从海淀骑到京郊的蝎子石。一个人在山顶歇息，举目远望，山峰推移，十月底，漫山葱绿，偶尔红枫点染，由近至远，渐次模糊，无由起了一股乡愁，李商隐《无题》中的两句——"刘郎已恨蓬山远，更隔蓬山一万重"一直在脑海里循环播放。古人登高必有感慨，大约是在自然伟力的面前体察到自我生命的有限和卑微，进而有了一种反省的精神，于是人回到本原性的问题。而如我一样的游子登高远眺，很容易产生思家之念。每年过完春节，和家人告别的时候，总是令人心伤，母亲照例一面各种嘱咐，一面转过身偷偷抹泪，然而每一个在外的游子都有不得不离开的理由。在路上，不得已逃离故乡的鲁迅，留下的是母亲独撑门户，二弟还小，三弟、四弟尚幼，"一念及家乡万里，老亲弱弟必时时相语，谓可当至某处矣，此时真觉柔肠欲断，涕不可仰。"③ 同样的怀乡悲怀白居易也曾书写过，他的《邯郸冬至夜思家》写："邯郸驿里逢冬至，抱膝灯前影伴身。想得家中夜深坐，还应说着远行人。"33岁的白居易宦游，夜宿于邯郸客舍，恰逢冬至，满城

① 鲁迅. 鲁迅全集：编年版：第4卷 [M]. 北京：人民文学出版社，2014：66.
② 鲁迅. 鲁迅全集：编年版：第1卷 [M]. 北京：人民文学出版社，2014：3.
③ 鲁迅. 鲁迅全集：编年版：第1卷 [M]. 北京：人民文学出版社，2014：3.

热闹是别人的，自己只能独自形影相吊，揣想家中老亲，一定牵挂着无法归家的游子吧。有的生命情境，只有经历过，才会有更加深切的体会。客居北京十多年，于我而言，"每逢佳节倍思亲"就不再是王维诗句中的一行字，而是真切能感受到的心情。鲁迅说："故予有句云：日暮客愁集，烟深人语喧。皆所身历，非托诸空言也。"所言不虚。

《别诸弟》

谋生无奈日奔驰，有弟偏教各别离。
最是令人凄绝处，孤檠长夜雨来时。

还家未久又离家，日暮新愁分外加。
夹道万株杨柳树，望中都化断肠花。

从来一别又经年，万里长风送客船。
我有一言应记取，文章得失不由天。①

1898 年 5 月，鲁迅入江南水师学堂，因不满学堂的乌烟瘴气，于 1899 年 1 月下旬改入江南水师学堂附设之矿务学堂。这三首诗出处是周作人的日记，组诗后题有"庚子二月十八日"，即 1900 年 3 月 18 日。从南京到绍兴，路程并不遥远，然而对于求学者，一则时间不允；二则来往路费颇巨。这三首诗应该是鲁迅回家过完春节、返回学校途中写给周作人的。

家庭困顿，谋生无路，兄弟无法团聚。一别又是一年，还家未久，又成离别，依稀柳树，徒增愁绪。

---

① 鲁迅. 鲁迅全集: 编年版: 第 1 卷 [M]. 北京: 人民文学出版社, 2014: 7.

1901 年 1 月 20 日鲁迅回家，过完春假，又到了开学的日子，3 月 15 日周作人在日记中记载：上午大哥收拾行李，傍晚同十八公公、子恒叔启程往秣。余送大哥至舟，执手言别，中心黯然。作一词以送其行，稿存后。夜作七绝三首，拟二月中寄宁稿，亦列如左。①

周作人写的词乃辑录古人诗句而成：

> 风力渐添帆力健，萧条落叶垂杨岸。人影夕阳中，遥山带日红。
> 齐心同所愿，努力加餐饭。桥上送君行，绿波舟楫轻。
>
> ——《菩萨蛮》②

客居南京，鲁迅接到二弟的来信，其中附录的诗词，让他感慨不已。鲁迅几番要和二弟的诗词，然而"予每把笔，辄黯然而止。越十余日，客窗偶暇，潦草成句，即邮寄之。嗟乎！登楼陨涕，英雄未必忘家；执手消魂，兄弟竟居异地！深秋明月，照游子而更明；寒窗怨笳，遇羁人而增怨。此情此景，盖未有不悄然以悲者矣。"③

鲁迅和给周作人的诗句是：

> 梦魂常向故乡驰，始信人间苦别离。
> 夜半倚床忆诸弟，残灯如豆月明时。④

周作人的诗中有"苍茫独立增惆怅，却忆联床话雨时"⑤的句子，鲁迅于是依照这个意思，作出"夜半倚床忆诸弟，残灯如豆月明时"。可以想见，鲁迅在阅读来信和写下诗句时的心情。人生实在艰难，他需

① 周振甫，陈漱渝，郭义强. 鲁迅诗作鉴赏 [M]. 石家庄：河北人民出版社，1994：370-371.
② 鲁迅. 鲁迅诗编年笺证 [M]. 阿袁，笺证. 北京：人民出版社，2011：55.
③ 鲁迅. 鲁迅全集：编年版：第 1 卷 [M]. 北京：人民文学出版社，2014：12-13.
④ 鲁迅. 鲁迅全集：编年版：第 1 卷 [M]. 北京：人民文学出版社，2014：12.
⑤ 鲁迅. 鲁迅诗编年笺证 [M]. 阿袁，笺证. 北京：人民出版社，2011：47.

要闯出一条路，不仅为自己，也是为母亲和两个弟弟。他别无选择，除却读书，他几乎没有改变自身命运的他途。一个年轻人，在异地他乡，故乡无论如何，成为他心魂萦绕之所在，不仅是因为生于斯长于斯，更是因为亲人的羁绊。飘零异乡，才更懂得故乡、亲人的可贵吧。21岁，前面会是一条怎样的路？

1902年，鲁迅获得了公费留学日本的资格，赴日留学。

1904年，作《致蒋抑卮》："仙台久雨，今已放晴，遥思吾乡，想亦久作秋气。"①

1906年，鲁迅被母亲叫回来，与朱安女士成婚。这是一次并不成功的婚姻，给鲁迅留下了毕生的伤痕。

1909年，由于家计艰难，鲁迅于该年6月回国，结束了自己的留日学习生涯，出任浙江两级师范学堂生理学和化学教员。

1912年2月19日，鲁迅在绍兴《越铎日报》上刊发《周豫才告白》："仆已辞去山会师范学校校长。"这三年在浙江的工作经历，于鲁迅而言，并不美好。终于逃离了可厌的工作，同年鲁迅前往南京任职于教育部，后跟随教育部迁往北京。

1912年10月25日，"阴历中秋也。……见圆月寒光皎然，如故乡焉，未知吾家仍以月饼祀之不。"②每逢佳节倍思亲，鲁迅远离故乡，孤身在京，寓居绍兴会馆，内心挂念老母胞弟。

1913年2月15日，"戴芦舲画山水一幅，今日持来；又包蝶仙作山水一枚""晴窗披览，方佛见故乡矣"。③

1913年6月19日从北京出发，经天津、上海、杭州，24日到绍兴，8月7日返京，前后在故乡呆了50天，拜访亲友。

1914年，先后为九本关于会稽郡的史传地记书籍作序。

---

① 鲁迅. 鲁迅全集：编年版：第1卷 [M]. 北京：人民文学出版社，2014：64.

② 同①227.

③ 同①270.

......

　　从上述这些琐细的文字里，我读出了鲁迅对于故乡的深情。对于在外的游子而言，故乡也许曾经给自己带来过伤害，然而毕竟生于斯长于斯，就有无法抹去的记忆。正如鲁迅在《朝花夕拾·小引》中所言："曾经屡次忆起儿时在故乡所吃的蔬果：菱角，罗汉豆，茭白，香瓜。凡这些，都是极其鲜美可口的；都曾是使我思乡的蛊惑。后来，我在久别之后尝到了，也不过如此；惟独在记忆上，还有旧来的意味留存。他们也许要哄骗我一生，使我时时反顾。"①岂止于蔬果？老屋、门前的树、门前的流水，亲人、故旧、师长，这些旧物旧人，也当是难以忘怀的。

　　鲁迅在写小说《故乡》的时候，使用了异常浓郁的抒情笔调，一定不是没有原因的。小说当然是虚构的，然而，这其中一定有鲁迅生活的影子，这儿一点，那儿一点，杂糅在一起，就成了现在小说的模样。而深藏在小说中的热爱和深情，是不难察觉的；正因为有了这样的热爱和深情，鲁迅才会对于故乡如今的萧索，产生巨大的悲凉，才会对中年闰土的改变痛心疾首，才会迫切地期望有一个更好的故乡。小说中的"故乡"，可以指中国的任何一个乡土，但它首先指向的一定是绍兴那个特定的"故乡"，先就期待它变好，期待生活在故乡的人不再彼此隔阂，不再被生活所折磨，不再成为闰土和杨二嫂那样的人。

　　谋食的异乡越远越大，游子的身份往往越发明显。南来北地，诸多不同，食物、风俗、待人接物……常常有异。这种差别会不断提醒异地的游子，你在异乡，不断提醒他们"故乡"的存在。对于鲁迅这样的知识分子，一方面努力逃离"故乡"，一方面在谋食的异地站稳了脚跟，却又思念着"故乡"。这是一种割舍不掉的乡愁。一个人小时候的记忆往往会跟随其一辈子，鲁迅在故乡一直生活到十八岁，他在这里出生，享受周家台门长子的荣耀，目睹家族的败落，在这里成婚，他生命中的

---

① 鲁迅. 鲁迅全集：编年版：第 5 卷 [M]. 北京：人民文学出版社，2014：66.

诸多大事在此发生，岂容忘却，岂能忘却？

于是，当我将鲁迅真实的有关"故乡"的文字与小说《故乡》放在一起读的时候，就有了一种很奇妙的感觉，似乎二者之间形成了一种互补的关系；然后，我也就从其中读出了自己与故乡的关系。

拓展阅读

① 鲁迅：《朝花夕拾》，选自《鲁迅全集（编年版）》，人民文学出版社，2014 年。

② 鲁迅：《过客》，选自《鲁迅全集（编年版）》，人民文学出版社，2014 年。

③ 周作人：《鲁迅的故家》，北京十月文艺出版社，2013 年。

④ 王富仁：《精神"故乡"的失落》，选自《解读语文》，福建人民出版社，2010 年。

⑤ 钱理群：《〈故乡〉——心灵的诗》，选自《解读语文》，福建人民出版社，2010 年。

⑥ 毕飞宇：《〈故乡〉里的流氓性与奴隶性》，选自《小说课》，人民文学出版社，2017 年。

思考题

1. 杨二嫂一口咬定闰土在草灰堆里埋了碗碟，你以为呢？请结合小说内容进行分析。

2. "我"与闰土小时候是一气，而今有了厚壁障；宏儿和水生现在是一气，将来会怎么样呢？请发挥你的想象。

3. 阅读鲁迅杂文《灯下漫笔》，谈一谈你对于小说《故乡》结尾两段的理解。

珂勒惠支：反抗（《农民战争》之五）
铜版画
51cmx50cm
1904—1908 年

第四讲

《狂人日记》：从来如此，便对吗？

"救救孩子"，是在号召，也是在呐喊，
给予了这篇小说以一个光明的结尾，
有一点微茫的希望。
只要孩子在，希望就在，因为希望是在于将来。

《孔乙己》《故乡》因为在初中学习过，所以重读的时候侧重点在于说一点"新"东西。而《狂人日记》是高中学生真正阅读《呐喊》的开篇，所以有必要在自主阅读之前提一点读书的要求。

　　读书，是"你"在读书，所以当你读完一篇文章之后，应该留下你的痕迹，你的所思所想。古人说：不动笔墨不读书。笔墨动在哪里？首先是那些让你怦然心动的字、词、句、段；然后是那些引发你联想和思考的文字；最后当你看完这篇小说，掩卷回想，你还能记得什么，你能从这些记忆之中由此及彼地想到哪些文本、哪些人、哪些事和哪些相类似的思考？金圣叹是读书的高手，他以善于读书闻名，评点过《离骚》《庄子》《史记》《水浒传》《西厢记》，和杜甫的诗歌，并将其合称为天下"六才子书"，大家不妨学习金圣叹，在读书的时候自行评点。

一、梳理情节

　　整篇小说共十三部分，大致可以划分为：狂人发现现实吃人的现象—狂人的研究—狂人的自救和反省—狂人的拯救—狂人发现无救—恢复到正常人。

　　文章的一、二部分是狂人发现现实吃人的现象。"才知道以前的三十多年，全是发昏"，这就是狂人的"觉醒"，之前都白活了，之前"全是发昏"，就是没活明白，没看清楚外在世界，也没看清楚内在世界。陶渊明写"误落尘网中，一去三十年"，发现自己"质性自然，非矫厉所得"，所以"觉今是而昨非"。狂人大约也是经历了这样一个过程，但这个过程如何发生的，鲁迅并没有写，而是把笔墨集中在狂人觉醒之后的表现。

　　"精神分外爽快""然而须十分小心"。为什么呢？"不然，那赵家的狗，何以看我两眼呢？"必须小心，原来是因为赵家的狗？这是鲁迅的笔力，一句话就把一个人写疯了，狗看你两眼会是有意的吗？我们正常人会这么说话吗？而且你看第一部分就短短三小段文字，充满了跳跃性，或者说逻辑性非常差，可是这是我按照一般人的正常逻辑来判断，说它逻辑性不强；对于一个疯子而言，应该就是这样。"我怕的有理"，为什么？因为赵家的狗，更因为周围的人。

鲁迅在序言中说节选的十三个部分，都是狂人的日记，所以整篇小说都可以看作是狂人呓语。

狂人的第一句话："今天晚上，很好的月光。"

这是一句闲话，就跟说"你吃饭了没有""今天太阳真好"，差别不大。可是，这是《狂人日记》正文部分的第一句话，也就是说，是小说的开首语，之前中国古典小说的开首语是什么？

> 话说天下大势，分久必合，合久必分。(《三国演义》)[1]
> 话说大宋仁宗天子在位，嘉祐三年三月三日五更三点。(《水浒传》)[2]
> 盖闻天地之数，有十二万九千六百岁为一元。(《西游记》)[3]
> 此开卷第一回也。作者自云：因曾历过一番梦幻之后，故将真事隐去，而借"通灵"之说，撰此《石头记》一书也。故曰"甄士隐"云云。(《红楼梦》)[4]

鲁迅发表《狂人日记》是 1918 年，新文化运动正在进行中，白话文运动也在继续进行中；而这一时期包天笑、周瘦鹃、张恨水等人的鸳鸯蝴蝶小说风行一时，小说领域可以说依然是中国传统小说的天下。如何在小说领域反传统？这就涉及"现代"小说应该怎么写的问题。

① 罗贯中. 三国演义 [M]. 西安：三秦出版社，2016：1.
② 施耐庵，罗贯中. 水浒传 [M]. 郭芹纳，注. 西安：太白文艺出版社，1995：1.
③ 吴承恩. 西游记 [M]. 北京：金城出版社，1998：1.
④ 曹雪芹，无名氏. 红楼梦 [M] 3 版. 北京：人民文学出版社，2008：1.

却说北京西直门外的颐和园，为逊清一代留下来的胜迹。相传那个园子的建筑费，原是办理海军的款项。用办海军的款子，来盖一个园子，自然显得伟大了。(《金粉世家》)①

这是张恨水的名作《金粉世家》的开头，这个开头和"四大名著"的开头差不多，都是端着的，以历史姿态来写作，"话说""却说"，交代时间、地点、传说、典故，起首恢弘大气，是给后面的小说故事交代一个宏大的历史背景，即使后面写的就是几个三脚猫的故事，也一定是这样的开头。这其实是中国传统说书人的话术。

《狂人日记》这篇小说被称作"中国第一篇现代白话小说"，首先这篇小说是用"白话"写的，但其实之前也有用白话写的小说；更重要是它的"现代"感，现代意味着和传统的决裂，首先是区别，之后才可能谈论继承。《狂人日记》首先是对传统小说的颠覆，颠覆就从小说的第一句话开始："今天晚上，很好的月光。"小说是可以这样写的吗？历史感在哪里？传统小说是说书人的角色，得有听众，要迎合听众；《狂人日记》没有听众，或者说有没有听众不重要，本来就是写的日记，是写给自己看的，不小心被"我"看到了而已。所以狂人的叙述完全是私人化的，是属于个体的；说书人的故事更多取材于能被写进史书里的帝王将相，或者神魔妖怪。这就从写法、故事情节、人物等方面和传统小说有了很大的区别。

可以想象，1918年5月15日4卷5号的《新青年》出版发行的时候，当读者读到这一篇小说的时候，会是什么样的表情？"今天晚上，很好的月光"，这是完全不同于古典小说的开头，非常新鲜的表达，非常个人化；而今过去了一百年，这个表述依然有很强的吸引力。写月光干什

① 张恨水. 张恨水文集：金粉世家 [M]. 洪江，编. 武汉：华中师范大学出版社，1997：14.

么？"很好的月光"是好到什么程度？

因为"很好的月光"，所以"精神分外爽快"。"今天全没月光"，于是"我知道不妙"。从早上一直到晚上，周围的人：赵贵翁似乎怕我，又似乎想害我的怪眼神；七八个交头接耳议论我又怕我看见的人，一路上的人都是如此，最凶的一个竟然张着嘴对我笑；一伙小孩子，也在议论我，和赵贵翁一样的眼神，一样的脸色。这是典型的"迫害狂"，看谁都跟自己有关系，听什么都在说自己，而这些看的听的都不怀好意。"张着嘴"要干什么？就是要吃人，要吃掉我。

为什么赵贵翁们如此对我？原来是二十年前，我把古久先生的陈年流水簿子，踹了一脚，古久先生不高兴了。赵贵翁、大人们和古久先生是一伙的，为古久先生抱不平。"古久先生"就是"传统"，赵贵翁、古久先生、大人们，都是传统的维护者，无论其有意无意，都在维护着旧有的传统秩序，"狂人"是"觉醒者"，狂人看出了现实的不合理，觉得之前全是"发昏"，所以他是要与传统为敌的，自然就招致古久先生、赵贵翁的敌视。可是小孩子们呢？"这是他们娘老子教的！"

愚昧的人来自愚昧的教育。施教者是什么人，受教者往往就会成为什么样的人。古人讲"肖"，就是像；"不肖子"就是与父辈不像的人，"像"不仅是相貌上的，更是为人处世、内在气质上的。教育是一件耳濡目染的工程，每一个孩子的成长都是从最开始的模仿开始，所以娘老子是什么人，娘老子教的什么，"这真教我怕"。

第三部分是狂人在研究。"凡事须得研究，才会明白。"狂人开始研究：赵贵翁是既得利益者，维护古久先生是自然而然的；然而"他们"，或者被知县关押过，或者给绅士掌掴过，或者被衙役占了妻子，或者老娘被债主逼死了，他们深受"古久先生"的迫害。然而一旦谁要动摇古久先生的根基，惹得古久先生不高兴，他们的脸色也就不好看，而且是从未有过的凶。他们遭受过这一切，为什么还如此？他们怕谁，对谁凶？不是对压迫自己的人凶，而是对有可能拯救自己的人凶，这就是先觉者和群众的关系。先觉者对社会、人性有深刻的洞察，于是揭出病苦，努力找到疗治病苦的药方并付诸实践；群众愚昧无知，并不理解先觉者的行为，往往把先觉者看作异己者，放逐并且杀戮他们。

陌生的"他们"待狂人如此，那么"家里人"如何？"家里的人都装作不认识我；他们的眼色，也全同别人一样。"而且还把狂人反扣在书房里。狂人随后想起前几天佃户讲的狼子村吃大恶人的事。"他们会吃人，就未必不会吃我。"这是现实中的"吃人"。

"我翻开历史一查，这历史没有年代，歪歪斜斜的每叶上都写着'仁义道德'几个字。我横竖睡不着，仔细看了半夜，才从字缝里看出字来，满本都写着两个字是'吃人'！"

现实的"吃人"，历史的"吃人"，让狂人惶恐——"他们想要吃我了！"

这是鲁迅先生的大发现，煌煌中国历史五千年，竟然在每页"仁义道德"的字缝里，写着"吃人"两个字，而且满本上都写着。这是真的还是假的？鲁迅借狂人之口口出狂言。自汉武帝"罢黜百家，独尊儒术"以来，儒家学说蔚为大观，成为中国社会的主流文化思想，历朝统治阶级要么"以孝治天下"，要么"以忠治天下"，无论"忠"还是"孝"，都是"仁义道德"。然而，越是美好的说辞越是容易被利用，仁义道德亦会如此，多少吃人的把戏正是假"仁义道德"之名。不是说孔夫子倡导的思想有问题，不是说儒家学说都是假仁义；只是被装扮、被利用后的儒家学说可能就偏离了原初，变成任人打扮的小姑娘。历史上借着仁义道德"吃人"的事情并不少，"郭巨埋儿"即是此例，贞节牌坊亦是此例。

第四、五、六、七部分是自救和反省。

狂人研究"他们"如何摆布自己，如何"吃"自己。然而从大哥的请医生，医生与大哥的低声说话来看，大哥竟然也是和"他们"一伙，所以"吃人的是我哥哥！""我是吃人的人的兄弟！""我自己被人吃了，可仍然是吃人的人的兄弟！"这是狂人的反省。

而且"他们"并不直接杀了人，而是慢慢地有了吃人的名目，比如狼子村的大恶人。吃人不可以；但吃恶人，更何况是大恶人，自然就可以。"他们"布下罗网，彼此联手，只等"狂人"自投罗网。"他们没有杀人的罪名，又偿了心愿，自然都欢天喜地的发出一种呜呜咽咽的笑声。"笑声竟然是"呜呜咽咽"的，"呜咽"一般是用来形容哭声，此处却用来修饰笑声，是因为狂人如果死了，"他们"表面上要装着呜咽，其实心里乐开了花，这两个奇怪的词语组合在一起，就有了一种反讽的效果。

赵家的狗、赵贵翁、老头子，他们都不是好人；但最可怜的是我的大哥，他为什么要合着伙吃"我"？怎么办？"我诅咒吃人的人，先从他起头；要劝转吃人的人，也先从他下手。"

这一部分是狂人的自救，然而失败了；狂人认清周围人的本质，认清大哥也在其中，于是诅咒，于是劝转，狂人要出手救吃人的人了。

第八、九、十部分是救人。狂人与一个年纪不过二十左右的人有一段很著名的对话：

……"吃人的事，对么？"他仍然笑着说，"不是荒年，怎么会吃人。"我立刻就晓得，他也是一伙，喜欢吃人的；便自勇气百倍，偏要问他。

"对么？"

"这等事问他什么。你真会……说笑话。……今天天气很好。"

天气是好，月色也很亮了。可是我要问你，"对么？"

他不以为然。含含胡胡的答道，"不……"

"不对？他们何以竟吃？！"

"没有的事……"

"没有的事？狼子村现吃；还有书上都写着，通红崭新！"

他便变了脸，铁一般青。睁着眼说，"有许有的，这是从来如此……"

"从来如此，便对么？"

"我不同你讲这些道理；总之你不该说，你说便是你错！"

这一段对话，狂人追根究底，穷问不舍；年轻人的回答，先是打哈哈；然后不以为然，含含糊糊；最后变了脸，直接就是不讲道理："总之你不该说，你说便是你错！"没有逻辑，恰恰是最大的逻辑。

狂人的穷追猛问，体现的是"五四"时期的科学精神，是理性的质疑。"从来如此，便对么？"这是《狂人日记》中最有力量的呐喊，鲁迅借狂人之口在质问传统，质问守旧势力。古代的中国是一个动不动就拿天命、人言、祖宗之法来打压人的社会，所以哪怕你说得头头是道，你都接近真理了，然而只要你说的违背传统，你就是错。司马迁为有"国士之风"的李陵说了几句公道话，被投入大牢，处以腐刑；韩愈在佞佛成风危及民生的时候上《谏迎佛骨表》，被贬潮州……他们都是真的猛士，然而尽管他们说得正确，招致的却是严重的后果。

整个社会都在"吃人"，又都要提防被人吃。老人、中年、年轻人甚至于小孩，概莫能外，所以大家结成一伙，互相劝勉，互相牵掣。

狂人于是去找大哥，希望劝转大哥：从当初野蛮人吃人到不吃人后变成了真的人，再到易牙蒸儿子给桀纣吃，徐锡麟被人吃，狼子村吃大恶人，去年城里头把犯人的血蘸着馒头吃；而今要吃我，也许就要吃你。一层一层，从历史到而今，从他人到自己进而到大哥自身，狂人看来是做好了准备劝转大哥。

大哥当初还只是冷笑，随后目光凶狠，然后满脸青色，再然后显出凶相，高声喝道："疯子有什么好看！"狂人救人失败了。

第十一、十二、十三部分，狂人救人无果，无情地解剖自己。

原来不仅狂人要被"吃",而且狂人自己也不干净,原来自己也吃过自己妹子的肉。以前只知道大哥要吃人,没承想自己也是吃人者。"四千年来时时吃人的地方,今天才明白,我也在其中混了多年;大哥正管着家务,妹子恰恰死了,他未必不和在饭菜里,暗暗给我们吃。"这是多么深邃的自我反省,解剖自己的内心给别人看。"文化大革命"结束以后,有所谓"伤痕文学",就是撕开自己的伤口给人看。揭露伤痕固然重要,但比之于深入解剖自我,我总觉得少了一点什么,所以读巴金的《随想录》,就有了一种厚重的敬畏感。相较于巴金的《寒夜》《憩园》等作品而言,《随想录》在文学性、艺术性上逊色了些,但是在所有人都急于展示自己是一个受害者的时候,巴金站出来说,我也有罪。这是多么了不起的举动啊!内省比控诉的力量有时候更为绵长久远。

二、小说中有哪几种吃人的情况?怎么吃的?

第一种是真的吃人:易牙把儿子给桀纣吃,徐锡麟被吃,狼子村吃人,吃人血馒头……桀纣是暴君,吃别人的儿子;徐锡麟、大恶人、囚犯,都是被冠以特殊的名目而被吃掉的。因为冠以了名目,所以尽管是人,也便可以吃了。

第二种是隐喻的吃人,多指精神层次上的"被吃掉"。小说中的"他们"本就没有什么精神可言,就无所谓吃了。被吃掉精神的是狂人:狂人的生命觉醒了,他发现了所谓的仁义道德背后不过是吃人,可是他在经历了一系列的抗争之后,最后恢复到"正常",到外地候补去了。那狂人是如何被吃掉的?外在环境的威压、引诱,让他最后不得不屈服。小说的序言中说:"至于书名,则本人愈后所题……"狂人已经不狂,他将自己往日的所为所言视作狂,与"愈"相对应。这和他哥哥说他疯,其实差不多,他已经认同世俗的看法了,他又回到四千年的吃人的循环中去了。

中国历史上确实是有真吃人的，但是更重要的是别有用心者在精神上用"仁义道德"吃人。

鲁迅在1925年写给许广平的信中说："中国大约太老了，社会上事无大小，都恶劣不堪，像一只黑色的染缸，无论加进什么新东西去，都变成漆黑。可是除了再想法子来改革之外，也再没有别的路。我看一切理想家，不是怀念'过去'，就是希望'将来'，而对于'现在'这一个题目，都缴了白卷，因为谁也开不出药方。"①

自古如此，所以"古久先生"的陈年流水簿子怎么能踹上一脚呢？岂不是乱了大小、尊卑，这"中国固有的精神文明"又怎能让狂人轻易动摇呢？所以"你说便是你错"。周围的人不是没有清醒者，即如小说中二十左右的年轻人就可能清醒，然而他深知："总之你不该说，你说便是你错。"狂人再狂，也只有两条路可以选择：第一条，肉体被"吃"；第二条，就是精神被"吃"。总之，逃不掉被吃的命运。尽管狂人已经喊出"要晓得将来容不得吃人的人，活在世上"。然而，这是"将来"，现实呢？你得老老实实，你得守住"中国固有的精神文明"，于是只能褪去"狂"，回归"正常"。

三、最后一句"救救孩子"是什么意思？

在整部小说中，"他们"、赵贵翁、大哥、老头、医生、二十左右的年轻人、娘老子、小孩，包括狂人，其实都是"吃人"的人，都是"中国固有的精神文明"的守卫者。

还是借用《灯下漫笔》中的句子：

① 鲁迅. 鲁迅全集: 编年版: 第3卷 [M]. 北京: 人民文学出版社, 2014: 465.

这文明，不但使外国人陶醉，也早使中国一切人们无不陶醉而且至于含笑。因为古代传来而至今还在的许多差别，使人们各各分离，遂不能再感到别人的痛苦；并且因为自己各有奴使别人，吃掉别人的希望，便也就忘却自己同有被奴使被吃掉的将来。于是大小无数的人肉的筵宴，即从有文明以来一直排到现在，人们就在这会场中吃人，被吃，以凶人的愚妄的欢呼，将悲惨的弱者的呼号遮掩，更不消说女人和小儿。

这人肉的筵宴现在还排着，有许多人还想一直排下去。扫荡这些食人者，掀掉这筵席，毁坏这厨房，则是现在的青年的使命！①

鲁迅把社会的真相揭示出来，你看：整个社会，概莫能外，都在"吃"人和被人"吃"。这是一个近乎绝望的发现和揭露，甚至连狂人都恢复正常了。可以说，狂人是整篇小说中唯一的希望所在，可是最后他也"病愈"、去候补，准备加入人肉的筵席中了。所以这第一篇小说，充满了鲁迅式的绝望，简直就是他自己所说的"铁屋子"。然而，既然是奉了将令，就得来一点希望，即使微茫，也还可以鼓舞那些孤独的"狂人"们，所以"救救孩子"，是在号召，也是在呐喊，给予了这篇小说以一个光明的结尾，有一点微茫的希望。梁启超写《少年中国说》，也大约感受到了老大中国暮气沉沉的现状，对于老年、中年甚至青年并不抱有希望，国家的未来、摆脱旧有落后文明的力量只能落在孩子身上，只要孩子在，希望就在，因为希望是在于将来。

所以，这一篇《狂人日记》，写的是一个狂人，写的是一个疯子，也写的是一个战士。只是这一个战士战败了，疯子不疯了，狂人也不狂了。

---

① 鲁迅. 鲁迅全集：编年版：第3卷 [M]. 北京：人民文学出版社，2014：251.

那怎么办？总得做点什么，从"救救孩子"开始。怎么救：

> 中国觉醒的人，为想随顺长者解放幼者，便须一面清结旧账，一面开辟新路。就是开首所说的"自己背着因袭的重担，肩住了黑暗的闸门，放他们到宽阔光明的地方去；此后幸福的度日，合理的做人。"这是一件极伟大的要紧的事，也是一件极困苦艰难的事。[①]

四、《狂人日记》为什么是现代白话小说 NO.1？

一提到《狂人日记》，我们就说它是中国现代白话小说的第一篇。不是说之前没有现代白话小说，1917 年，陈衡哲在《留美学生季报》上发表现代白话小说《一日》，比鲁迅的《狂人日记》还早一年。胡适称陈衡哲为"我的一个最早的同志"，并说："试想鲁迅先生的第一篇创作——《狂人日记》——是何时发表的，试想当日有意作白话文学的人怎样稀少，便可以了解莎菲[②]的这几篇小说在新文学运动史上的地位了。"[③]那么为什么不说《一日》是中国现代白话小说的第一篇呢？这就涉及小说的"现代性"这个问题了。

那何谓"现代"呢？

首先是文学表达方式上与传统小说的差异。除了之前开头的叙述不同之外，它不再是以情节为重点去讲一个故事了，《狂人日记》的情节基本上没有，而是采用了西方象征主义、意识流等手法，展示了狂人的内心世界，非常先进和现代。

另外，鲁迅在整篇小说的设置上非常有意思，小说一共有十三个部分，是用白话文写的；一个序言，是用文言写的，很有笔记小说的范

---

① 鲁迅. 鲁迅全集：编年版：第 1 卷 [M]. 北京：人民文学出版社，2014：747.
② 莎菲：陈衡哲的英文中译名。——编辑注
③ 陈子善. 签名本丛考 [M]. 北京：海豚出版社，2017：25.

儿。文言序言和白话正文之间构成了一种对照：在白话正文中，狂人百般反抗；而在文言序言中，交代其恢复"正常"。其实，白话文写作在当时也是一种"狂"，于是鲁迅让狂人发狂的时候用白话文，狂人不狂了就用文言文，有没有这种——对照的设置？我愿意这样去理解。文言代表的是传统，白话代表的是现代。鲁迅在这里以文言和白话对照，恰好与狂人的"正常"和"狂"之间构成了一种对应关系。而正文和序言之间也形成一种对照，于是也就显示出反讽，很悲凉的意味就出来了——那么长的正文，似乎就像狂人的挣扎抗争一样漫长；然而序言那么短，似乎表明周围的人"吃"你并不需要花费太长的时间，这似乎是在说"狂人"的力量何其微弱。

更重要的还在于内容、思想的"现代"。鲁迅在《狂人日记》中不仅是在用白话文写作，更是将自己对社会、历史、人性等的思考融入其中，从而使得他的小说具有了思想性的意义。

"吃人"历史的被发现，"从来如此，便对么"的质问，不仅他们吃人，"我也在其中混了多年"的无情解剖，"将来容不得吃人的人，活在世上"的预言，"救救孩子……"的呼喊……这些闪光的思想认识构成了《狂人日记》超越于其他白话小说的质地。

所以，《狂人日记》既是艺术性上的现代白话小说的典范之作，也是思想性上的现代白话小说的典范之作。

拓展阅读

钱理群：《与鲁迅相遇：北大演讲录之二》，生活·读书·新知三联书店，2003年。

思考题

1. 小说《狂人日记》中说："我翻开历史一查，这历史没有年代，歪歪斜斜的每叶上都写着'仁义道德'几个字。我横竖睡不着，仔细看了半夜，才从字缝里看出字来，满本都写着两个字是'吃人'！"那么，请你查阅历史，搜集中国历史上"吃人"的例证。

2. 有人说章太炎也是"狂人"，请你阅读并查找其为"狂人"的证据，与同学交流，概括"狂人"的特点。

珂勒惠支：死亡
石版画
22cmx18cm
1898 年

第五讲
这样的『药』，有用吗？

夏瑜被阴险的小人告密，
被昏庸的群众排挤、倾陷、放逐，被众人杀戮。
先觉者从异邦借来火种，想要燃烧起来照亮别人，
然后竟然被自己想要照亮的人烧死了。

一、几乎没有"情节"的小说

《故乡》是按照"回乡—在故乡—离开故乡"的故事情节展开的；《孔乙己》是按照"听闻孔乙己—目睹孔乙己—猜度孔乙己"展开的，那么《药》按照什么样的情节展开的？《药》分为四个部分，大致可以概括为：买"人血馒头"—吃"人血馒头"—谈"人血馒头"—祭拜"馒头"。

请读者仔细阅读小说文本，按照小说呈现的时间先后顺序，以夏瑜为中心，梳理情节：夏瑜革命—夏三爷告发—夏瑜入狱—红眼睛阿义去盘问底细—华老栓找康大叔预订人血馒头—华老栓去买药—夏瑜被杀—康大叔卖药—华小栓吃药—茶馆谈药—坟场相遇。

当你阅读《药》的时候，会被情节吸引吗？或者你感受到了故事情节吗？当你阅读完《药》之后，你还记得哪些情节？是情节给予你的印象更深刻，还是某些富有画面感的细节让你记忆更为深刻呢？

阅读《药》的时候，读者不太容易被情节所吸引，因为情节的设置上并没有特别之处，当然，情节上平淡无奇，这是因为鲁迅笔墨的着力点并不在此。反而，是一些细节让人印象深刻，比如滴血的馒头，比如满脸横肉的康大叔，比如坟上的花环……为什么会这样？

美国文学理论家利昂·塞米利安在《现代小说美学》中谈道："小说有两种写法：场景描绘和概括叙述。场景描绘是戏剧性的表现手法，概括叙述则是叙事陈述的方法。"[①]中国传统小说都是概括叙述，注重的是小说的情节，大体上按照时间顺序展开。而场景描绘不意在呈现完整的起因、发展、高潮、结尾，而在于聚焦于一个具体场景，来刻写人物的性格或者揭示某种社会现象。

所以鲁迅在《药》中要努力展现出的是：不同空间下的人们对"药"

---

① 塞米利安. 现代小说美学 [M]. 宋协立，译. 西安：陕西人民出版社，1987：6.

的态度，从而揭示出"人"身上的性格、精神特征。所以小说的四个部分，其实是四个不同的空间场景：刑场、家里、茶馆、坟地。

二、刑场买"人血馒头"

> 华大妈在枕头底下掏了半天，掏出一包洋钱，交给老栓，老栓接了，抖抖的装入衣袋，又在外面按了两下；便点上灯笼，吹熄灯盏，走向里屋子去了。那屋子里面，正在悉悉窣窣的响，接着便是一通咳嗽。老栓候他平静下去，才低低的叫道，"小栓……你不要起来。……店么？你娘会安排的"。

"掏了""掏出""交给""接了""装入""按""点上""吹熄"，这连续的八个动词，将华家的经济状况以及华老栓、华大妈的性格特征展现出来。

"掏了半天"，藏得隐秘，不好掏，应该是华家家境并不宽裕；"抖抖的装入"，并且"按了两下"，写出了华老栓的慎重小心，华大妈和华老栓的动作说明这些钱可能是他们一辈子的积蓄，尽管少，然而珍贵，所以格外小心。"点上灯笼"后就吹熄了灯盏，而华老栓这时候不是直接出去了，而是走向里屋，一般情况下，灯盏会在老栓出门后才会熄灭掉，所以还是表现其穷，非常俭省。

华老栓进里屋去了，就是华小栓的卧室，于是华小栓就想起床，然而被自己的一通咳嗽给打断了，华老栓"候他平静下去，才低低的叫道，'小栓……你不要起来。……店么？你娘会安排的'"。

华老栓短短的一句话，有两处省略号。第一处"小栓……你不要起来"。补出来的话大约是："你生病了，一直在咳嗽，你就不要起来了。"第二处"……店么？你娘会安排的"。省略的内容大约是："我出门去买药，吃了药你就不咳嗽了，你就好了。"华老栓的话首先是对小栓的关爱，同时暗示自己是出去给华小栓买药，那这个药究竟是什么药？

华老栓"跨步格外高远"地出去买药了，"街上黑沉沉的一无所有，只有一条灰白的路，看得分明。""灯光照着他的两脚，一前一后的走。"这是一句很奇怪的话，谁走路两脚不是一前一后地走呢？鲁迅之所以特意写出来，意在强调华老栓此刻非常专注，这样的时候人一般是在想事，沉浸其中，于是就会忽略外在的影响，华老栓在想什么呢？竟然"倒觉爽快，仿佛一旦变了少年，得了神通，有给人生命的本领似的，跨步格外高远。而且路也愈走愈分明，天也愈走愈亮了"。"有给人生命的本领似的"，于是"跨步格外高远"，于是就会看到自己的走路是"一前一后的走"。华老栓是去买药，而这药是要救华小栓的命，这药一到手，小栓的病也就被救治了，就好起来了，成为一个健康的少年。所以这个药就是"有给人生命的本领似的"，给了小栓生命，华家就有了希望，有了奔头。

然而，这药还没买到，华老栓就这么高兴；这"药"究竟会是什么？要是买到药了，岂不是更高兴？

"那人一只大手，向他摊着；一只手却撮着一个鲜红的馒头，那红的还是一点一点的往下滴。""撮"，是用手指捏着细碎的东西，因为是一只大手，相较下馒头非常小，于是就用的"撮"；另外这个馒头还一点一点地往下滴着鲜红的血。这就是华老栓要买的"药"。

老栓慌忙摸出洋钱，抖抖的想交给他，却又不敢去接他的东西。那人便焦急起来，嚷道，"怕什么？怎的不拿！"老栓还踌躇着；黑的人便抢过灯笼，一把扯下纸罩，裹了馒头，塞与老栓；一手抓过洋钱，捏一捏，转身去了。嘴里哼着说，"这老东西……。"

药就在眼前，但老栓"慌忙""抖抖的""不敢""踌躇"，华老栓内心很复杂，有些激动，也有些害怕——这个一点一点往下滴鲜红的血的东西就是药。华老栓是老实人，尽管说是"救命"的药，却也一时难以接受。

　　可是卖药的人"焦急""嚷道""一把扯下""裹了""塞与""一把抓过""捏一捏""转身"，这些词语显示出这个人物行为粗野、凶残、贪婪、暴躁。而他的一"嚷"一"哼"："怕什么？怎的不拿！""这老东西……"在语言上写出了这个人物的粗鄙，蛮不讲理。有意思的是，华老栓之前拿着钱是"抖抖的""按一按"，而刽子手只是"捏一捏"就转身离去，他为什么如此相信华老栓？不是他相信华老栓，而是他相信自己。以他的蛮横霸道，华老栓是不敢欺骗他的，所以他只需要捏一捏，而且还甩下一句"这老东西……"。

　　"这给谁治病的呀？"老栓也似乎听得有人问他，但他并不答应；他的精神，现在只在一个包上，仿佛抱着一个十世单传的婴儿，别的事情，都已置之度外了。他现在要将这包里的新的生命，移植到他家里，收获许多幸福。太阳也出来了；在他面前，显出一条大道，直到他家中，后面也照见丁字街头破匾上"古□亭口"这四个黯淡的金字。

　　这是买到药之后的华老栓，并不如想象中的那样高兴。相较于"跨步格外高远"，华老栓回去的路上更多的是专注，别人的问话他也不回答，所有的精神都在这一个包里的药上面，别的事情都置之度外，"仿佛抱着一个十世单传的婴儿"，这是万万不可能"跨步格外高远"的，只可能格外小心。华老栓此时就是这样。无论是买药之前还是买完药回家的路上，华老栓都是深信不疑"药"的功效，之前是"给人生命的本领似的"，此处"要将这包里的新的生命，移植到他家里，收获许多幸福"。正因为华老栓如此相信，所以才会花掉所有的积蓄，所以此时眼前闪现出"一条大道"，直到他的家中。他不会注意到"后面也照见丁字街头破匾上"四个黯淡的金字，有阳光也会有"黯淡"，是不是也暗示着华老栓设想的"幸福"，也可能会黯淡？

三、家里吃"人血馒头"

"华大妈便出去了，不多时，拿着一片老荷叶回来，摊在桌上。老栓也打开灯笼罩，用荷叶重新包了那红的馒头。"浑身黑色的人把"药"交给华老栓的时候，用的是老栓的灯笼纸罩包的药；而此处华大妈用的是老荷叶。既然是药，而且花费不菲，是不是应该精心对待？浑身黑色的人顺手扯下灯笼的纸罩，到底还是不在意；华大妈用荷叶包，是小心在意。

> 他的母亲端过一碟乌黑的圆东西，轻轻说：
> "吃下去罢，——病便好了。"
> 小栓撮起这黑东西，看了一会，似乎拿着自己的性命一般，心里说不出的奇怪。十分小心的拗开了，焦皮里面窜出一道白气，白气散了，是两半个白面的馒头。——不多工夫，已经全在肚里了，却全忘了什么味；面前只剩下一张空盘。他的旁边，一面立着他的父亲，一面立着他的母亲，两人的眼光，都仿佛要在他身里注进什么又要取出什么似的；便禁不住心跳起来，按着胸膛，又是一阵咳嗽。
> "睡一会罢，——便好了。"

"似乎拿着自己的性命一般"，和之前华老栓的"有给人生命的本领似的""要将这包里的新的生命"呼应，因为寄予着太大的期待和希望，所以小栓吃药的时候，"一面立着他的父亲，一面立着他的母亲，两人的眼光，都仿佛要在他身里注进什么又要取出什么似的"，这个场面一方面写出了一家人对于"药"的深信不疑，另一方面写出了华老栓和华大妈对儿子的关爱。华家越是对"药"充满期待、深信不疑，也就越显示出他们的愚昧无知。吃完药，鲁迅写了一笔"按着胸膛，又是一阵咳嗽"，这咳嗽声传达的是什么？似乎就是对华大妈"睡一会罢，——便好了"的讽刺。

四、茶馆谈"人血馒头"的看客

在小说中共有两处集中描写"看客"，第一处是小说第一节中的"刑场看杀人"：

> 一阵脚步声响，一眨眼，已经拥过了一大簇人。那三三两两的人，也忽然合作一堆，潮一般向前赶；将到丁字街口，便突然立住，簇成一个半圆。
>
> 老栓也向那边看，却只见一堆人的后背；颈项都伸得很长，仿佛许多鸭，被无形的手捏住了的，向上提着。静了一会，似乎有点声音，便又动摇起来，轰的一声，都向后退；一直散到老栓立着的地方，几乎将他挤倒了。

"拥过了一大簇人"，之前经过的三三两两的人都合在一起，成为一堆，像潮水一般前进，到了丁字街口，也就是行刑所在，簇成一个半圆。"簇"的本义是小竹丛生，形容春天小竹生长得密密麻麻，层层叠叠。这个场景就是里三层外三层的半圆形，人都朝向一个中心点——丁字街口涌去。按说这个时候已经是"秋天的后半夜，月亮下去了，太阳还没有出"，这会怎么有这么多的人在夜里出行，而且恰恰都涌到了这里？原来是这里有得可"看"。因为他们的颈项都伸得很长，鲁迅用了一个比喻句："仿佛许多鸭，被无形的手捏住了的，向上提着。"鸭被人捏住了，往上提，整个头部就得用力向上，显得脖子长。在看什么？没写，只从声音上说，先是安静了一会儿，慢慢有点声音，接着便动摇起来，最后轰的一声，连带所有人向后退。从这个描写，读者可以知道这是在执行革命者夏瑜的死刑。原来秋天的后半夜这些夜游的生物是为了看"杀人"。开始杀人之前所有人都"好奇"，都想目睹"杀人"的场面；刽子手出场要杀人了，都伸长脖子瞪大眼睛等着戏上演；一刀下去，人死了，大约鲜血四溅，他们又似乎受到了惊吓，恰好戏演完了，他们也就四散而去。

看客的第二处描写是在《药》第三节"茶馆谈人血馒头"：

突然闯进了一个满脸横肉的人，披一件玄色布衫，散着纽扣，用很宽的玄色腰带，胡乱捆在腰间。刚进门，便对老栓嚷道：

"吃了么？好了么？老栓，就是运气了你！你运气，要不是我信息灵……。"

老栓一手提了茶壶，一手恭恭敬敬的垂着；笑嘻嘻的听。满座的人，也都恭恭敬敬的听。华大妈也黑着眼眶，笑嘻嘻的送出茶碗茶叶来，加上一个橄榄，老栓便去冲了水。

"这是包好！这是与众不同的。你想，趁热的拿来，趁热吃下。"横肉的人只是嚷。

"真的呢，要没有康大叔照顾，怎么会这样……"华大妈也很感激的谢他。

"包好，包好！这样的趁热吃下。这样的人血馒头，什么痨病都包好！"

华大妈听到"痨病"这两个字，变了一点脸色，似乎有些不高兴；但又立刻堆上笑，搭赸着走开了。这康大叔却没有觉察，仍然提高了喉咙只是嚷，嚷得里面睡着的小栓也合伙咳嗽起来。

"满脸横肉"的人，"闯进来"，一件玄色布衫"披"着，腰带"很宽"，这都是在展现这个人的"与众不同"，很有气场；而且刚进门，便对着华老栓"嚷"，来店里喝茶，干吗"嚷"？这个字既写出康大叔的蛮横霸道，也写出他的粗野，这跟他散着纽扣，胡乱捆在腰间的带子一样，着重表现其粗俗。然后就是表功：你看看要不是"我"，你哪里能得到买药的消息。

华老栓"恭恭敬敬"、满脸堆笑地听；满座的人也都"恭恭敬敬"地听；华大妈笑嘻嘻地送出茶碗茶叶，而且"加上一个橄榄"。茶馆的所有人，除了患病的华小栓之外所有在场的人都一律"恭恭敬敬"，华家夫妇更是"笑嘻嘻"，感恩戴德，所以特意"加上一个橄榄"。

康大叔从刚进门开始，在这段文字中说话都是"嚷"，出现了三次："便对老栓嚷道""横肉的人只是嚷""仍然提高了喉咙只是嚷"。茶馆是大家喝茶的地方，公众场所，满脸横肉的人"只是嚷"，一则就是粗鄙蛮横、不顾及他人的自私者，二则就是吸引众人的注意力，让自己成为"中心"。当康大叔"见众人都耸起耳朵听他，便格外高兴，横肉块块饱绽，越发大声说"。

来看看周围的人怎么和他"交谈"：

> 花白胡子一面说，一面走到康大叔面前，低声下气的问道，"康大叔——听说今天结果的一个犯人，便是夏家的孩子，那是谁的孩子？究竟是什么事？"
>
> "谁的？不就是夏四奶奶的儿子么？那个小家伙！"康大叔见众人都耸起耳朵听他，便格外高兴，横肉块块饱绽，越发大声说，"这小东西不要命，不要就是了。我可是这一回一点没有得到好

处；连剥下来的衣服，都给管牢的红眼睛阿义拿去了。——第一要算我们栓叔运气；第二是夏三爷赏了二十五两雪白的银子，独自落腰包，一文不花。"

……

"包好，包好！"康大叔瞥了小栓一眼，仍然回过脸，对众人说，"夏三爷真是乖角儿，要是他不先告官，连他满门抄斩。现在怎样？银子！——这小东西也真不成东西！关在牢里，还要劝牢头造反。"

"阿呀，那还了得。"坐在后排的一个二十多岁的人，很现出气愤模样。

"你要晓得红眼睛阿义是去盘盘底细的，他却和他攀谈了。他说：这大清的天下是我们大家的。你想：这是人话么？红眼睛原知道他家里只有一个老娘，可是没有料到他竟会这么穷，榨不出一点油水，已经气破肚皮了。他还要老虎头上搔痒，便给他两个嘴巴！"

"义哥是一手好拳棒，这两下，一定够他受用了。"壁角的驼背忽然高兴起来。

"他这贱骨头打不怕，还要说可怜可怜哩。"

花白胡子的人说，"打了这种东西，有什么可怜呢？"

康大叔显出看他不上的样子，冷笑着说，"你没有听清我的话；看他神气，是说阿义可怜哩！"

听着的人的眼光，忽然有些板滞；话也停顿了。小栓已经吃完饭，吃得满头流汗，头上都冒出蒸气来。

"阿义可怜——疯话，简直是发了疯了。"花白胡子恍然大悟似的说。

"发了疯了。"二十多岁的人也恍然大悟的说。

店里的坐客，便又现出活气，谈笑起来。小栓也趁着热闹，拼命咳嗽；康大叔走上前，拍他肩膀说：

"包好！小栓——你不要这么咳。包好！"

"疯了！"驼背五少爷点着头说。

花白胡子"低声下气"地问，为什么"低声下气"？一则康大叔太有气场；二则因为有求于人，花白胡子急切想听"夏瑜被杀"的"故事"。二十多岁的人很显出"气愤模样"，是因为夏瑜被关在监狱里竟然还劝牢头造反，这乃是大逆不道。壁角的驼背"忽然高兴起来"，是因为红眼睛阿义打了夏瑜，夏瑜说"这大清的天下是我们大家的"，这也太不成体统了，该打该打。把茶客的无聊、冷漠、幸灾乐祸都表现出来了。

然而，他们没有料到夏瑜被打竟然还说打人的红眼睛阿义"可怜"，所以此语一出，先是理解错了；然后就是听着的人眼光"板滞"，话也"停顿"了，"板滞""停顿"的岂止是眼光和话语，更是他们的思维和脑子。夏瑜说阿义"可怜"，远远超出他们的生活逻辑，是他们思维水平抵达不了的，所以他们无法理解。还是见多识广的花白胡子笃定地说"疯话，简直是发了疯了"，既然是一个"疯子"，一切行为语言都是与常人不同的。所以，花白胡子的解释立马获得了在场者的应和，甚至包括康大叔，他没有反驳，实在是他也无法理解夏瑜为什么说阿义可怜，大约花白胡子的"疯了"是合理的解释。鲁迅一连用了两次"恍然大悟"，然后茶馆又有了生气，打破了之前的板滞和停顿，大家又谈笑起来。花白胡子、二十多岁的人、驼背五少爷他们不觉得夏瑜可怜，因为夏瑜这样的革命党就该死；他们也无法理解夏瑜为什么说"阿义可怜"，正是因为不理解，所以"话也停顿了"。然而面对康大叔的"看他不上"和"冷笑"，需要化解尴尬，既然被打的夏瑜说打自己的"阿义可怜"，那一定是夏瑜"疯了"，因为正常逻辑来看打人者和被打者，看守者和犯人，应该是被打者和犯人可怜，夏瑜的话超乎正常逻辑，那一定是夏瑜有问题。这不过是众位看客的自欺欺人而已，然而最悲哀的是他们觉得这并非自欺欺人，而是"真理"。

究竟是谁"可怜"？究竟是谁"疯了"？

是夏瑜吗？被本家夏三爷告密，在监狱被人打，然后被杀，被群众看戏，被华家当作救命的药。是红眼睛阿义吗？他是清政府的打手，只知道打人捞好处，无法理解"这大清的天下是我们大家的"。是看客们吗？或者是华家？华老栓夫妇买来的"包好，包好"的人血馒头并没有医治好华小栓的病，华小栓依旧不停地咳嗽。

这两处关于"看客"的描写，写出了他们无聊、空虚，于是需要寻求平淡生活之外的佐料；他们将别人的痛苦当作茶余饭后的谈资，借以排遣自己的寂寞，并且往往鉴赏别人的痛苦；他们是非不分，因为愚昧的环境熏染养成愚昧麻木的人。

第一处写了一群看客，第二处写了三个有特征的看客，那么是不是可以把这些"看客"看作"许多"，是无数人的集合？还是看作唯一的一个？鲁迅的笔墨在描写他们的时候，花白胡子、二十多岁的人、驼背、店里的座客，其实他们的"个性"并不重要，重在展示"共性"，从而揭示群体的劣根性。那么，在历史发展的进程中，鲁迅《药》中大致描绘的"看客"现象，于今日是不是依旧存在呢？当社会有这样那样的"戏"可看的时候，当欺负弱小者能够获得他人赞许的时候，当众人都在鉴赏别人的痛苦的时候，你我做何选择？

五、坟场祭拜"馒头"

在坟场主要写了在清明前后上坟的两位母亲，一位是夏瑜的母亲"老女人"，一位是华小栓的母亲华大妈。

华小栓的坟和夏瑜的坟紧邻，尽管都寒酸，都像"阔人家里祝寿时候的馒头"，然而也有分别："路的左边，都埋着死刑和瘐毙的人，右边是穷人的丛冢。"

所谓"死刑和瘐毙的人"都是指犯了王法的人，或者被判死刑，或者在狱中患病而死，夏瑜自然是埋在左边。所以夏瑜的母亲发现华大妈在看她的时候就有了"踌躇"和"羞愧的颜色"。相较于穷人，被官府砍掉脑袋的夏瑜更被人瞧不起，因为他不本分，因为他竟然革命。所以夏四奶奶说："瑜儿，他们都冤枉了你""瑜儿，可怜他们坑了你"。到底夏四奶奶还是不理解夏瑜的"革命"，她只是认定夏瑜被人坑了，被他们冤枉。

因为人血馒头，原本不相干的华家和夏家交汇在一起。在坟墓里的华小栓和夏瑜，一个是病人，一个成了病人的药；一个等着医治身体的痨病，一个想医治人们精神的病。开药方的人自己成了"药"，救人的人成为被救者的"药"。但无论是开药的人，还是吃药的人，都死了。

到此为止，小说《药》中的人物大致可以分为四类：（一）革命者夏瑜；（二）普通民众：华老栓、华大妈、华小栓、夏瑜的母亲；（三）看客：花白胡子、二十多岁的年轻人、驼背五少爷以及满目模糊的刑场围观者；（四）夏三爷、康大叔、红眼睛阿义。其他三类人之所以建立联系都是因为"夏瑜"，他们的关系大致如此：

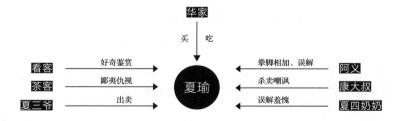

把刑场、华家、茶馆、坟场四个场景中的人物用一条线与夏瑜连起来，恰好构成了一个类似"馒头"的形状。"药"是人血馒头，坟墓像富人家祝寿时的馒头，而社会中的众人似乎也成为一个"馒头"。

孙伏园在《鲁迅先生二三事》中谈到鲁迅生前说过："俄国乡间有一种迷信，以为绞死的人的绳子可以治病，正如绍兴有一种迷信，以为人血馒头可以治肺痨一样……不知不觉中，革命者为了群众的幸福而牺牲，而愚昧的群众却享用这牺牲了。"①

　　革命者夏瑜为了群众的幸福而牺牲，却被本家夏三爷举报，夏三爷收获了二十五两雪白的银子；被红眼睛阿义打；被康大叔当成货物"卖"；被看客赏玩；被茶客作为谈资；被华家当成治肺痨病的药；被母亲误解；被埋在"死刑与瘐毙"的坟堆，被人指骂……这一切，就是夏瑜被"愚昧的群众却享用这牺牲了"。

　　这就是鲁迅 1919 年 8 月 12 日发表的《寸铁》中所说的："先觉的人，历来总被阴险的小人昏庸的群众迫压排挤倾陷放逐杀戮。"②

　　夏瑜革命，跟红眼睛阿义说"这大清的天下是我们大家的"，跟阿义这样的人说这些，有用吗？革命者夏瑜并没有完全看清社会形势，并没有完全认清民情，低估了群众麻木愚昧的程度，他被阴险的小人告密，被昏庸的群众排挤、倾陷、放逐，被众人杀戮，也就成为唯一的结果了。

　　鲁迅在 1919 年 5 月，也就是《药》发表大约一个月后，在《随感录五十九"圣武"》中说："我们中国本不是发生新主义的地方，也没有容纳新主义的处所，即使偶然有些外来思想，也立刻变了颜色，而且许多论者反要以此自豪。我们只要留心译本上的序跋，以及各样对于外国事情的批评议论，便能发见我们和别人的思想中间，的确还隔着几重铁壁。"③

　　"不是发生新主义的地方，也没有容纳新主义的处所"，夏瑜之死就是明证。夏瑜之死乃是鲁迅因为秋瑾之死而写，又岂止秋瑾，还有邹容、陶成章、徐锡麟以及辛亥革命的仁人志士们……秋瑾写"粉身碎骨

---

①　孙伏园. 鲁迅先生二三事［M］. 长沙：湖南人民出版社，1980：13-14.

②　鲁迅. 鲁迅全集：编年版：第 1 卷［M］. 北京：人民文学出版社，2014：728.

③　鲁迅. 鲁迅全集：编年版：第 1 卷［M］. 北京：人民文学出版社，2014：722.

寻常事，但愿牺牲保国家"（《失题》），把自己比喻成"一盏神灯，导无量众生，尽登彼岸"（《中国女报发刊辞》）；邹容呼唤"革命！革命！得之则生，不得则死"（《革命军》）。然而先觉者从异邦借来火种，想要燃烧起来照亮别人，然后竟然被自己想要照亮的人烧死了。无论何种思想、主义，到了中国，立刻改了颜色。

只有愚弱不堪的民众，只有固守利益的当权者，只有铁板一块的社会，只有死水一般的旧中国，如何能够唤醒民众呢？所以还是《随感录五十九"圣武"》中说得透彻："新主义宣传者是放火人么，也须别人有精神的燃料，才会着火；是弹琴人么，别人的心上也须有弦索，才会出声；是发声器么，别人也必须是发声器，才会共鸣。中国人都有些不很像，所以不会相干。"①

1901年冬，鲁迅21岁，自从18岁逃异地，寻求别样的人生，已经过了三年，此时，他在南京江南陆师学堂附设矿务铁路学堂读书。这一年寒假回家，他写下《自题小像》（也有人说写于1903年前后）：

灵台无计逃神矢，风雨如磐暗故园。
寄意寒星荃不察，我以我血荐轩辕。②

1931年2月16日鲁迅重录此诗，并题有跋语："二十一岁时作，五十一岁时写之，时辛未二月十六日也。"而在这一天的日记中鲁迅称这一天为"旧历除夕也"。

中国自古有"三十年为一世"之说，1901年到1931年，三十年过去，鲁迅在除夕抄录这首诗，他会想到什么？是不是依旧"风雨如磐暗故园"？1931年2月7日，著名的"左联五烈士案"发生，在众人欢度除夕的时刻，鲁迅抄录此诗时是否想起了这些进步的年轻人？1926

---

① 鲁迅. 鲁迅全集：编年版：第1卷［M］. 北京：人民文学出版社，2014：723.
② 鲁迅. 鲁迅全集：编年版：第1卷［M］. 北京：人民文学出版社，2014：25.

年 4 月 1 日鲁迅在"三一八惨案"后写《记念刘和珍君》，谈到对于请愿的看法："人类的血战前行的历史，正如煤的形成，当时用大量的木材，结果却只是一小块，但请愿是不在其中的，更何况是徒手。"①

将人类前行的历史比作煤的形成，"大量的木材"比喻代价巨大的流血斗争。人类前进需要付出绝大的代价和牺牲，却只能前进一小步。"但请愿是不在其中的"，表明请愿是不在这种需要付出绝大代价和牺牲之列的。在鲁迅看来，向反动派请愿难以换来人类历史的前进，请愿不是一种行之有效的斗争方式，没有必要徒手请愿而付出代价和牺牲。应当集中革命力量，以有限的代价去换取更大的胜利，不要做无谓的牺牲。

1926 年 4 月 2 日鲁迅在《空谈》中再次说："改革自然常不免于流血，但流血非即等于改革。血的应用，正如金钱一般，吝啬固然是不行的，浪费也大大的失算。""但愿这样的请愿，从此停止就好。"②

惨痛之事历历在目：刘和珍、杨德群、柔石、胡也频、殷夫、李伟森、冯铿……这些烈士的血洋溢在周围，他们都是"我以我血荐轩辕"的人，可是如果他们明知自己以鲜血奉献国家之后，不过成为茶客的饭后谈资，不过成为侮蔑流言的种子，给亲人带来生的痛苦，那么，这些先烈们还能如此决绝吗？如果"我以我血荐轩辕"之前是"寄意寒星荃不察"，之后还是"寄意寒星荃不察"，那会是怎样的一种情况？

正因为"风雨如磐暗故园"，所以需要呐喊，需要启蒙，需要以代价甚至血的代价唤醒国人。然而奋斗过，抗争过，之后依然是"风雨如磐暗故园"，那该如何自处？在读《药》的时候，我经常想起鲁迅的这首诗，先觉者为群众奉献了一切，到最后群众把先觉者当作牺牲享用起来，那是先觉者的悲哀，还是群众的悲哀呢？抑或都是？

---

① 鲁迅. 鲁迅全集：编年版：第 4 卷 [M]. 北京：人民文学出版社，2014：160.
② 鲁迅. 鲁迅全集：编年版：第 4 卷 [M]. 北京：人民文学出版社，2014：164.

六、小说中的名字以及"药"的隐喻

夏瑜，有人说隐喻秋瑾，夏对应秋，瑜和瑾都是美玉。

1907 年 7 月 6 日，徐锡麟在安庆起义失败，其弟徐伟的供词中牵连到了秋瑾，秋瑾暴露。1907 年 7 月 10 日，秋瑾已知徐锡麟失败的消息，但拒绝了要她离开绍兴的一切劝告，表示"革命要流血才会成功"，后被捕。1907 年 7 月 15 日凌晨，秋瑾从容就义于绍兴古轩亭口，时年仅 32 岁。

鲁迅的小说《药》有纪念秋瑾的意图，但并不仅于此，鲁迅大约更在思考秋瑾就义对世道人心的影响，以及革命者为医治社会而死，之后会怎样？

小说主要写了华家和夏家，合起来就是"华夏"，华家人生病了，夏家人成为治病的药，最后，生病的人和治病的药都在馒头一样的坟墓里。那么，鲁迅是不是在说，小说写的华家和夏家，其实就是当时整个华夏民族的情形，而由众多看客、茶客构成的群众就是社会的生态？

华小栓有病，所以夏瑜成了治疗肺痨的人血馒头；无数的看客也有"病"，夏瑜的被杀、小栓的肺痨仅仅是他们的谈资；社会更有病，所以夏瑜给社会开了一剂药，即革命，即启蒙愚弱的民众，即用自己的鲜血唤醒麻木的心灵。但这"药"，有用吗？

没有。

夏瑜所代表的革命党并没有改变社会的痼疾，尤其是民众的麻木愚昧。辛亥革命已经过去八年，轰轰烈烈过去之后，庸常的日子流逝，革命先烈的鲜血这味药，大约是没有医治好社会的病苦吧。

拓展阅读

① 鲁迅：《范爱农》，选自《鲁迅全集（编年版）》，人民文学出版社，2014 年。

② 欧阳云梓：《秋瑾评传》，中国社会科学出版社，2011 年。

③ 蒋勋：《革命孤独》，选自《孤独六讲》，长江文艺出版社，2017年。

思考题

一、小说《药》中有三处环境描写，节录如下：

环境描写一：

　　秋天的后半夜，月亮下去了，太阳还没有出，只剩下一片乌蓝的天；除了夜游的东西，什么都睡着。华老栓忽然坐起身，擦着火柴，点上遍身油腻的灯盏，茶馆的两间屋子里，便弥满了青白的光。

环境描写二：

　　西关外靠着城根的地面，本是一块官地；中间歪歪斜斜一条细路，是贪走便道的人，用鞋底造成的，但却成了自然的界限。路的左边，都埋着死刑和瘐毙的人，右边是穷人的丛冢。两面都已埋到层层叠叠，宛然阔人家里祝寿时候的馒头。

　　这一年的清明，分外寒冷；杨柳才吐出半粒米大的新芽。天明未久，华大妈已在右边的一坐新坟前面，排出四碟菜，一碗饭，哭了一场。化过纸，呆呆的坐在地上；仿佛等候什么似的，但自己也说不出等候什么。微风起来，吹动他短发，确乎比去年白得多了。

环境描写三：

　　微风早经停息了；枯草支支直立，有如铜丝。一丝发抖的声音，在空气中愈颤愈细，细到没有，周围便都是死一般静。两人站在枯草丛里，仰面看那乌鸦；那乌鸦也在笔直的树枝间，缩着头，铁铸一般站着。

1. 请联系小说谈一谈每一处环境描写的作用。

2. 请任选其中一处，进行仿写。

二、请将小说《药》中的色彩描写都找出来，看看有何特点，并思考鲁迅为什么如此描写。

珂勒惠支：俘虏（《农民战争》之七）
铜版画
33cm×42cm
1904—1908 年

第六讲

《阿Q正传》：一个国民的魂灵

阿Q"精神胜利法"的使用，

很多时候是一种"瞒和骗"，

是对自我的欺瞒，借以麻醉自我，

是主动不看痛苦，有意地遮蔽甚至忘却伤痛。

一、"阿 Q"者谁？

认真阅读小说《阿 Q 正传》后，给阿 Q 做一张身份统计表，大约如下：

姓名：据阿 Q 自己说是姓赵，然而赵太爷不允许其也姓赵，阿 Q 并没有争辩，为了感谢地保对其不该说自己姓赵的训斥，交了二百文酒钱，尔后，"终于不知道阿 Q 究竟什么姓"。至于名，"不知道阿 Q 的名字是怎么写的。他活着的时候，人都叫他阿 Quei，死了以后，便没有一个人再叫阿 Quei 了"。只好顺着发音猜测，大约是"阿桂"，或者"阿贵"之类的，然而终于无法确知。那就只好取其发音的第一个字母，叫作阿 Q 的了。

籍贯：阿 Q 常常住在未庄，却也时常住在别的地方；所以不能说他就是未庄人，到底也是无法确知其籍贯。

工作：无固定职业，"只给人家做短工，割麦便割麦，舂米便舂米，撑船便撑船。"

家庭成员：孤家寡人一个，不见其有亲人，连朋友也是没有的。

住址：大部分住在未庄土谷祠，偶尔住在做工的主人家里。

长相：头皮上长了几处癞疮疤，瘦伶仃，此外不详。因为人们绝大多数时候"连阿 Q 都早忘却，更不必说'行状'了"。

爱好：赌博，骂人，欺负弱小者。

感情经历：有且仅有一次，没有成功。

阿 Q 是无名无姓，无籍贯，无家人，无朋友，无职业，无房屋，无恋爱，名副其实的一无所有。就是这样的一个人，鲁迅先生竟然要给他"立传"。按照修史的标准，进入史书的人物，无外乎帝王、诸侯、将相、社会名流等有身份有地位的人，再不济也得有其特异之处，譬如司马迁给里巷之中的刺客、游侠等立传。但阿 Q 不仅一无所有，而且简直一无是处，如何能够为其"立传"呢？

这就给鲁迅出了一大"难题":"传的名目很繁多:列传,自传,内传,外传,别传,家传,小传……,而可惜都不合。"于是"从不入三教九流的小说家所谓'闲话休题言归正传'这一句套话里,取出'正传'两个字来,作为名目,即使与古人所撰《书法正传》的'正传'字面上很相混,也顾不得了"。虽然字面一致,读音却不同,于是意思也就两样。至于究竟是"正宗的传授",还是"正宗的人物传记",悉听尊便了。

整个第一部分(序言),鲁迅先生不厌其烦地从阿Q的姓名、籍贯、文章的名目、立传的通例等角度进行交代,故意摆出严肃认真的正史面孔,与内容上的无稽构成强烈的反差,充满了调侃的味道。

二、精神胜利法

提到阿Q,读者头脑中首先出现的可能就是他的"精神胜利法",如果我们以关键词的方式来概括阿Q的精神特征,将会是哪些词语?

著名鲁迅研究专家王得后先生在《〈呐喊〉导读》中列举了两位前辈作家的看法:

"我以为《阿Q正传》所以影射的中国民族的劣根性,种类虽多,荦荦大端,则有以下数种:(1)卑怯,(2)精神胜利法,(3)善于投机,(4)夸大狂与自尊癖性……此外则'色情狂''萨满教式的卫道精神''多忌讳''狡猾''愚蠢''贪小利''喜欢凑热闹''糊涂昏愦''麻木不仁',都切中中国民族的病根,作者以嬉笑之笔出之,其沉痛逾于怒骂。"[1] 此为作家苏雪林于1934年在武汉大学教授新文学课程时写的。

"阿Q的精神胜利法的思想,具体表现在以下几个方面:1.夸耀先前的阔,设想儿子的阔;2.忌讳头上癞疮疤,而又说别人还不配;3.被

---

① 钱理群. 中学语文教材中的鲁迅作品解读 [M]. 桂林:漓江出版社,2014:175.

人打了，不能反抗，说是'儿子打老子'；4.'他是第一个能够自轻自贱的人'，他又胜利了；5.打自己嘴巴，认为被打的是别人，他胜利了。6.把对他的一切欺侮，都很快的忘却；7.他的精神胜利法到被杀害前也没有改，但我们笑不出来了。""精神胜利法是阿Q的主要性格，还有其他性格也和精神胜利法有联系：1.喜欢诔词，自高自大，忌讳缺点；2.保守思想，封建思想；3.欺软怕硬，有些狡猾……"① 此为著名学者李何林在新中国成立后的看法。

对照一下苏雪林和李何林两位专家的看法，大致差不多。尽管时代不同，但是对阿Q的性格特征基本上达成了共识。

小说的第二、三章，比较充分地展示出阿Q的精神胜利法。阿Q的现实生活极不如意，他的生命境遇有点类似于孔乙己，甚至还不如，因为孔乙己还认识几个字，而阿Q是一个字也不认得；孔乙己有没有祖传的老屋不得而知，阿Q是没有的；他们俩都是可有可无的人物，不过他们一出现，都会给人们带来可供玩笑的谈资。阿Q之于未庄的人们，不过"只要他帮忙，只拿他玩笑"，雇他做工这是帮忙；看阿Q骂人、打架、调笑比其更弱小的小尼姑，这在他们都是笑料，而如果阿Q"采用怒目主义之后，未庄的闲人们便愈喜欢玩笑他"。

在孔乙己那里，短衣帮连字都不认识，于是他有些瞧不起短衣帮；在阿Q那里，不仅是王胡、小D之类的不在眼里，就是赵钱两大望族的人物他也是不太瞧得起的。读《孔乙己》的时候，孔乙己最后用手"走"到咸亨酒店，遭遇众人的取笑，他用很小的声音求饶，大约他是认识到自己的处境了；而阿Q无论其在任何时候，都不会认输，即使表面上挨了打认了输，也很快在内心里取得胜利。所谓："先前比你阔得多""见识高""真能做""我总算被儿子打了""第一个能够自轻自贱的人……状元不也是'第一个'么？""用力的在自己脸上连打了两

---

① 钱理群. 中学语文教材中的鲁迅作品解读 [M]. 桂林：漓江出版社，2014：175.

个嘴巴……似乎打的是自己，被打的是别一个自己，不久也就仿佛是自己打了别个一般……"

这些都是阿Q的手段，是精神上的自我麻醉，是遮蔽了自己的眼睛，主动不看痛苦，于是一闭眼，万事大吉，心满意足。就是阿Q头皮上的癞疮疤也算不得什么大事，因为只要与"赖"以及"光"等发音绝缘，他就不见不闻，而且这样的癞疮疤常常使他觉得"你还不配……"，于是阿Q接近"完美"了。更何况他还有两大绝招："口讷的他便骂，气力小的他便打""怒目而视"。可惜，这两大绝招往往他不太敢用，因为比其弱小者太少，仅有的三回，竟有两回都没有占得便宜。

第一回是和王胡打架。王胡，其实是王癞胡，在阿Q这里要避讳，于是叫王胡。王胡有一部络腮胡子，因此在阿Q眼中，王胡是更其弱小的，可是没想到王胡身上的虱子竟然比自己身上的还多，而且弄出的声响更响，这是阿Q无法忍受的，于是主动挑衅。

> 他癞疮疤块块通红了，将衣服摔在地上，吐一口唾沫，说：
> "这毛虫！"
> "癞皮狗，你骂谁？"王胡轻蔑的抬起眼来说。
> ……
> "谁认便骂谁！"他站起来，两手叉在腰间说。
> "你的骨头痒了么？"王胡也站起来，披上衣服说。
> 阿Q以为他要逃了，抢进去就是一拳。这拳头还未达到身上，已经被他抓住了，只一拉，阿Q跄跄踉踉的跌进去，立刻又被王胡扭住了辫子，要拉到墙上照例去碰头。
> "'君子动口不动手'！"阿Q歪着头说。
> 王胡似乎不是君子，并不理会，一连给他碰了五下，又用力的一推，至于阿Q跌出六尺多远，这才满足的去了。

阿Q这个人的嘴太欠了，被王胡收拾一下，令人解气。阿Q挑起事端，打不过了就求饶："君子动口不动手"，简直好笑。整个过程中，阿Q首先表现的是流氓性，欺负弱者，抢进去就是一拳；打不过了就是无赖气，歪着头给对手戴高帽子，王胡你是君子，怎么可以动手呢？可惜王胡不买账，还是连碰了五下。

另一回在第五章，阿Q发现自己的"工作"，被小D抢走了，于是爆发了另一次打架事件。阿Q骂小D畜生，小D回答的是："我是虫豸，好么？……"这简直是阿Q的翻版，之前阿Q遇到了强手，求饶的时候就是这般求饶；而今小D面对阿Q，竟然也这般，这是一种循环。然而阿Q欺软怕硬的本性使得他并没有见好就收，而是"愤怒起来"，动手去打小D，结果是两个人互相揪住辫子，难分胜负。到底还是阿Q吃亏，因为以前小D是不能与阿Q相提并论的。

第三回是阿Q挨了"假洋鬼子"哭丧棒的打，对面走来了小尼姑。阿Q对于"男女之大防"历来很严格，他的学说是："凡尼姑，一定与和尚私通；一个女人在外面走，一定想引诱野男人；一男一女在那里讲话，一定要有勾当了。为惩治他们起见，所以他往往怒目而视，或者大声说几句'诛心'话，或者在冷僻处，便从后面掷一块小石头。"所以平时遇见尼姑他都是要骂一骂的，何况这一回正巧碰上阿Q受了屈辱呢，于是：

> "我不知道我今天为什么这样晦气，原来就因为见了你！"他想。
>
> 他迎上去，大声的吐一口唾沫：
>
> "咳，呸！"
>
> 小尼姑全不睬，低了头只是走。阿Q走近伊身旁，突然伸出手去摩着伊新剃的头皮，呆笑着，说：
>
> "秃儿！快回去，和尚等着你……"
>
> "你怎么动手动脚……"尼姑满脸通红的说，一面赶快走。

酒店里的人大笑了。阿Q看见自己的勋业得了赏识，便愈加兴高采烈起来：

"和尚动得，我动不得？"他扭住伊的面颊。

酒店里的人大笑了。阿Q更得意，而且为了满足那些赏鉴家起见，再用力的一拧，才放手。

他这一战，早忘却了王胡，也忘却了假洋鬼子，似乎对于今天的一切"晦气"都报了仇；而且奇怪，又仿佛全身比拍拍的响了之后更轻松，飘飘然的似乎要飞去了。

"这断子绝孙的阿Q！"远远地听得小尼姑的带哭的声音。

"哈哈哈！"阿Q十分得意的笑。

"哈哈哈！"酒店里的人也九分得意的笑。

面对比自己更其弱小的小尼姑，阿Q可恶至极；而酒店闲人们的哈哈大笑，则变成了对阿Q恶行的鼓励和赞赏，于是阿Q更其得意，欺侮也越发过分。所谓的"男女之大防"不过是针对别人而言；在自己，能够占小尼姑的便宜，礼教自然都忘得干干净净。阿Q这是公开的非礼，可获得的是众人一致的大笑，为什么没有人出手阻挠？因为生活本就无聊，有这样刺激的闹剧可以鉴赏，又怎么会有人出手中止呢？阿Q在这样的环境中只可能让自己的恶行越来越严重，而对小尼姑的欺侮完成了对自己之前遭受强者欺侮的补偿。

"精神胜利法"是鲁迅的大发现，在阿Q身上集中爆发了，那么你我身上有没有其中的某些特点？会不会在现实生活中夸耀一下自己先前的"阔"？这个"阔"是钱、名、权等一切可以夸耀的资本。会不会自高自大？会不会自我麻醉？会不会有意地遮蔽甚至忘却伤痛？会不会自己受了气于是欺侮更弱小者？

阿Q"精神胜利法"的使用，很多时候是一种"瞒和骗"，是对自我的欺瞒，借以麻醉自我。然而换个角度思考，当阿Q面对比自己强大得多的对手，比如赵秀才，阿Q没有能力去对抗，那么"精神胜利法"是不是对其痛楚的纾解呢？也许你我的处境不会像阿Q那样极端，但是都可能会遇到生命的困境，当凭借自己的力量无力回天的时候，是不是就得自我安慰？是不是就得睁一只眼闭一只眼？给自己来一点心灵鸡汤，打打鸡血，提顿精神，这是不是"精神胜利法"？生活多艰，是不是任何时候都要直面，是不是偶尔的"精神胜利法"也是必需的？

三、阿Q与吴妈的"爱情"

小说中阿Q在摸完小尼姑滑腻腻的脸后竟然有些飘飘然，似乎从这儿才开始性启蒙，于是阿Q开始盘算自己要有一个女人，应该有子嗣，不然死后都没人给供一碗饭。于是，阿Q开始惦记着"女人，女人"，并一发不可收拾了。恰好这一天阿Q在赵太爷家舂米，吴妈是赵太爷家里唯一的女仆：

> 洗完了碗碟，也就在长凳上坐下了，而且和阿Q谈闲天：
> "太太两天没有吃饭哩，因为老爷要买一个小的……"
> "女人……吴妈……这小孤孀……"阿Q想。
> "我们的少奶奶是八月里要生孩子了……"
> "女人……"阿Q想。
> 阿Q放下烟管，站了起来。
> "我们的少奶奶……"吴妈还唠叨说。
> "我和你困觉，我和你困觉！"阿Q忽然抢上去，对伊跪下了。

吴妈在嚼主人家的舌根子，无论是"买一个小的"，还是"八月里要生孩子了"，都恰好和阿Q之前的内心诉求相契合。可以说吴妈的无心之说正好唤醒和加剧了阿Q内心不可遏制的原始欲望。而在吴妈说话的过程中，阿Q一直在盘算，"女人……吴妈……这小孤孀……"，吴妈是寡妇，在赵太爷家做女仆，自己是短工，地位相当，是匹配的。于是，阿Q放下烟管，站了起来，然后用了一个很现代的西方式的求婚动作，"对伊跪下了"，就差鲜花了。西式礼仪用在阿Q身上，再配上直白鄙俗的俚语，非常地滑稽。这是大大出乎吴妈意料的，她几乎被突如其来的"我和你困觉，我和你困觉"给吓蒙了，作为寡妇，她可能想过再找一个男人，但一定不是阿Q这样的货色。所以"楞了一息"，突然发抖，大叫一声"阿呀！"往外跑，"且跑且嚷，似乎后来带哭了"。

后果是阿Q被赵秀才用官话"忘八蛋"骂，然后被大竹杠打，这之后就是未庄所有的女人见到阿Q就躲得远远的，甚至连活计也找不到了。那么有一个问题来了，为什么阿Q只是对吴妈下跪、说了一句"我和你困觉，我和你困觉"，结果却如此严重？而之前阿Q甚至对小尼姑动手动脚了，却没有任何事，甚至获得酒客们的赞赏？

小尼姑是弱者，她背后是老尼姑，她们在未庄就是受欺压的对象；吴妈也是弱者，但是其背后是赵太爷、赵秀才，更何况是在赵家发生的事，吴妈一个妇道人家，没有丈夫，自然是由赵家解决。赵秀才拿了一支大竹杠打阿Q的时候说："你反了，……你这……"；而地保教训阿Q也说："你连赵家的用人都调戏起来，简直是造反。"赵家是权势者，阿Q在赵家做这样"出格"的事情，即使只是说了一句话，然而却让赵家"蒙羞"了，无权无产的流浪雇工阿Q竟敢冒犯未庄的"望族"赵家的仆人，简直是不把赵家放在眼里，简直是以下犯上的僭越，阿Q的行为既是对主仆秩序的僭越，也是对礼法的僭越。于是后果自然要比明目张胆地调戏小尼姑要严重得多。

接着，就是地保和阿Q订立了五条赔偿条件：

一、明天用红烛——要一斤重的——一对，香一封，到赵府上去赔罪。

二、赵府上请道士被除缢鬼，费用由阿 Q 负担。

三、阿 Q 从此不准踏进赵府的门槛。

四、吴妈此后倘有不测，惟阿 Q 是问。

五、阿 Q 不准再去索取工钱和布衫。

阿 Q 的棉被、毡帽、破布衫等都抵了钱，就只剩下一件当不出去的破夹袄了。此外还有很多奇怪的事情。第一件就是未庄的女人看见阿 Q 都自动地躲起来，甚至于年近五十岁的邹七嫂，原来大家都认为阿 Q 是流氓。然后还有一些古怪的事情，"却是许多日以后的事"，酒店不肯赊账，管土谷祠的老头子似乎也不让他住了；此外，在竞争者小 D 和"恋爱事件"的双重影响下，竟然没有人雇用阿 Q 了，于是生计也成了问题。

应该说，阿 Q 在经历了所谓的"恋爱事件"后，逐渐失去了在未庄生存下去的可能。怎么办？总得为自己寻一条生路，未庄待不下去了，只好"此处不留爷，自有留爷处"，我们的 Q 爷离开未庄了。

四、革命与不准革命

阿 Q 因为"恋爱事件"，弄得自己在未庄待不下去了，于是到城里谋生，最终成了小偷的帮手，很风光了一阵子。

宣统三年九月十四日，"革命"的消息不胫而走，甚至于连城里唯一的举人也逃到乡下来逃难，这让阿 Q 似乎看到一条生存的"康庄大道"。尽管之前他一直认为所谓"革命"，不过就是造反，而造反就是与自己为难，所以阿 Q 一向是深恶痛绝的。然而自从"革命"的消息传来，未庄的男女都慌张害怕，这使阿 Q 很快意，于是，他决定革命。"革这伙妈妈的的命……投降革命党"。

为什么阿 Q 要"革命"？"阿 Q 近来用度窘，大约略略有些不平；加以午间喝了两碗空肚酒，愈加醉得快，一面想一面走，便又飘飘然起来。不知怎么一来，忽而似乎革命党便是自己，未庄人却都是他的俘虏了。"

阿Q之所以革命首先是因为"近来用度窘"，没钱了，经济状态堪忧；然后是喝了点酒，所谓"酒壮怂人胆"，阿Q"一面想一面走"，想什么？想的一定是革命后"要什么就是什么，我欢喜谁就是谁"的美梦，而且"未庄人却都是他的俘虏了"。

怎么革命的？

> ……他得意之余，禁不住大声的嚷道：
>
> "造反了！造反了！"
>
> 未庄人都用了惊惧的眼光对他看。这一种可怜的眼光，是阿Q从来没有见过的，一见之下，又使他舒服得如六月里喝了雪水。
>
> 他更加高兴的走而且喊道：
>
> "好，……我要什么就是什么，我欢喜谁就是谁。
>
> 得得，锵锵！
>
> 悔不该，酒醉错斩了郑贤弟，
>
> 悔不该，呀呀呀……
>
> 得得，锵锵，得，锵令锵！
>
> 我手执钢鞭将你打……"

阿Q陷入到美梦之中，禁不住大声叫嚷，两声"造反了！造反了！"就是"革命"的表现。喝高了的阿Q嚷得极大声，原本就被"革命"的消息吓得有些无所适从的未庄人这下全被震慑住了，都用了"惊惧的眼光"看他，这是害怕的神色，是从未在阿Q眼前展露的"可怜"。于是他更高兴了，而且一边喊"我要什么就是什么，我欢喜谁就是谁"，这是赤裸裸地喊出自己革命的目的。于是阿Q唱起来，真有些意气风发了。

所谓"革命",在阿Q眼里不过就是造反,而且在未庄人看来也是"造反"。

"赵府上的两位男人和两个真本家,也正站在大门口论革命。阿Q没有见,昂了头直唱过去。"这句话写得精彩极了。"真本家"是相对于阿Q这个"假本家"而言,真本家在谈革命,假本家在"干革命",究竟谁是"真革命"? 阿Q"昂了头直唱过去",得意至极。

"老Q,"赵太爷怯怯的迎着低声的叫。

"锵锵,"阿Q料不到他的名字会和"老"字联结起来,以为是一句别的话,与己无干,只是唱。"得,锵,锵令锵,锵!"

"老Q。"

"悔不该……"

"阿Q!"秀才只得直呼其名了。

阿Q这才站住,歪着头问道,"什么?"

"老Q,……现在……"赵太爷却又没有话,"现在……发财么?"

"发财? 自然。要什么就是什么……"

"阿……Q哥,像我们这样穷朋友是不要紧的……"赵白眼惴惴的说,似乎想探革命党的口风。

"穷朋友? 你总比我有钱。"阿Q说着自去了。

赵太爷,这未庄的权势者,竟然也对宣布造反的阿Q充满了"敬意",首先是主动打招呼;然后是将阿Q叫为"老Q",而且竟然还是"怯怯的迎着低声的叫"。叫了两遍,阿Q只顾在那儿唱戏,简直无厘头,令人捧腹,可以想见赵太爷及其本家的神态。还是秀才年轻气盛,只得直呼其名,然而阿Q"歪着头",一副小人得志的样子,这是阿Q从未体验的快意。赵白眼这会儿说的话,无异于在分清自己和赵太爷家的关系，他们富有，而我贫穷，"穷朋友是不要紧的"，革命党大约都是穷人出身，活不下去就只好铤而走险，这是当时一般人对"革命党人"的看法，然而赵白眼的攀附并没有获得阿Q的认可。

阿Q宣布"革命"后，顺带也解决了肚子问题，因为管土谷祠的老头子不仅和气，请他喝茶，还送了两个饼以及些许烛台。吃饱后，阿Q感到前所未有的"新鲜而且高兴"，他开始陷入到"幸福"的畅想中："这时未庄的一伙鸟男女才好笑哩，跪下叫道，'阿Q，饶命！'谁听他！第一个该死的是小D和赵太爷，还有秀才，还有假洋鬼子，……留几条么？王胡本来还可留，但也不要了。……"这是权势。有了这个，阿Q就可以有冤报冤有仇报仇，小D、赵太爷、秀才、假洋鬼子、王胡，这些欺侮过他的人尽数该死，一个不留。

"东西，……直走进去打开箱子来：元宝，洋钱，洋纱衫，……秀才娘子的一张宁式床先搬到土谷祠，此外便摆了钱家的桌椅，——或者也就用赵家的罢。自己是不动手的了，叫小D来搬，要搬得快，搬得不快打嘴巴。……"这是钱财。造反、"革命"，阿Q首先在解决吃饭问题，其次趁机劫财，把以前垂涎的阔人家的元宝、货物都搬到土谷祠。

"赵司晨的妹子真丑；邹七嫂的女儿过几年再说。假洋鬼子的老婆会和没有辫子的男人睡觉，吓，不是好东西！秀才的老婆是眼胞上有疤的。……吴妈长久不见了，不知道在那里，——可惜脚太大。"阿Q自从摸了小尼姑滑腻的脸，就一直想要一个女人，掰着指头数来数去，还是吴妈比较合适，唯一的毛病，就是"脚太大"。

鲁迅在《随感录五十九"圣武"》中对项羽、刘邦的"彼可取而代之也""大丈夫当如是"的向往，总结为："简单地说，便只是纯粹兽性方面的欲望的满足——威福，子女，玉帛，——罢了。然而在一切大小丈夫，却要算最高理想（？）了。我怕现在的人，还被这理想支配着。"① 阿Q在土谷祠的内心活动，暴露的恰好是其"兽性方面的欲望"，"威福，子女，玉帛"这三样东西为历来的造反者垂涎，阿Q亦难免如是。在写于1926年的《学界的三魂》中，鲁迅说过一句话："记得在日本留学时候，有些同学问我在中国最有大利的买卖是什么，我答道：'造反'。"② 造反是最大的买卖。正所谓"王侯将相宁有种乎"，造反成功，也就成了"王侯将相"。造反者往往赤贫，已经没有什么可以失去的了，不如放手一搏。阿Q的所谓"革命"就是这样的奴才造反，因其一无所有，所以想"要什么有什么"。小说里专门写到阿Q造反的梦，所想要的就是三样东西：元宝、女人和权势。

阿Q并没有想得"十分停当"，就已经发出了鼾声。第二天他出去"样样都照旧"，然而"秀才"和"洋鬼子"已经"革命"了。原来赵秀才和假洋鬼子早在阿Q睡觉的一早就已经"咸与维新"了，"他们便谈得很投机，立刻成了情投意合的同志，也相约去革命"。他们的"革命"就是去静修庵革掉一块"皇帝万岁万万岁"的龙牌的命。

而更其可怕的是：据传来的消息，知道革命党虽然进了城，倒还没有什么大异样。知县大老爷还是原官，不过改称了什么，而且举人老爷也做了什么——这些名目，未庄人都说不明白——官，带兵的也还是先前的老把总。

一切照旧，摇身一变，换个名目而已，这就是所谓"革命"。那么，阿Q去找"革命党"就一定不会被接纳。阿Q被假洋鬼子扬起的哭丧棒轰走，赵白眼和闲人们都附和着吆喝，阿Q感到"从来没有经验过这样的无聊"，甚至于想要把盘在头顶的辫子放下来，干脆不革命了。然而最终没有放下。阿Q因为"革命"带来的所有"荣光"，顷刻间荡然无存，一切照旧。

1926年鲁迅在《〈阿Q正传〉的成因》里深刻反思："但此后倘再

① 鲁迅. 鲁迅全集：编年版：第1卷 [M]. 北京：人民文学出版社，2014：723.
② 鲁迅. 鲁迅全集：编年版：第4卷 [M]. 北京：人民文学出版社，2014：100.

有改革，我相信还会有阿Q似的革命党出现"，"恐怕我所看见的并非现代的前身，而是其后，或者竟是二三十年之后"①。鲁迅真正担心的是二三十年后，中国的革命，还是阿Q式的奴才的造反。这样的"革命"不过是"彼可取而代之"式的农民起义或造反。"革命"过后，表面上是"革新"了，可是骨子里依旧。所以鲁迅在写给许广平的《两地书·八》中如此说道："无论是专制，是共和，是什么什么，招牌虽换，货色照旧，全不行的。"②这恐怕也是为何明明已经到了民国，按理应该用民国纪年，可鲁迅在此写的却是"宣统三年九月十四日"。到底还是回到了老路上，那么之前"革命"的流血牺牲，意义又何在呢？

按照鲁迅在《灯下漫笔》中的总结，中国历史无外乎就是"暂时做稳了奴隶的时代"和"想做奴隶而不得的时代"。到底都是"奴隶"，甚而是"奴才"了。只要"人"没有改变，没有完成从"奴隶"到"人"的过渡，真正的"革命"的到来就堪忧。

五、阿Q之死

阿Q不仅没有"革命"成功，而且还被抓起来了，竟然是以抢劫的罪名。然而那帮人抢劫赵秀才家的时候，阿Q没敢去，他为此很愤愤不平。怎么自己就成了抢劫犯？

> 一个长衫人物拿了一张纸，并一支笔送到阿Q的面前，要将笔塞在他手里。阿Q这时很吃惊，几乎"魂飞魄散"了：因为他的手和笔相关，这回是初次。他正不知怎样拿；那人却又指着一处地方教他画花押。
>
> "我……我……不认得字。"阿Q一把抓住了笔，惶恐而且惭

---

① 鲁迅. 鲁迅全集：编年版：第4卷 [M]. 北京：人民文学出版社，2014：294-295.

② 鲁迅. 鲁迅全集：编年版：第3卷 [M]. 北京：人民文学出版社，2014：478.

愧的说。

纸和笔是用来干什么的？是人认字启蒙的开始；然而阿Q接触笔和纸，却是和死亡相勾连。如果他知道这是认罪，这是决定生死的时刻，那他"魂飞魄散"就很正常了，然而阿Q并不知道。他是第一次接触笔和纸，他"不认得字"，甚至也不知道笔是应该怎么拿的，这让他终于"魂飞魄散""惶恐而且惭愧"了，这是阿Q第一次有这样的情感。阿Q意识到自己的"不足"了，在一张纸和一支笔前，阿Q就被打败了。

> 阿Q要画圆圈了，那手捏着笔却只是抖。于是那人替他将纸铺在地上，阿Q伏下去，使尽了平生的力画圆圈。他生怕被人笑话，立志要画得圆，但这可恶的笔不但很沉重，并且不听话，刚刚一抖一抖的几乎要合缝，却又向外一耸，画成瓜子模样了。

阿Q不知道自己怎么就被关押起来了，不知道自己怎么就被判了死刑，不知道画了圆圈就算是招供了，招供了就要被定罪和枪毙。这是一个极为滑稽的画面，如果阿Q知道这是为自己的生命画上一个圆圈，他还会使尽平生的力气吗？

阿Q对于自己的命运并不感到可怜，因为"人生天地间，大约本来有时也未免要杀头的"。这是非常从容的态度，阿Q一瞬间似乎"高大"起来了，因为一个能够坦然赴死的人，绝不是一般人。一般人都是怕死的，然而阿Q却说死其实也未必那么可怕。阿Q怎么可能如此开解自己？这是不是另一种"精神胜利法"？

所以读完之后，你会发现阿Q真的是令人感到"哀其不幸，怒其不争"。这样的人可怜吗？不幸吗？可是又是如此的令人厌恶。

六、未庄"老例"

1. 立传的通例，开首大抵该是"某，字某，某地人也"，而我并不知道阿Q姓什么。

2. 阿Q照例的发了怒，他怒目而视了。

3. 这是未庄赛神的晚上。这晚上照例有一台戏，戏台左近，也照例有许多的赌摊。

4. 未庄通例，倘如阿七打阿八，或者李四打张三，向来本不算一件事，必须与一位名人如赵太爷者相关，这才载上他们的口碑。一上口碑，则打的既有名，被打的也就托庇有了名。

5. 这拳头还未达到身上，已经被他抓住了，只一拉，阿Q跄跄踉踉的跌进去，立刻又被王胡扭住了辫子，要拉到墙上照例去碰头。

6. 他飘飘然的飞了大半天，飘进土谷祠，照例应该躺下便打鼾。

7. 但赵府上晚饭早，虽说定例不准掌灯，一吃完便睡觉，然而偶然也有一些例外：其一，是赵大爷未进秀才的时候，准其点灯读文章；其二，便是阿Q来做短工的时候，准其点灯舂米。

8. ……然而未庄老例，只有赵太爷钱太爷和秀才大爷上城才算一件事。

9. 未庄老例，看见略有些醒目的人物，是与其慢也宁敬的……

10. 有一天，他照例的混到夜深，待酒店要关门，才踱回土谷祠去。

11. 他到了大堂，上面还坐着照例的光头老头子；阿Q也照例的下了跪。

"通例""照例""定例""老例"，这些历经岁月沉淀下来的"规矩"

已经成为未庄人约定俗成的行为，无论是低贱如阿Q，还是尊贵如赵太爷，他们都按照"老例"指导、规范自己的行为，偶有越轨就会受到未庄人一致的讨伐。所以在这些"定例"的背后是未庄人的行为习惯和风俗，而这些习惯和风俗的背后是什么？是"唯上"，所有人对权力的屈从；是畏惧新生事物，所有人对"革命"的惊惧；是欺压弱小者，阿Q不被允许姓赵，阿Q调笑小尼姑、表白吴妈却是万万不可。未庄就是一个等级森严的社会，是死水一样的存在，即使"革命"，也不过偶有微澜，此后，一切照旧。所以鲁迅在《〈呐喊〉自序》中把中国比喻成一个"铁屋子"，是密不透风，万难毁坏的，任你再厉害，到底还是"清风吹不起半点漪沦"①。

而所谓的"革命"者，赵秀才、假洋鬼子、阿Q之流，不过是借"革命"之名维持老样子罢了。

在《阿Q正传》中，围绕着阿Q鲁迅设置了如此多的人物，但在未庄这个封建的环境中，不可能有人的行为能够超越"老例"，成为真正的"革命者"。"照例"的未庄里只有所谓的"革命者"，那么希望在哪里？而"未庄"是中国的一个村镇，也是无数村镇，甚至是中国的缩影。所以，在这篇小说中几乎看不到希望。

鲁迅在俄文译本《阿Q正传》序言中发出感慨：

至于百姓，却就默默的生长，萎黄，枯死了，像压在大石底下的草一样，已经有四千年！

要画出这样沉默的国民的魂灵来，在中国实在算一件难事，因为，已经说过，我们究竟还是未经革新的古国的人民，所以也还是各不相通，并且连自己的手也几乎不懂自己的足。我虽然竭力想摸索人们的魂灵，但时时总自憾有些隔膜。在将来，围在高

① 蓝棣之. 新月派诗选：修订版 [M]. 北京：人民文学出版社，1989：106.

墙里面的一切人众，该会自己觉醒，走出，都来开口的罢，而现在还少见，所以我也只得依了自己的觉察，孤寂地姑且将这些写出，作为在我的眼里所经过的中国的人生。[①]

未庄的人们，就是这样默默地生长，萎黄，枯死。要改变这样的现状，未庄的人们是靠不住的，只能借助外力，希望寄托在觉醒的人身上。而在当时的社会，觉醒的人却被砍了头，小说中阿Q唯一见到的革命党就是被砍了头的。

《阿Q正传》在小说结构上：第二章和第三章，首先以空间形态展示阿Q的"精神胜利法"，目的是通过对"精神胜利法"的描述，集中展示鲁迅所批判的国民劣根性诸表现；后面的六章，作者让阿Q进入时间，动态地展示阿Q的生存。第四章写的是"色"，第五、六章写的是"食"，"食色，性也""饮食男女，人之大欲存焉"。当最基本的生存得不到满足的时候，那就只有诉诸"革命"，然而连"革命"也不被允许；所以，最后的结局是"大团圆"——阿Q之死。如果说第二、三章是集中描绘展示阿Q身上的劣根性；那么后六章则通过阿Q式的"活着"，更为形象生动地揭示了鲁迅所批判的国民劣根性。

七、鲁迅在小说中的议论

在阅读《阿Q正传》的时候，你会发现鲁迅时常会跳出来代替阿Q发声，或者借阿Q的口发表看法。比如：

有人说：有些胜利者，愿意敌手如虎，如鹰，他才感得胜利的欢喜；假使如羊，如小鸡，他便反觉得胜利的无聊。又有些胜

---

① 鲁迅. 鲁迅全集：编年版：第3卷 [M]. 北京：人民文学出版社，2014：286.

利者，当克服一切之后，看见死的死了，降的降了，"臣诚惶诚恐死罪死罪"，他于是没有了敌人，没有了对手，没有了朋友，只有自己在上，一个人，孤另另，凄凉，寂寞，便反而感到了胜利的悲哀。然而我们的阿Q却没有这样乏，他是永远得意的：这或者也是中国精神文明冠于全球的一个证据了。

这是小说在介绍完阿Q的精神胜利法之后出现的一段文字，这样的文字在鲁迅的杂文中比较常见，但是小说中较少出现，这是鲁迅把杂文笔法融于小说写作中。鲁迅跳出来发表看法，让读者从故事情节、人物形象中也跳出来，冷静一下。阿Q是"独一"的存在，他不同于胜利者的无聊，他永远得意。阿Q是"胜利者"吗？他为什么永远得意？鲁迅严肃地对历史进行总结，然后将阿Q与之并列，二者对比，就有了讽刺的力量。

再比如：

他想：不错，应该有一个女人，断子绝孙便没有人供一碗饭，……应该有一个女人。夫"不孝有三无后为大"，而"若敖之鬼馁而"，也是一件人生的大哀，所以他那思想，其实是样样合于圣经贤传的，只可惜后来有些"不能收其放心"了。

这是阿Q的内心活动，阿Q大字不识一个，他会知道什么叫"不孝有三无后为大"？尤其是出自儒家经典《左传》的"若敖之鬼馁而"？所以这完全是鲁迅跳出来议论了。而这样的想法，是古已有之的，是老大中国的传统，似乎为阿Q调戏小尼姑和向吴妈表白找到了合法合理的依据。"女人"的想法不断地折磨着阿Q，这是符合礼法的正常行为。而这样的阿Q，岂止一个？是不是都或多或少以合乎圣经贤传的名义来自我辩护？

再比如：

> 中国的男人，本来大半都可以做圣贤，可惜全被女人毁掉了。商是妲己闹亡的；周是褒姒弄坏的；秦……虽然史无明文，我们也假定他因为女人，大约未必十分错；而董卓可是的确给貂蝉害死了。

女人是害人的东西，这是鲁迅在为阿Q内心的想法找理由，既然如此，阿Q有了要一个女人的想法，是否意味着他也要深受其害了呢？按照小说发展的情况来看，阿Q因为向吴妈表白，因为一个女人——吴妈，基本上丧失了在未庄生活下去的权利和资本。

孙绍振在《杂文成分对小说构成干扰吗？》一文中说："杂文是可以直接讲出深邃的思想的，而且可以相当夸张地讲，以导致荒谬的逻辑，讲得痛快淋漓。但是，小说，特别是鲁迅的小说，其强大之处则是从人物感知世界的错位中展开，结论是不能直接表述的。"[1] 于是就有了对杂文写法融进小说笔法的争议，有人认为过火，有人认为不过火。

在读《阿Q正传》的时候，我觉得鲁迅插入的这些议论，第一，恰好构成了一种停顿，是鲁迅在提示读者，你停下来想一想，认真思考这些议论。第二，就是鲁迅是不是在提醒读者，笔下的阿Q只是一个典型，在他身上集合了无数人的特点，他的劣根性也许就是你我身上的劣根性。第三，这篇小说是鲁迅的大手笔，他所怀者大，只通过阿Q这样一个人物形象是无法穷尽的，于是只能自己跳出来直接议论。第四，《阿Q正传》就是鲁迅模仿"正史"的方式来创作的，而鲁迅的议论是对司马迁开创的史传文学中"太史公曰"这一体例的借鉴和发挥。

---

[1]　孙绍振. 经典小说解读［M］. 上海：上海教育出版社，2016：41.

拓展阅读

① 鲁迅:《俄文译本〈阿Q正传〉序》,选自《鲁迅全集(编年版)》,人民文学出版社,2014年。

② 鲁迅:《〈阿Q正传〉的成因》,选自《鲁迅全集(编年版)》,人民文学出版社,2014年。

思考题

  至于舆论,在未庄是无异议,自然都说阿Q坏,被枪毙便是他的坏的证据;不坏又何至于被枪毙呢?而城里的舆论却不佳,他们多半不满足,以为枪毙并无杀头这般好看;而且那是怎样的一个可笑的死囚呵,游了那么久的街,竟没有唱一句戏:他们白跟一趟了。

  这是小说的结尾部分,谈一谈你对这一部分的理解和认识。

珂勒惠支：母与子
铜版画
19cmx13cm
年代不详

第七讲
没有『明天』的《明天》

是母亲单四嫂子"杀掉"了最爱的宝儿。
她的不幸正在于她的贫穷与无知，
贫穷使得她难以及时送宝儿就诊；
无知使得她把"求医问诊"变成了"求神问诊"。
这一切悲剧都是在无意识之中完成的，
都是以爱的名义完成的。

一、漂亮的开头

> "没有声音，——小东西怎了？"
>
> 红鼻子老拱手里擎了一碗黄酒，说着，向间壁努一努嘴。蓝皮阿五便放下酒碗，在他脊梁上用死劲的打了一掌，含含糊糊嚷道：
>
> "你……你你又在想心思……。"

一句话，一个动作，鲁迅就写出了红鼻子老拱。

红鼻子老拱这句话，横空而来，没有来由，让人丈二和尚摸不着头脑，却也勾起了读者的阅读兴趣，为什么"没有声音"？是不是平时都有声音？"小东西"是谁？"小东西"没有声音，发生了什么？读者会因为这句话自然地生发出如此多的疑问。"——"，破折号在此处不是转折，而是停顿，红鼻子老拱一定是说完了"没有声音"之后，稍作沉吟，然后快速地问："小东西怎了？"这是非常有节奏感的一句话，"没有声音"，是奇怪，出乎意料；"——"是情绪的延宕，也是说话人在寻找别的谈资；"小东西怎了？"是自言自语，也是在问酒友蓝皮阿五。

红鼻子老拱一个动作："努一努嘴"，向着间壁，为什么要向着间壁？"努一努嘴"是什么意思？小东西原来住在间壁。红鼻子老拱是关心"小东西"吗？"小东西"是昵称吗？

蓝皮阿五也是一句话，一个动作。

一个动作："在他脊梁上用死劲的打了一掌"。因为喝酒，说话已经含含糊糊了，酒喝得大约多了，所以下手没轻没重？也有可能蓝皮阿五原本就是如此对待酒友红鼻子老拱，是互相的调侃和默契，所以后文说"老拱挨了打，仿佛很舒服似的喝了一大口酒，呜呜的唱起小曲来"。那么，这个动作究竟意味着什么呢？

一句话："你……你你又在想心思……。"什么心思？这个心思一定和蓝皮阿五死劲的一掌有关系。被打了竟然还如此享受，老拱的心思是什么？哼着小曲，享受地喝了一大口酒的老拱，无外乎惦记着守寡的单四嫂子。红鼻子老拱、蓝皮阿五，鲁迅都只用了一句话、一个动作，就把这两个人物的性格刻画出来了：酒鬼、一门歪心思、不是什么好人。绰号和人物性格紧密相连，即如《故乡》中的"圆规"，而"红鼻子老拱"和"蓝皮阿五"这两个人物的名字也颇有味道，让人难以忘记。"红鼻子老拱"是由"红鼻子"和"老拱"两个词语组成的。"红鼻子"就是常说的酒糟鼻子，主要表现为鼻子前端发红，日久鼻尖、鼻翼肥大，有的可能发生在两颊部、下巴和口的周围，甚至额部，多在中年时期发病，对容貌影响较大。"老拱"可能和他的名字有关，也可能由于他的鼻子极端扭曲变形，色素渣滓沉淀于鼻尖，使得从某一侧面看，鼻子成了拱形。所以红鼻子老拱这个人物从外形上讲应该是非常丑陋的。"蓝皮阿五"，由"蓝皮"和"阿五"组成。"蓝皮"应该是"赖皮"的谐音，"阿五"就是谐音，一说和民间"阿唔"的发音相似，所谓"阿唔"在我们家乡喊"唔硕"，是一种鬼怪的称呼。

红鼻子老拱和蓝皮阿五，一个是丑八怪，一个是赖皮鬼，真是一丘之貉，难怪他们能够一起喝酒，一起说笑，一起想心思。

然而，鲁迅偏偏在他们的谈话中插入一段话："原来鲁镇是僻静地方，还有些古风：不上一更，大家便都关门睡觉。深更半夜没有睡的只有两家：一家是咸亨酒店，几个酒肉朋友围着柜台，吃喝得正高兴；一家便是间壁的单四嫂子，他自从前年守了寡，便须专靠着自己的一双手纺出绵纱来，养活他自己和他三岁的儿子，所以睡的也迟。"

在叙述了红鼻子老拱和蓝皮阿五这两个家伙的"一个动作"和"一句话"后，两人的行为完全就是泼皮无赖，接下来这一段起首就是"还有些古风"，所谓"古风"，大约是更能够引起我们美好向往的风俗人情。两相对照，"古风"和红鼻子老拱、蓝皮阿五的对话形成的反差，就达到了一种讽刺的效果，令人深思。

所有人都关门睡觉了，唯独咸亨酒店的酒客和寡妇单四嫂子没有睡。咸亨酒店中的酒肉朋友觥筹交错，荤话打趣，吃喝得正高兴；另一边，寡妇为着养活自己和三岁的儿子，不得不辛苦劳作。两相对照，在看似客观的叙述中就显示出残酷的社会现实了。而喝酒的人还要拿贫苦的单四嫂子打趣，正因为弱小好欺负，欺负了也没有任何代价，所以就现成地拿来作为荤话的对象。而这，就是现实。

鲁迅《明天》的开头，别致，精巧；画面感极强；极客观又极有情感，非常节制，只呈现不做任何的评判，却让人陷入沉思。

二、"粗笨"的单四嫂子

小说中，"粗笨"这个词形容单四嫂子一共使用了五次，这五次可以归为三大次。第一次：

单四嫂子是一个粗笨女人，不明白这"但"字的可怕：许多坏事固然幸亏有了他才变好，许多好事却也因为有了他都弄糟。夏天夜短，老拱们呜呜的唱完了不多时，东方已经发白；不一会，窗缝里透进了银白色的曙光。

第一次写单四嫂子"粗笨"，是宝儿生病了，"宝儿的脸，绯红里带一点青"。这是很可怕的脸色，面对宝儿的病症，单四嫂子在心里盘算，该怎么办？她所能想到的："神签也求过了，愿心也许过了，单方也吃过了，要是还不见效，怎么好？——那只有去诊何小仙了。"这是单四嫂子的第一个"粗笨"，粗笨在此处是指愚昧，宝儿生病了，她不知道要去看医生，而是去求签许愿，或者什么单方、何小仙，这是单四嫂子的愚昧落后，其实也是当时中国社会大多数人的真实写照。鲁迅小时候不是也给父亲找过奇怪的药引吗？写于 1926 年的《父亲的病》中记载："起码是芦根，须到河边去掘；一到经霜三年的甘蔗，便至少也得搜寻两三天。"[①] 如果医生没有找了，那怎么办？只能问诊大仙半仙小仙之类的神医了，因为："医能医病，不能医命，对不对？自然，这也许是前世的事……。"

"但宝儿也许是日轻夜重，到了明天，太阳一出，热也会退，气喘也会平的：这实在是病人常有的事。"这是单四嫂子的第二个"粗笨"，她不知道病是需要医治的，而不是要所谓"也许"，靠日常经验就能治愈得了的。这反映出来的是单四嫂子的无所措手，与无所措手后的祈愿，而这样的祈愿往往事与愿违。这个"粗笨"的女人，又哪里懂得"但是"可能抵达希望和美好，也可能带来万劫不复的厄运呢？

第二、三次：

> 单四嫂子知道不妙，暗暗叫一声"阿呀！"心里计算：怎么好？只有去诊何小仙这一条路了。他虽然是粗笨女人，心里却有决断，便站起身，从木柜子里掏出每天节省下来的十三个小银元和一百八十铜钱，都装在衣袋里，锁上门，抱着宝儿直向何家奔过去。
>
> ……
>
> 单四嫂子接过药方，一面走，一面想。他虽是粗笨女人，却知道何家与济世老店与自己的家，正是一个三角点；自然是买了药回去便宜了。于是又径向济世老店奔过去。店伙也翘了长指甲慢慢的看方，慢慢的包药。单四嫂子抱了宝儿等着；宝儿忽然擎起小手来，用力拔他散乱着的一绺头发，这是从来没有的举动，单四嫂子怕得发怔。

---

① 鲁迅. 鲁迅全集：编年版：第 4 卷 [M]. 北京：人民文学出版社，2014：59.

第二、三次写单四嫂子"粗笨"，是在准备带宝儿看病以及带宝儿看完病后，终于只有"何小仙"是最后的救命稻草了，于是去找何小仙给宝儿看病。连她这么"粗笨"的人"却知道何家与济世老店与自己的家，正是一个三角点；自然是买了药回去便宜了"。单四嫂子的粗笨表现在只知其一不知其二，她单知道何家、济世老店和自己的家，是一个三角点，却不知道何家开的药为什么非得到贾家济世老店去买？为什么只有贾家济世老店有得卖？

　　我读完这一段，回过去盯着"粗笨"去想，单四嫂子真是不易，家里一切都指望她，她唯一的希望却命悬一线，她本身就弱小，又如何能够担得起生命的重担？她的"粗笨"恰恰是和何小仙、蓝皮阿五、药店伙计等人的机巧圆滑、精于算计相对照的。

　　第四、五次：

　　　　他现在知道他的宝儿确乎死了；不愿意见这屋子，吹熄了灯，躺着。他一面哭，一面想：想那时候，自己纺着棉纱，宝儿坐在身边吃茴香豆，瞪着一双小黑眼睛想了一刻，便说，"妈！爹卖馄饨，我大了也卖馄饨，卖许许多多钱，——我都给你。"那时候，真是连纺出的棉纱，也仿佛寸寸都有意思，寸寸都活着。但现在怎么了？现在的事，单四嫂子却实在没有想到什么。——我早经说过：他是粗笨女人。他能想出什么呢？他单觉得这屋子太静，太大，太空罢了。

　　　　但单四嫂子虽然粗笨，却知道还魂是不能有的事，他的宝儿也的确不能再见了。叹一口气，自言自语的说，"宝儿，你该还在这里，你给我梦里见见罢。"于是合上眼，想赶快睡去，会他的宝儿，苦苦的呼吸通过了静和大和空虚，自己听得明白。

　　第四、五次写单四嫂子"粗笨"，是在宝儿死后。宝儿被放进棺木，抬到义冢地上安放了，帮忙的人都回家了。天已经晚了，单四嫂子点上灯火，她觉得屋子太安静，屋子太大，也太空了。而这太大的屋子和太空的东西四面压迫在她的身上，使她艰于呼吸视听。她终于承认宝儿死了，于是她不愿意看见屋子以及一切能够勾起回忆的旧物，于是吹熄了灯。然而，她还是想起她的宝儿，宝儿活着就是她的指望，她生活的信念就还存在。她想起宝儿坐在她身边吃茴香豆，她想起宝儿一双小黑眼睛睁着，她想起宝儿孝顺的许诺：学宝儿的爹卖馄饨，钱都交给单四嫂子，而这一切都随着宝儿的死烟消云散了。单四嫂子不一定懂得活着的意义和价值，但是她一定知道：宝儿在，一切才有盼头，才有意思；宝儿没了，自己活着也像死了。然而此外，她已经不能想到什么了。

既然不能还魂，至少会托梦吧。所以单四嫂子把希望寄托在梦里和宝儿相见。

五次"粗笨"的描写，恰好串联起了小说的情节，第一次是宝儿生病时，第二、三次是宝儿看病时，第四、五次是宝儿死后。大致上我们可以认为在宝儿生病、看病、死亡的整个过程中，单四嫂子是"粗笨"的。

五次"粗笨"，既是对单四嫂子本身性格的定位，其实也是周围人对单四嫂子的定位。因为单四嫂子"粗笨"，所以蓝皮阿五、红鼻子老拱、王九妈、何小仙、店伙计以及其他人都可以明里暗里欺侮单四嫂子，在她生活处于绝望的时候，也不会有人予以同情，伸出援手。往往会出现的是蓝皮阿五式的揩油；是宝儿丧事时"凡动过手开过口的人都吃了饭……都显出要回家的颜色，——于是他们终于都回了家"；是老拱依旧尖着嗓子唱小曲，"蓝皮阿五便伸手揪住了老拱的肩头，两个人七歪八斜的笑着挤着走去"；是何小仙、药店伙计故作高深的"悬壶济世"……

单四嫂子不会想到，她所谓的"待他的宝儿，实在已经尽了心，再没有什么缺陷"，不过是愚昧者的自我蒙蔽罢了。单四嫂子爱宝儿，但恰恰可能是最爱的人"吃"了最爱的人。是不是单四嫂子"吃"了宝儿？让我们来梳理一下单四嫂子为生病的宝儿所做的一切：求神签，许愿，吃单方，等待天明后的奇迹，问诊何小仙，到药店拿药，咨询王九妈，从呜咽变成号咷，把一副银耳环和一支裹金的银簪当了买棺木，烧纸钱，烧四十九卷《大悲咒》，给宝儿穿上顶新的衣裳，把一个泥人、两个小木碗、两个玻璃瓶都放在宝儿的枕头边，希望梦中与宝儿相见。单四嫂子的确爱宝儿，然而她在宝儿生病后所做的一切，对于诊治宝儿的病有什么意义？一个"粗笨"的农妇，她哪里懂得看病是要去看医生，不是求签问仙就能治好病的。鲁迅对于单四嫂子可以说是充满了"哀其不幸，怒其不争"的情绪。然而更可怕的是单四嫂子是不可能"争"的，因为周围死水一般的环境，让她不可能知道她的世界之外的事情，她的认识水平只能局限在"井底"，她不知道还有科学，还有西医。而在这篇小说中，鲁迅笔下的中医和《父亲的病》里的中医差不多，他们不过都是有意无意的骗子。

这是一个大悲剧，不仅是因为宝儿得病死了，单四嫂子失去了活下去的希望，也不仅仅在于鲁镇的"无主名无意识的杀人团"成为帮凶杀掉了宝儿，而且在于是母亲单四嫂子"杀掉"了最爱的宝儿。因为单四嫂子的贫穷无知，宝儿生病之后她先是求助于"明天"；之后求助于何仙姑。她的不幸正在于她的贫穷与无知，贫穷使得她难以及时送宝儿就诊；无知使得她把"求医问诊"变成了"求神问诊"。这一切悲剧都是在无意识之中完成的，都是以爱的名义完成的。

三、鲁镇的古风

原来鲁镇是僻静地方，还有些古风：不上一更，大家便都关门睡觉。深更半夜没有睡的只有两家：一家是咸亨酒店，几个酒肉朋友围着柜台，吃喝得正高兴；一家便是间壁的单四嫂子，他自从前年守了寡，便须专靠着自己的一双手纺出绵纱来，养活他自己和他三岁的儿子，所以睡的也迟。

......

掌柜回来的时候，帮忙的人早吃过饭；因为鲁镇还有些古风，所以不上一更，便都回家睡觉了。只有阿五还靠着咸亨的柜台喝酒，老拱也呜呜的唱。

　　……

　　太阳渐渐显出要落山的颜色；吃过饭的人也不觉都显出要回家的颜色，——于是他们终于都回了家。

　　这是鲁镇的"古风"，"不上一更，大家便都关门睡觉"。所以大家在宝儿死后，在单四嫂子家帮完忙的落日后，吃过饭，便都要回家。然而这是"古风"吗？"古风"是不是应该民风淳朴，是不是应该相互照应？"古风"成了什么？是不是借口和托辞？真是讽刺。所有人不会顾及"粗笨"的单四嫂子如何熬过漫漫长夜，也不会想着去安慰可怜的寡妇。

　　我觉得此处写得特别残忍，单四嫂子在宝儿死后，原本贫困的家庭跌落到不可挽回的绝望境地，然而帮忙的人无论是动手还是动口的，都要留下来吃饭，这是"风俗"所致吧？然而这样的风俗给单四嫂子带来的是什么？其实，王九妈、帮忙的人们都不过按照"古风"在"围观"，在帮忙，然后吃饭，然后回家，这无可厚非；只是这"古风"本身对吗？单四嫂子原本就穷，靠夜以继日的纺织勉强度日；宝儿的病几乎耗光了她所有的积蓄；宝儿死了，一副银耳环和一支银簪都交出去买了一具棺木，王九妈替单四嫂子借来两块钱给帮忙的人备饭；抬棺木到义冢的两名轿夫每人二百另十个大钱……单四嫂子连吃饭的钱都是借来的，大家帮忙，当然辛苦，当然应该留下来吃饭。只是，对于在人间可怜而不幸地活着的单四嫂子而言，一个大钱也是如此艰难，留下来吃饭好像更加重了她的负担，所以，大家又何必留下来吃饭？于心何忍？最大的可怕就在于借着"古风"的名义，行并不"古风"的事。

　　"阿五有点侠气"，看看他都做了些什么？

"单四嫂子，我替你抱勃罗！"似乎是蓝皮阿五的声音。

他便伸开臂膊，从单四嫂子的乳房和孩子之间，直伸下去，抱去了孩子。单四嫂子便觉乳房上发了一条热，刹时间直热到脸上和耳根。

他们两人离开了二尺五寸多地，一同走着。阿五说些话，单四嫂子却大半没有答。走了不多时候，阿五又将孩子还给他，说是昨天与朋友约定的吃饭时候到了；单四嫂子便接了孩子。

······

单四嫂子还有一副银耳环和一支裹金的银簪，都交给了咸亨的掌柜，托他作一个保，半现半赊的买一具棺木。蓝皮阿五也伸出手来，很愿意自告奋勇；王九妈却不许他，只准他明天抬棺材的差使，阿五骂了一声"老畜生"，怏怏的努了嘴站着。

······

这一日里，蓝皮阿五简直整天没有到······

所谓的"侠气"，不过是揩油，是占孤儿寡母的便宜，是一肚皮的淫邪，是希望贪图一点钱财的便宜。真正到做事的时候，蓝皮阿五却整日里不出现。

鲁迅1931年4月17日在上海东亚同文书院演讲《流氓与文学》时说："流氓是什么呢？流氓等于无赖子加壮士、加三百代言。""司马迁说过，'儒以文乱法'而'侠以武犯禁'。""比方有一个人在没钱的时候，说人家吃大菜、抽大烟、娶小老婆是不对的，一旦自己有了钱也是这样儿，这就是因为他的目的本来如此。他所用的方法，也不过是'儒的诡辩'和'侠的威胁'。"[1]

侠之大者，为国为民。古有战国四公子的富贵之侠，后有郭解等

---

① 滕浩. 思想的声音：文化大师演讲录 [M]. 北京：当代世界出版社，2016：75-76.

间巷之侠，然而正如龚自珍所言"吟到恩仇心事涌，江湖侠骨已无多"。是啊，岂止是"江湖侠骨已无多"，侠已经完全没落，只剩下流氓气、无赖气了，这又哪里是"侠气"呢？"阿五有点侠气"，鲁迅写下这一笔的时候，心中恐怕不无自得，因为足够讽刺，是足够艺术的处理；然而侠早已经面目全非，鲁迅心中应该多是苍茫无奈吧，前路茫茫，朝堂黑暗，江湖侠骨泯灭，单四嫂子这样的人又该如何生存呢？

四、所谓"救人者"和"帮忙者"

宝儿生病了，单四嫂子所能想到的最后药方就是何小仙；而在路上碰到的王九妈则成了单四嫂子沉水前的救命稻草。单四嫂子和这两个人物分别有一场对话。第一处对话：

> 天气还早，何家已经坐着四个病人了。他摸出四角银元，买了号签，第五个便轮到宝儿。何小仙伸开两个指头按脉，指甲足有四寸多长，单四嫂子暗地纳罕，心里计算：宝儿该有活命了。但总免不了着急，忍不住要问，便局局促促的说：
> "先生，——我家的宝儿什么病呀？"
> "他中焦塞着。"
> "不妨事么？他……"
> "先去吃两帖。"
> "他喘不过气来，鼻翅子都扇着呢。"
> "这是火克金……"
> 何小仙说了半句话，便闭上眼睛；单四嫂子也不好意思再问。

这是单四嫂子和何小仙的对话。单四嫂子各种着急，各种担心，然而又不太敢问，不知道什么时候问，不知道从何问起，最后因为着急，忍不住局局促促地问。然而何小仙呢？"中焦塞着""先去吃两帖""这是火克金"，何小仙回答单四嫂子的问话没有？好像回答了，又好像没有回答。这就是他们的妙招，说些无关紧要的话。中医讲的望闻问切，在何小仙那里倒是不打紧，重要的还是"指甲足有四寸多长"。说话要慢，因为慢才有气势，然后话要少，越少就越是玄乎，最妙是闭上眼睛，小仙在休息了，不能打扰，这是请你出去的意思。

鲁迅在《父亲的病》中写到一个名医：

　　大约十多年前罢，S城中曾经盛传过一个名医的故事：

　　他出诊原来是一元四角，特拔十元，深夜加倍，出城又加倍。有一夜，一家城外人家的闺女生急病，来请他了，因为他其时已经阔得不耐烦，便非一百元不去。他们只得都依他。待去时，却只是草草地一看，说道"不要紧的"，开一张方，拿了一百元就走。

鲁迅回忆里S城的名医，也是草草地一看，说道"不要紧的"，照例开方，拿钱。这几乎和《明天》中何小仙给宝儿看病差不离。何小仙也是名医，看病的人多，一定也很阔气；也是不紧不慢，也是草草地一看，也是说"不要紧"；开的药都与众不同；都有些"装"，显得高深莫测，好像越装越是让人敬畏。

何小仙气定神闲，甚至答非所问，一切都在掌握之中，是真的医术高明吗？或者天机不可泄露？说到底，还是唬人。这药方子"这第一味保婴活命丸"，可惜宝儿不久就死了，真是讽刺！面对着这样的"名医"，此时的单四嫂子该是何等心情？

第二处对话：

　　幸而不远便是家，早看见对门的王九妈在街边坐着，远远地说话：

"单四嫂子，孩子怎了？——看过先生了么？"

"看是看了。——王九妈，你有年纪，见的多，不如请你老法眼看一看，怎样……"

"唔……"

"怎样……？"

"唔……"王九妈端详了一番，把头点了两点，摇了两摇。

王九妈对宝儿和单四嫂子的关心是真诚的，她看见单四嫂子抱着生病的宝儿回来，是一定要上前问一问的，这是常情。然而单四嫂子病急乱投医，要让王九妈的"老法眼"看一看，而且追问"怎样"。这就给王九妈出了一个难题。第一，她不是医生，连何小仙都说不出所以然，她又能说什么呢？第二，单四嫂子这会儿让王九妈瞧，就是希望从王九妈那里获得一定的心理安慰，然而，王九妈的回答不过是两个一模一样的"唔……"，再把头点了两点，摇了两摇。既然仔细端详了一番，那究竟是点头还是摇头？到底王九妈也是答非所问，模棱两可。

其实想一想，如若你是王九妈，你会怎么回答？王九妈有王九妈的不易处，她并不是一个坏人，甚至算得上一个好人，相较于红鼻子老拱、蓝皮阿五，以及那些混吃的人而言，王九妈几乎承担起了宝儿死去后的一切帮忙工作。所以，对于王九妈，应该同情地去理解，她的回答可能加深了单四嫂子的愁苦，然而王九妈应该撒谎吗？王九妈应该指出来单四嫂子愚昧落后、不该去看何小仙吗？这不可能。王九妈没有这样的见识，也没有这样的能力。而王九妈这样的人应该有很多，就像《祝福》中的柳妈、卫老婆子，她们是乡土社会中常见的成年女性，本性并不坏，然而往往愚昧。

这两处对话，一则是医生何小仙与单四嫂子的对话，一则是王九妈与单四嫂子的对话。何小仙是终极的救命稻草，王九妈是胡乱抓到的救命稻草；何小仙和王九妈对单四嫂子的问话都没有给予明确的回答，都是含糊其辞。不过何小仙是心里明白的欺骗，是打着名医的招牌行骗；王九妈则是不知道怎么回答的搪塞。单四嫂子所能遇到的"救人者"就是何小仙，她又能有什么明天呢？

五、"明天"的意味

> 单四嫂子等候天明，却不像别人这样容易，觉得非常之慢，宝儿的一呼吸，几乎长过一年。现在居然明亮了；天的明亮，压倒了灯光，——看见宝儿的鼻翼，已经一放一收的扇动。

这是小说中单四嫂子第一次等候天明，在昏黑的长夜里，守着重病的宝儿，每一分每一秒都是煎熬，她对于"明天"是充满希望的，她希望明天的到来，"太阳一出，热也会退，气喘也会平的"，因为这在病人中是常见的事情。然而，事实上她等来的是什么？是"不妙"，是宝儿的病在漫漫长夜中越发加重了，这是单四嫂子在小说中第一次希望的破灭。接着在整个"明天"发生的事情让她无法接受：长久以来节省下的十三个小银元和一百八十铜元，连同一副银耳环和一支裹金的银簪，都花费掉了，钱财没了；唯一的依靠宝儿也死了，人没了；被有些侠气的蓝皮阿五揩了油……

> 这时候，单四嫂子坐在床沿上哭着，宝儿在床上躺着，纺车静静的在地上立着。许多工夫，单四嫂子的眼泪宣告完结了，眼睛张得很大，看看四面的情形，觉得奇怪：所有的都是不会有的事。他心里计算：不过是梦罢了，这些事都是梦。明天醒过来，自己好好的睡在床上，宝儿也好好的睡在自己身边。他也醒过来，叫一声"妈"，生龙活虎似的跳去玩了。
> 老拱的歌声早经寂静，咸亨也熄了灯。单四嫂子张着眼，总

不信所有的事。——鸡也叫了；东方渐渐发白，窗缝里透进了银白色的曙光。

　　银白的曙光又渐渐显出绯红，太阳光接着照到屋脊。单四嫂子张着眼，呆呆坐着；听得打门声音，才吃了一吓，跑出去开门。门外一个不认识的人，背了一件东西；后面站着王九妈。

　　哦，他们背了棺材来了。

　　这是小说中单四嫂子第二次对"明天"怀有期待。她希望今天发生的事情统统都是做梦，明天醒过来，自己好好地睡在床上，宝儿也好好地睡在自己身边。然而这不过是单四嫂子的空想，人又怎么可能死而复生呢？眼泪哭干了，眼睛张得很大，因为悲痛至极，单四嫂子有些癔症了，真是一段令人泪目的文字。这是怎样的哀痛者啊！第二天迎接这个悲痛者的是什么呢？银白的曙光渐渐显出绯红，太阳出来了，单四嫂子张着眼，呆呆坐着，"哦，他们背了棺材来了"。这就是"明天"，这就是"明天"给单四嫂子的残酷回应。

　　"'宝儿，你该还在这里，你给我梦里见见罢。'于是合上眼，想赶快睡去，会他的宝儿，苦苦的呼吸通过了静和大和空虚，自己听得明白。"这是小说中单四嫂子第三次对"明天"怀有期待，还魂是不可能的事，所以期待能够在梦中与宝儿相见。"明天"会给她什么样的答案？

　　这三次"明天"，从最开始期待宝儿的病好，到被悲伤击倒、幻想一切悲剧都是梦幻，再到承认宝儿死去的事实、期待在梦中见见，单四嫂子的"明天"在一点点变得微末，然而无论其希望如何缩小，也还是不能实现。

　　"明天"是什么？是未来，是不可预期。然而人往往想象未来预示着美好，于是"明天"是最美的一个词，它蕴含着可能，蕴含着期待，是希望，是伤痛后依旧奋进的力量。但是，明天，因为不可预期，也就有"但是"的可怕："许多坏事固然幸亏有了他才变好，许多好事却也因为有了他都弄糟。"

"明天"对于单四嫂子而言，是一个失落接着一个失落。她已经是一个没有"明天"的人。

"明天"是什么？是红鼻子老拱、蓝皮阿五等酒客依旧在深夜里喝酒唱小曲；是几条狗，躲在暗地里呜呜地叫。死了唯一的、最亲的儿子，于单四嫂子是巨大的哀恸；可是对于其他人，生活依旧，"亲戚或余悲，他人亦已歌。"①

鲁镇的"古风"是如此不堪的"古风"：所谓"救人者"是在害人，所谓"帮忙者"帮不上忙。周遭如此，而单四嫂子又是如此"粗笨"，她怎么还会有什么"明天"呢？

"明天"会怎么样？1919年六七月间，鲁迅在想些什么呢？明明没有"明天"，为什么还要取名"明天"？看单四嫂子的悲惨命运，看周围人的"古风"依旧，这个社会也是没有"明天"的吧？

然而正因为"现在"的可怕，才更需要逃往"明天"、争取"明天"。希望如鲁迅《寸铁》中所言："喜欢暗夜的妖怪多，虽然能教暂时黯淡一点，光明却总要来。有如天亮，遮掩不住。想遮住白费气力的。"②

---

① 袁行霈. 陶渊明集笺注［M］. 北京：中华书局，2011：293.
② 鲁迅. 鲁迅全集：编年版：第1卷［M］. 北京：人民文学出版社，2014：728.

拓展阅读

① 鲁迅:《颓败线的颤动》,选自《鲁迅全集(编年版)》,人民文学出版社,2014年。

② 鲁迅:《我之节烈观》,选自《鲁迅全集(编年版)》,人民文学出版社,2014年。

③ 鲁迅:《论睁了眼看》,选自《鲁迅全集(编年版)》,人民文学出版社,2014年。

④ 鲁迅:《马上支日记》,选自《鲁迅全集(编年版)》,人民文学出版社,2014年。

思考题

1. 鲁迅在《〈呐喊〉自序》中说"中医不过是一种有意的或无意的骗子",请结合《父亲的病》(选自《朝花夕拾》)和本文中对"中医"的描写,谈一谈你的看法。

2. 小说结尾这样写:"只有那暗夜为想变成明天,却仍在这寂静里奔波。"请谈谈你对这句话的理解。"暗夜为想变成明天",单四嫂子也憧憬着明天,那么单四嫂子的"明天"在哪里?

珂勒惠支：战场（《农民战争》之六）
铜版画
41cmx53cm
1904—1908 年

第八讲

不成「风波」的《风波》

"革命" "风波"，在僻远的乡土，在广大的乡土中国，

究竟起到了多大的作用？

革命之时风波再大，不过是暴力的破坏；

如果没有思想的改变，没有切实的充分的思想启蒙，

风暴过后，一如往昔，再多的流血，也还是只能当作"人血馒头"。

一、所谓"风波"

小说名为《风波》，其实不过是因为当时社会上的一件大事，也就是张勋复辟，给小小的乡村带来的一点风波；而这点风波不过关乎一个叫七斤的乡民，说起来和一条"辫子"有关。按照七斤嫂的说法：

> "这死尸自作自受！造反的时候，我本来说，不要撑船了，不要上城了。他偏要死进城去，滚进城去，进城便被人剪去了辫子。从前是绢光乌黑的辫子，现在弄得僧不僧道不道的。这囚徒自作自受，带累了我们又怎么说呢？这活死尸的囚徒……"

因为七斤的不听劝告，在"造反"的时候继续出去做撑船的活计，被人抓住剪去了辫子，埋下了祸根。辫子和政治立场息息相关，这不张大帅带领辫子军一路打到北京，请出皇帝，重新坐了龙庭。没了辫子的七斤，如何是好，从城里回到家，一路上心怀忐忑，平时"飞黄腾达"的气势完全没有了，只是低着头，慢慢地走，满腹心事。尽管"一手捏着象牙嘴白铜斗六尺多长的湘妃竹烟管"，却似乎失去了往日的光彩。"象牙嘴""白铜斗""湘妃竹"，三个形容词，可见七斤的烟管颇为讲究，是一般乡民所不能拥有的。然而在今日一切都黯然失色，只是因为他在咸亨酒店听说了皇帝重新坐了龙庭的消息。而皇帝和造反派正好相反，皇帝是要辫子的，七斤所有的烦恼都源于此，这也就是"风波"的起源。

咸亨酒店是什么地方？是喝酒的馆子，各色人等、小道消息汇聚之处。以前七斤因为消息的灵通，每每在村人看来，是"一名出场人物"，赢得了不少尊敬。然而这一次带回的消息却使他自己陷入无助之中。所谓的"出场人物"，此时却多希望大家都"看不到"自己，看不到自己没有辫子的光头。

可是，既然消息的来源是咸亨酒店，这消息大约是小道消息。小道消息可靠吗？是不是七斤自己吓自己？在今日的读者看来，这简直就是可笑，纯粹是自我惊吓。然而对于七斤而言，既然之前在咸亨酒店的消息可以让自己成为出场人物，那么今日得到的消息也一定是真消息。他的见闻和一贯的行事风格让他认为咸亨酒店的消息就是"真消息"。七斤如此，比他活动范围更小的乡邻们更是如此。一个人的"天地"，某种意义上就是他双脚和双眼能够抵达的时空；而不识字的七斤们，他们的天地不过就是双脚抵达的距离。于他们而言，能够有一点新消息传来，自然是巴巴儿地吸收，又怎么可能具备分辨消息真假的能力？

这是"风波"的缘起，因为赵七爷的到来，"风波"骤然而起：

"好香的干菜，——听到了风声了么？"赵七爷站在七斤的后面七斤嫂的对面说。

"皇帝坐了龙庭了。"七斤说。

七斤嫂看着七爷的脸，竭力陪笑道，"皇帝已经坐了龙庭，几时皇恩大赦呢？"

"皇恩大赦？——大赦是慢慢的总要大赦罢。"七爷说到这里，声色忽然严厉起来，"但是你家七斤的辫子呢，辫子？这倒是要紧的事。你们知道：长毛时候，留发不留头，留头不留发，……"

七斤和他的女人没有读过书，不很懂得这古典的奥妙，但觉得有学问的七爷这么说，事情自然非常重大，无可挽回，便仿佛受了死刑宣告似的，耳朵里嗡的一声，再也说不出一句话。

赵七爷的问话非常有意思，妙在两句话中间的破折号。这个破折号提示读者，赵七爷在说话的时间一定是故意顿了一顿。破折号前的话面带笑容，语言飘忽，似乎在拉家常；破折号后的话一定收敛了笑容，语气大约是一字一顿。这就能感觉到他内心深处的得意和幸灾乐祸。赵七爷有备而来，欲擒故纵，明显就是找茬儿来了。七斤面对追问，"风声"？听到了，不就是"皇帝坐了龙庭了"吗？七斤应该是习惯性地回答，当然听说了，七斤是村里消息最灵通者，在这一点上他是有优越感的。然而，七斤到底还是嫩了一点，他应该岔开话头，顾左右而言他，赵七爷挑起的话头或许就结束了。然而七斤并没有这样的机灵，更何况"皇帝坐了龙庭"这件事一直悬在他的内心，放不下，赵七爷一提起，顺嘴就秃噜出来。牙尖嘴利的七斤嫂竭尽全力赔着笑，迎合赵七爷，但也已经无济于事了。

赵七爷为什么来兴师问罪？彼此相邻，何至于此？原来七斤管不住自己的嘴，竟然趁着喝醉了酒，骂赵七爷为"贱胎"，就此结下了仇。

面对赵七爷"你家七斤的辫子呢，辫子？"的追问，赵七爷是读过书的人，七斤只觉得后果严重，仿佛被判了死刑，说不出一句话。在对乡民谈论新闻时含着烟管显出的骄傲模样，全部看不到了。七斤看来也是一个遇到事就没了主见，胆小怕事的人。

过了十多日，七斤从城内回家，看见他的女人非常高兴，问他说，"你在城里可听到些什么？"

"没有听到些什么。"

"皇帝坐了龙庭没有呢？"

"他们没有说。"

"咸亨酒店里也没有人说么？"

"也没人说。"

"我想皇帝一定是不坐龙庭了。我今天走过赵七爷的店前，看见他又坐着念书了，辫子又盘在顶上了，也没有穿长衫。"

"…………"

"你想，不坐龙庭了罢？"

"我想，不坐了罢。"

七斤大约过了十多天栖遑的日子，在咸亨酒店也没有听到进一步的消息。大约皇帝不坐龙庭了，于是，辫子的有无，也就无关紧要了。至此为止，所谓的"风波"，完全平息。1917 年 7 月 1 日，张勋扶持溥仪正式登基，举国哗然；1917 年 7 月 12 日，段祺瑞组成"讨逆军"讨伐张勋，"辫子兵"战败，张勋逃入东交民巷荷兰使馆，溥仪再次宣告退位，复辟仅 12 天就破产了。

二、一句口头禅

"一代不如一代"几乎成为九斤老太的代名词，她的这句口头禅在小说《风波》中一共出现了七次，对这七次进行分析归类，大致可以分为五类。

第一类：

> 这时候，九斤老太正在大怒，拿破芭蕉扇敲着凳脚说：
> "我活到七十九岁了，活够了，不愿意眼见这些败家相，——还是死的好。立刻就要吃饭了，还吃炒豆子，吃穷了一家子！"
> 伊的曾孙女儿六斤捏着一把豆，正从对面跑来，见这情形，便直奔河边，藏在乌桕树后，伸出双丫角的小头，大声说，"这老不死的！"
> 九斤老太虽然高寿，耳朵却还不很聋，但也没有听到孩子的话，仍旧自己说，"这真是一代不如一代！"

这是九斤老太在小说中的第一次出场，"破""敲"两个字，让人想起小时候。乡下酷暑，是不大用电扇的，因为费电；往往幼者倚在祖辈身边，老者一边摇蒲扇，一边讲故事。蒲扇往往点缀着布边，是她们勤俭持家的明证。此处九斤老太的"破芭蕉扇"大约可见出她的节俭，另外她们家大约也是不太富裕的。九斤老太大怒，"敲着凳脚"，弄出些声响，引人注意，原来曾孙女儿六斤竟然捏着一把豆子，而立刻就要吃饭了，这不是败家吗？这与九斤老太平生的贫苦遭遇大约有些关系，她养成了勤俭持家的习惯，所以见不得这样的败家。其实，一把炒豆子就把家吃穷了吗？也不至于。只是中国农村社会往往都是勤俭持家，"开源"几乎不可能，所以只能"节流"。九斤老太不过是中国乡土社会中无数"穷怕了"的之一者而已，她的"这真是一代不如一代"是对于孙女不知艰辛、不懂节俭的感慨。

第二类：

> 九斤老太自从庆祝了五十大寿以后，便渐渐的变了不平家，常说伊年青的时候，天气没有现在这般热，豆子也没有现在这般硬：总之现在的时世是不对了。何况六斤比伊的曾祖，少了三斤，比伊父亲七斤，又少了一斤，这真是一条颠扑不破的实例。所以伊又用劲说，"这真是一代不如一代！"
>
> 伊的儿媳七斤嫂子正捧着饭篮走到桌边，便将饭篮在桌上一摔，愤愤的说，"你老人家又这么说了。六斤生下来的时候，不是六斤五两么？你家的秤又是私秤，加重称，十八两秤；用了准十六，我们的六斤该有七斤多哩。我想便是太公和公公，也不见得正是九斤八斤十足，用的秤也许是十四两……"
>
> "一代不如一代！"
>
> ……
>
> "一代不如一代！"九斤老太说。

这是非常奇特的地方风俗，小孩的小名以斤数来论的，那大人呢？其实，小说《风波》中的大多数成人：九斤老太、七斤、七斤嫂，也是以斤数来称呼的。一个人的名字意味着什么？是一个人在社会上的指称。大家称呼赵七爷只能是赵七爷，不会称呼赵七爷为赵七斤，因为不合适；而九斤老太尽管已经七十多岁了，七斤也已经有了女儿，却依然被称呼小名，因为没什么不合适。合适与不合适，在于身份地位：赵七爷是地方上的出色人物，七斤家不过是替人撑船的船工而已。

清人俞樾在《春在堂随笔》中说："元制，庶民无职者不许取名，止以行第及父母年齿合计为名。"① 元以后这规定在很多地方成为风俗，比如江淮一带有以父母年龄的合计数为名的习俗，以此可以推断小说中八一嫂的得名可能源于出生时父母年龄的合计；而赵七爷等应该是按行第取名的。鲁迅大约是受此启发，发明以出生斤两取名的方法，深意存焉：一则，借取名的奇特风俗揭示底层民众的轻贱；二则以此介绍九斤老太"一代不如一代"感叹的来历。原来九斤老太的丈夫是九斤，而孙子是七斤，曾孙女是六斤，"这真是一条颠扑不破的实例"。以此类推，现在的时事较之于之前是差远了，无论是饭前吃炒豆子的丫头片子，还是天气的炎热，抑或是豆子，全都使九斤老太不满意。其实，想一想，是豆子变硬了吗？是天气变炎热了吗？不过是自己从年轻到了年迈，不过是想吃豆子了，却偏偏咬不动。鲁迅的笔往往这样，顺带一笔，就把人物写得活灵活现，老太太抱怨豆子硬，就可以和六斤吃炒豆子惹九斤老太生气勾连起来。

至于七斤嫂的辩解反驳，九斤老太是并不在乎的，她也确实弄不太明白七斤嫂的证据。军阀混战，你方唱罢我登场，各有各的度量标准，又哪里是愚昧的民众搞得清楚的？九斤老太只顾自己说话，哪里管七斤嫂听不听，她也是不愿意与七斤嫂分辩的。这就构成了一个尴尬的场面：七斤嫂和九斤老太各说各的，七斤嫂辩驳得起劲，九斤老太并不去听别人说什么，只管自己抱怨。其实九斤老太说"一代不如一代"，并不一定指向具体的事情，她只是要抒发一下感慨。七斤嫂"愤愤的

---

① 俞樾. 春在堂随笔［M］. 沈阳：辽宁教育出版社，2001：64.

说"，越是认真，就越是令人捧腹。

第三类：

　　"一代不如一代，——"九斤老太正在不平，趁这机会，便对
赵七爷说，"现在的长毛，只是剪人家的辫子，僧不僧，道不道
的。从前的长毛，这样的么？我活到七十九岁了，活够了。从前
的长毛是——整匹的红缎子裹头，拖下去，拖下去，一直拖到脚
跟；王爷是黄缎子，拖下去，黄缎子；红缎子，黄缎子，——我
活够了，七十九岁了。"

　　赵七爷揪住七斤被剪去辫子这件事，把七斤夫妻俩吓得够呛，"你
们知道：长毛时候，留发不留头，留头不留发，……"七斤和七斤嫂没
有读过书，面对赵七爷的咄咄逼问，只能沉默。而这个时候，九斤老太
"趁这机会"，先来了一句标志性的感叹："一代不如一代"，然后来回答
赵七爷的问话。因为活得久，大略知道一些长毛的事，于是在孙子孙媳
妇无所措手的时候，她出场了。七十九岁，是在告诉赵七爷，你不能糊
弄我，长毛时候不仅是长头发，而且还披着黄缎子、红缎子，一直拖到
脚跟。众目睽睽之下，七斤夫妻已经被吓蒙了，九斤老太及时出场，岔
开赵七爷的话头，大讲特讲长毛的旧事，以此吸引周围乡邻，也就是在
为七斤夫妻解围。这是九斤老太的世故处。
　　《太平天国歌谣·引》中有所谓"长毛一来，生活好过"。"长毛"
是清朝统治阶级对 1850 年太平天国军队的蔑称，太平军正是因为反对
清政府，针对清政府剃发蓄辫的规定，于是披头散发，被清政府辱为
"长毛"。而"留发不留头，留头不留发"则是清军 1644 年入关之后颁
发的"剃头令"的延续，清军在攻打南京、扬州、嘉定等江南城市的时
候，提出此口号。赵七爷将时隔 200 年的事情混在一起，九斤老太则顺
着赵七爷的话，将"现在的长毛"和"从前的长毛"做比较，两个人各

自拉虎皮，各说各的，二者搭配，彼此呼应，滑稽至极。

第四类：

> 扑的一声，六斤手里的空碗落在地上了，恰巧又碰着一块砖角，立刻破成一个很大的缺口。七斤直跳起来，捡起破碗，合上了检查一回，也喝道，"入娘的！"一巴掌打倒了六斤。六斤躺着哭，九斤老太拉了伊的手，连说着"<u>一代不如一代</u>"，一同走了。

乡下大人之间吵架，倘若强弱分明，弱者，尤其是理亏的一方，往往拿更弱小的孩子出气，强的一方或看戏的人看打得太狠，就会自觉没趣，事情于是有了了结。七斤嫂被赵七爷逼得无路可走，只好使劲指责七斤，没承想热心的八一嫂说了公道话，七斤嫂臊得慌，只好拿弱小的六斤出气，更何况六斤正好撞在枪口上，非要添饭，于是可怜的六斤，吃饭不成，摔破了碗，挨了打。这关节口，得有人出来解围，父母打子女，家务事，外人不便插手，只有九斤老太护着曾孙女，拉了她的小手，叹息道"一代不如一代"，走远了。这句话是口头禅，也未尝不可理解为七斤夫妇在面对突如其来的打击时，一点法子也没有，只好拿孩子出气；九斤老太是在感叹孙子孙媳妇的无能吗？

第五类：

> 九斤老太很不高兴的说，"<u>一代不如一代</u>，我是活够了。三文钱一个钉；从前的钉，这样的么？从前的钉是……我活了七十九岁了，——"

这是第二天七斤拿了被六斤摔破的碗，去城里补好了，花去了四十八文小钱，九斤老太听说三文钱一个铜钉，觉得贵，而且相较于从前的铜钉，大约质量也是差得远，于是感叹物价飞涨，感叹材质今不如昔。然而，九斤老太的话只有感慨，"从前的钉"究竟如何？与而今"这样的"究竟有何区别？大约都已经忘记了，七十九岁的老太太，只不过要感叹一番，此外并不关心。而这次铜钉的价钱，而今与从前的比较，大约也是"一代不如一代"的明证。

小说《风波》中说九斤老太自从庆祝完五十大寿以后，就渐渐变成一个"不平家"，而"一代不如一代"这句口头禅，就成了她"不平家"的标签。随着年龄的增长，九斤老太一定会变成一个"不平家"吗？外在的环境是不是加剧了她成为"不平家"的步伐？九斤老太之所以感叹"一代不如一代"，固然有一代比一代出生时体重更轻的明证，却也反映出时局不稳，民众对于度量衡并没有一定之规；而不断上涨的物价、孙子七斤被革命党剪掉了辫子等也是造成这样一个"不平家"的重要因素。

"一代不如一代"，出处是宋代王君玉《国老谈苑》的第二卷："凡罗列十余种以进。縠视之，笑谓忠懿曰：'此谓一代不如一代也。'"

1920 年的中国，"五四"刚过不久，守旧势力依然顽强，在鲁迅等"新青年"同人们大声疾呼的同时，复古的沉渣不断泛起，鲁迅对"一代不如一代"的调侃、讽刺是不是亦有此意？

1919 年 1 月 15 日鲁迅在《新青年》上发表《随感录四十二》："自大与好古，也是土人的一个特性。"[1] 九斤老太那"一代不如一代"的感叹，是不是既好古，也自大？

而"一代不如一代"的感叹，岂止是九斤老太活动的时代有，在任何一个时代都能听到类似的感叹。九斤老太之所以发出这样的感叹，是因为她认为过去的时代比现在的时代好，古旧比新鲜玩意好。做老师久了，就会发出学生今不如昔的感叹，然而，真的是学生今不如昔了吗？倒也不尽然。之所以会发出这样的感叹，首先在于，教的年头多

---

① 鲁迅. 鲁迅全集：编年版：第 1 卷 [M]. 北京：人民文学出版社，2014：691.

了，老师自身进步了，标准提高了，对学生自然更苛刻；此外，过去的学生和现在的学生在比较的时候，可能比较的点不一样。于是出现偏差。

记得80后刚走上社会的时候，60后、70后就会质疑80后；等到80后成为社会支柱，80后就开始质疑90后和00后……似乎这样的老调子一直会唱下去。其实不然，每一代人都有自己的责任和担当，每一代人到了特定的时机也都会担当起自己的责任。50后、60后完成了自己的使命，70后、80后、90后正在完成自己的使命；而前一代人的历史使命和后一代人的历史使命并不相同，年龄差距越大，所承担使命的差异也就越大，所以造成的代沟也就越大，形成的误解也就越大。

三、三样"资本"

小说中，赵七爷是凌驾于村民之上的权势阶级，他有别于他人之处在于这三处：使其成为"学问家"的《三国志》，表示庆贺的长衫以及"忠君"标志的辫子。

（一）《三国志》：赵七爷的所谓"学问"

赵七爷是邻村茂源酒店的主人，又是这三十里方圆以内的唯一的出色人物兼学问家；因为有学问，所以又有些遗老的臭味。他有十多本金圣叹批评的《三国志》，时常坐着一个字一个字的读；他不但能说出五虎将姓名，甚而至于还知道黄忠表字汉升和马超表字孟起。

赵七爷的"出色"和"学问"，首先就在于他有十多本《三国志》，而且还是金圣叹批评的。在僻远的乡土，村民都不识字，识字就意味着有受教育的能力，代表着家底殷实，否则不会上学认字，毕竟那时受教育是有钱人家才可能享有的权利。所以十多本金圣叹批评的《三国志》，足够摆谱，足以让不识字的土老帽儿们佩服。其次是赵七爷时常坐着一个字一个字地读，这在证明他的确认字，所以是"有学问"的；更重要的是他能说出"五虎将姓名"，甚至能说出"黄忠表字汉升和马超表字孟起"。

这让我想起小学时候，家里有一残破的《三国演义》。从董卓叛乱开始，到赤壁之战结束，这一段我看得特别熟悉。奶奶自幼丧母，不识字，但是她特别喜欢听我讲三国，那时候我不理解，明明已经讲过几遍的内容，奶奶依然兴致盎然地听，而且满是羡慕。我们村里的老奶奶大多是不识字的，她们都羡慕奶奶有一个可以给她讲三国的孙子。我讲这个故事是想说鲁迅描述的乡民认为赵七爷有学问，可能发自真心。因为相较于他们而言，赵七爷的确就是一个"学问家"。

然而从现在我们读小说的角度来看，会觉得赵七爷所谓的"有学问"特别可笑，所谓的"学问"，所谓的"出色人物"，也不过是能说出五虎将的名字，能够说出黄忠、马超的表字。

所以，当我们嘲笑赵七爷的装腔作势的时候，可能更需要的是去探究民众对他态度的由来，从而对民众产生一种怜悯的无力感。

这时他已经绕出桌旁，接着说，"'恨棒打人'，算什么呢。大兵是就要到的。你可知道，这回保驾的是张大帅。张大帅就是燕人张翼德的后代，他一支丈八蛇矛，就有万夫不当之勇，谁能抵挡他，"他两手同时捏起空拳，仿佛握着无形的蛇矛模样，向八一嫂抢进几步道，"你能抵挡他么！"

民众无知，所以赵七爷能够以自己的"无知"来装腔作势，来吓唬人。张勋，在赵七爷的眼里，那就是三国里张翼德的后人。既然是后代，就一定和祖宗使一样的武器，连勇猛也一样。赵七爷的逻辑非常"强大"，仅有的一点《三国演义》的知识，混合上他的自由发挥，牵强附会，于是张勋和张翼德扯上了关系；张勋复辟也就和张翼德辅佐刘玄德一样具有了正义的味道。愚弱的乡民完全被唬住了，"谁能抵挡他"？"你能抵挡他么"？八一嫂落荒而逃。

（二）长衫：于他可喜可庆

> ……看见又矮又胖的赵七爷正从独木桥上走来，而且穿着宝蓝色竹布的长衫。
> ……因为赵七爷的这件竹布长衫，轻易是不常穿的，三年以来，只穿过两次：一次是和他怄气的麻子阿四病了的时候，一次是曾经砸烂他酒店的鲁大爷死了的时候；现在是第三次了，这一定又是于他有庆，于他的仇家有殃了。

大家还记得在《孔乙己》中，穿长衫的一般是混得不错的读书人。在这里，"宝蓝色竹布的长衫"也是赵七爷身份的象征，然而他并不轻易穿。穿长衫都是"特殊"时刻："于他有庆，于他的仇家有殃了。"这样一个地方上的"出色人物"，打扮得"人模狗样"，不过是为了显示自己的气量狭小，表示自己的坏人品。而这一次穿上长衫，是听说皇帝坐了龙庭，辫子又成了"正统"。对于被剪掉辫子的七斤，正是报复的好时机，竟然敢趁着酒劲骂自己为"贱胎"，总算是逮着机会，让仇家七斤遭殃了。

（三）辫子：忠君的"信仰"

> 革命以后，他便将辫子盘在顶上，像道士一般；常常叹息说，倘若赵子龙在世，天下便不会乱到这地步了。七斤嫂眼睛好，早

望见今天的赵七爷已经不是道士，却变成光滑头皮，乌黑发顶；伊便知道这一定是皇帝坐了龙庭，而且一定须有辫子，而且七斤一定是非常危险。

"辫子"是赵七爷的标志，也是他忠君的表现，只可惜辛亥革命后"君"没了，只好把辫子盘在脑袋顶上，像道士一般。终于等到复辟的张勋大元帅，于是他迫不及待地"变成光滑头皮，乌黑发顶"。赵七爷也真是用心良苦，革命了，然而并不相信皇帝就被赶下了龙庭，所以不剪掉辫子，而是盘在头上。这样一来，闹革命的时候，像一个道士，比较安全，谁也不会去剪掉他的辫子，赵七爷到底就是个投机分子，"革命以后"并没有影响到他；等皇帝重新坐了龙庭，头发放下来就成了忠君。

"我今天走过赵七爷的店前，看见他又坐着念书了，辫子又盘在顶上了，也没有穿长衫。"小说最后部分，鲁迅通过七斤夫妇的对话，将赵七爷"打回原形"，辫子、长衫、书，他的三样宝贝都恢复了原样。时局的变化让他的复仇失败了，但他还是可以恢复到老样子，"革命"以前怎样，"革命"以后还怎样。这"革命"前后有令人沉吟的深度。

四、小说中的"群众"以及结尾余韵

小说中对群众有两处描写。第一处：

村人看见赵七爷到村，都赶紧吃完饭，聚在七斤家饭桌的周围。
……
众人一面怪八一嫂多事，一面让开路，几个剪过辫子重新留起的便赶快躲在人丛后面，怕他看见。

众人早早吃完饭，是因为赵七爷来了；众人怪八一嫂，是因为八一嫂的参与，惹怒了赵七爷，赵七爷走了，于是就无戏可看了。而乡下的生活如此无聊，好不容易有点刺激，是"出场人物"和"出色人物"的交锋，难得的重量级对决，偏偏出来一个八一嫂，搅黄了他们的兴致。

第二处：

> 村人们呆呆站着，心里计算，都觉得自己确乎抵不住张翼德，因此也决定七斤便要没有性命。七斤既然犯了皇法，想起他往常对人谈论城中的新闻的时候，就不该含着长烟管显出那般骄傲模样，所以对于七斤的犯法，也觉得有些畅快。他们也仿佛想发些议论，却又觉得没有什么议论可发。嗡嗡的一阵乱嚷，蚊子都撞过赤膊身子，闯到乌桕树下去做市；他们也就慢慢地走散回家，关上门去睡觉。

村里人对七斤的遭殃竟然感到快意了，原来是看不惯七斤的骄傲模样。终于有机会看见骄傲的人物沮丧，甚至沦落得不如自己，自然是"有些畅快"。这就是典型的见不得人好：自己的处境糟糕，所以希望别人尤其是乡邻比自己的处境更糟糕。而对于权势者又往往顺从、胆怯，所以对于"张翼德的丈八长矛"充满恐惧。

小说的结尾部分余味悠长："九斤老太早已做过八十大寿，仍然不平而且康健。六斤的双丫角，已经变成一支大辫子了；伊虽然新近裹脚，却还能帮同七斤嫂做事，捧着十八个铜钉的饭碗，在土场上一瘸一拐的往来。"

鲁迅喜欢用封闭式的小说结构，《风波》开头部分，是一幅江南风俗图，酷暑的傍晚，一片安宁，无怪乎路过的文人要发出"无思无虑，这真是田家乐呵"的感慨。而在小说的结尾部分，还是一幅江南风俗图，不同的是九斤老太做了八十大寿，六斤裹了脚，而她吃饭的碗竟然还是那一只，因为上面有十八个铜钉作证。生活依旧，依然在旧轨道上运行。"风波"所及，不过尔尔。

那么，看一看这篇小说中的人物：赵七爷、七斤、九斤老太、七斤嫂、八一嫂和面目模糊的群众，由他们所构成的社会秩序非常稳定，而他们本身的狭隘、愚昧又加剧了这种稳定性，几乎没有打破这种稳定的可能，所以，六斤只能沿着九斤老太的轨迹照样裹脚。

"革命""风波"，在僻远的乡土，在广大的乡土中国，究竟起到了多大的作用？革命之时风波再大，不过是暴力的破坏；如果没有思想的改变，没有切实的充分的思想启蒙，风暴过后，一如往昔，再多的流血，也还是只能当作"人血馒头"。

对于七斤一样的人来说，他们之所以被小道消息吓破了胆，是因为他们本来的生活圈子就是一口太过狭窄的井，他们尽其一生也难以爬到井口。对于那些视野比他们开阔，见识比他们广博的人，哪怕这些人的见识不过是道听途说，他们也会深信不疑。正如七斤对于咸亨酒店里酒客的深信不疑，村民之于七斤的恭顺听从。

越是无知，就越是容易形成相信的偏执；越是对外部世界知晓得有限，就越是对有限之外充满盲信。如果国民一直是由七斤们所构成，那么，"革命"也不过就是赶走了一个皇帝，剪掉了一个辫子，此外深的意义，注定寥寥。

这就能理解为什么鲁迅在《〈呐喊〉自序》中说："凡是愚弱的国民，即使体格如何健全，如何茁壮，也只能做毫无意义的示众的材料和看客，病死多少是不必以为不幸的。所以我们的第一要著，是在改变他们的精神，而善于改变精神的是，我那时以为当然要推文艺，于是想提倡文艺运动了。"[1]

国民既然如此，那就只能启蒙。启蒙首先就得推行新文艺，从1907年开始，一直到1920年，中间经历了《新生》杂志的夭折、《域

---

[1] 鲁迅. 鲁迅全集：编年版：第2卷 [M]. 北京：人民文学出版社，2014：313.

外小说集》的刊行与售卖寥落，以及以《新青年》杂志为主要阵地的"新文化运动"。从开始时的单枪匹马到共同作战互为知己的一群人，从个人的行为到影响国家进程的群体性运动，这么长时间、这么多次的启蒙，究竟取得了多大的成果？鲁迅的关注点不仅仅是热烈的"进行时"，也一直在关注寂寥的"之后"。被启蒙者往往是缺乏辨别能力的人，容易被"强大者"所裹挟，当时被激发，过后则常常陷入循环的老轨道。从京城到边城，再大的"风波"，也不过就是一条辫子引发的"家长里短"，到头来一地鸡毛，而已。

拓展阅读

① 鲁迅：《随感录三十八》，选自《鲁迅全集（编年版）》，人民文学出版社，2014年。

② 鲁迅：《随感录四十二》，选自《鲁迅全集（编年版）》，人民文学出版社，2014年。

思考题

　　临河的土场上，太阳渐渐的收了他通黄的光线了。场边靠河的乌桕树叶，干巴巴的才喘过气来，几个花脚蚊子在下面哼着飞舞。面河的农家的烟突里，逐渐减少了炊烟，女人孩子们都在自己门口的土场上泼些水，放下小桌子和矮凳；人知道，这已经是晚饭时候了。

　　老人男人坐在矮凳上，摇着大芭蕉扇闲谈，孩子飞也似的跑，或者蹲在乌桕树下赌玩石子。女人端出乌黑的蒸干菜和松花黄的米饭，热蓬蓬冒烟。河里驶过文人的酒船，文豪见了，大发诗兴，说，"无思无虑，这真是田家乐呵！"

　　这是小说的开头两段，你怎么理解上面的环境描写？又怎么理解"文豪"所说的"田家乐"？

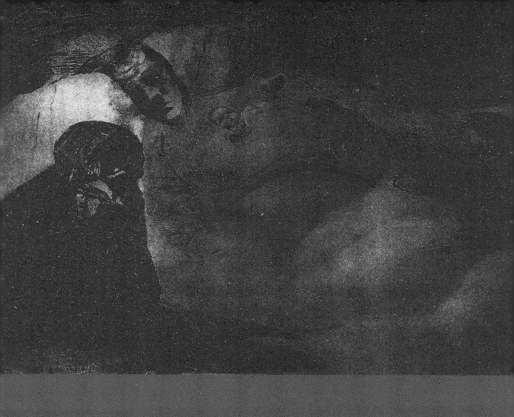

珂勒惠支：失业
铜版画
44cmx54cm
1909 年

第九讲

一条辫子引发的抱怨

鲁迅提倡韧性的战斗，

首先是生存，先要让革命的力量活着，

然后才有改变的可能性。

因为太难，所以更需要长久韧性的改变。

一、"特别"的小说

　　《头发的故事》是一篇非常特殊的小说，全篇两千三百多字，叙述的语言一共二百五十多个字，其余两千多字都是对话，其中"我"的话才三十五个字，剩下的全部是 N 先生的话。这样的写法在当时非常"先锋"，整篇小说几乎可以看作 N 先生的自白。

　　茅盾 1923 年 10 月在当时的刊物《文学周报》上刊载了一篇文章《读〈呐喊〉》，其中说道："在中国新文坛上，鲁迅君常常是创造'新形式'的先锋；《呐喊》里的十多篇小说几乎一篇有一篇新形式，而这些新形式又莫不给青年作者以极大的影响，必然有多数人跟上去试验。"①1935 年鲁迅自己也在《中国新文学大序：小说二集》的序言中说自己的小说在于"表现的深切和格式的特别"②。《头发的故事》大约就是鲁迅在小说形式上的独创，具有强烈的实验、先锋色彩。

　　也有人并不认同这篇小说的独创性价值，比如著名学者李长之就说《头发的故事》这篇小说"写得特别坏，坏到不可原谅的地步"，理由是："故事太简单，称之为小说呢，当然看着空洞；散文吧，又并不美，也不亲切，即使派作是杂感，也觉得松弛不紧凑，结果就成了'嘛也不是'的光景。"③

　　那么，鲁迅的这一篇小说究竟如何？还是得耐着性子老老实实读下去。读完之后，不妨做一点这样的事情：既然小说的题目叫作《头发的故事》，那么不妨去思考一下在小说中究竟有哪几件关于"头发"的故事。

---

① 茅盾.《读〈呐喊〉》[N]. 文学周报，1923-10-08.
② 鲁迅. 鲁迅全集：编年版：第 9 卷 [M]. 北京：人民文学出版社，2014：88.
③ 李长之. 鲁迅批判 [M]. 北京：北京出版社，2003：93.

第九讲　175

二、"头发"的故事

　　"我们的很古的古人，对于头发似乎也还看轻。据刑法看来，最要紧的自然是脑袋，所以大辟是上刑；次要便是生殖器了，所以宫刑和幽闭也是一件吓人的罚；至于髡，那是微乎其微了，然而推想起来，正不知道曾有多少人们因为光着头皮便被社会践踏了一生世。

　　"我们讲革命的时候，大谈什么扬州十日，嘉定屠城，其实也不过一种手段；老实说：那时中国人的反抗，何尝因为亡国，只是因为拖辫子。

　　"顽民杀尽了，遗老都寿终了，辫子早留定了，洪杨又闹起来了。我的祖母曾对我说，那时做百姓才难哩，全留着头发的被官兵杀，还是辫子的便被长毛杀！

　　"我不知道有多少中国人只因为这不痛不痒的头发而吃苦，受难，灭亡。"

　　这是 N 先生对于中国历史上有关"头发故事"的阐述。原来扬州十日、嘉定三屠都不过是人们反抗清朝统治的手段，这手段直通一个目的，即在于要保住脑袋上的头发。清朝的"留头不留发，留发不留头"，是对汉民族文化的巨大冲击，儒家文化讲"身体发肤受之父母"，此乃孝之始。满族统治阶级要剪掉的不只是汉人头上的头发，更是他们心中固守的文化。

　　然而，等到太平天国起义，就有了"长毛"。"长毛"者乃针对满族的结辫而言，他们并不剃发结辫，而是任随头发生长，所以被称为"长毛"。这时候，苦的是老百姓，全留头发的被官府杀，留辫子的被长毛杀，左右为难。鲁迅在《灯下漫笔》中形容百姓的尴尬处境：中国的百姓是中立的，战时连自己也不知道属于那一面，但又属于无论那一面。

强盗来了，就属于官，当然该被杀掉；官兵既到，该是自家人了罢，但仍然要被杀掉，仿佛又属于强盗似的。①

这样尴尬的头发故事，都是过去的事，是属于前人的，然而没有料到这不痛不痒的头发会让"苦楚"轮到 N 先生：

> "我出去留学，便剪掉了辫子，这并没有别的奥妙，只为他不太便当罢了。不料有几位辫子盘在头顶上的同学们便很厌恶我；监督也大怒，说要停了我的官费，送回中国去。
>
> ……
>
> "过了几年，我的家景大不如前了，非谋点事做便要受饿，只得也回到中国来。我一到上海，便买定一条假辫子，那时是二元的市价，带着回家。我的母亲倒也不说什么，然而旁人一见面，便都首先研究这辫子，待到知道是假，就一声冷笑，将我拟为杀头的罪名；有一位本家，还预备去告官，但后来因为恐怕革命党的造反或者要成功，这才中止了。
>
> "我想，假的不如真的直截爽快，我便索性废了假辫子，穿着西装在街上走。
>
> "一路走去，一路便是笑骂的声音，有的还跟在后面骂：'这冒失鬼！''假洋鬼子！'
>
> "我于是不穿洋服了，改了大衫，他们骂得更利害。

这一段文字交代了 N 先生因为头发而受了两次苦。其一，在外留学剪掉辫子，代价是同学的厌恶、学监的大怒，甚至要停了留学的官费，被遣送回国。其二，就是回到中国后被人恐吓、笑骂，甚至有本家要去告官，希望给他安上杀头的罪名。

---

① 鲁迅. 鲁迅全集：编年版：第 3 卷 [M]. 北京：人民文学出版社，2014：246.

这段经历几乎可以看作鲁迅的亲身遭遇，他在 1934 年的杂文《病后杂谈之余》回忆当初的经历：

> 我的辫子留在日本，一半送给客店里的一位使女做了假发，一半给了理发匠，人是在宣统初年回到故乡来了。一到上海，首先得装假辫子。这时上海有一个专装假辫子的专家，定价每条大洋四元，不折不扣，他的大名，大约那时的留学生都知道。做也真做得巧妙，只要别人不留心，是很可以不出岔子的，但如果人知道你原是留学生，留心研究起来，那就漏洞百出。夏天不能戴帽，也不大行；人堆里要防挤掉或挤歪，也不行。装了一个多月，我想，如果在路上掉了下来或者被人拉下来，不是比原没有辫子更不好看么？索性不装了，贤人说过：一个人做人要真实。
>
> 但这真实的代价真也不便宜，走出去时，在路上所受的待遇完全和先前两样了。我从前是只以为访友作客，才有待遇的，这时才明白路上也一样的一路有待遇。最好的是呆看，但大抵是冷笑，恶骂。小则说是偷了人家的女人，因为那时捉住奸夫，总是首先剪去他辫子的，我至今还不明白为什么；大则指为"里通外国"，就是现在之所谓"汉奸"。我想，如果一个没有鼻子的人在街上走，他还未必至于这么受苦，假使没有了影子，那么，他恐怕也要这样的受社会的责罚了。①

1902 年赴日留学，鲁迅先是在东京的弘文学院，然而"成群结队的'清国留学生'的速成班，头顶上盘着大辫子，顶得学生制帽的顶上高高耸起，形成一座富士山。也有解散辫子，盘得平的，除下帽

---

① 鲁迅. 鲁迅全集：编年版：第 8 卷 [M]. 北京：人民文学出版社，2014：362.

来，油光可鉴，宛如小姑娘的发髻一般，还要将脖子扭几扭。实在标致极了"。[1] 令人气愤，加之此时在东京的学监要求全体留学生去孔庙行礼。逃离落后封建的中国，想到日本学习"明治维新"的现代科学与民主，谁知道到了东京，依旧还是盘着辫子的遗少和守旧的学监，鲁迅决计要做点什么。辫子在排满反清的志士看来就是奴隶身份的象征，既然革命连头都可以不要，一根辫子一定是要除掉的，于是鲁迅在屋里剪掉了辫子。一同留学的好友许寿裳见到他，立即发出"呵，壁垒一新！"的赞赏。

然而，鲁迅剪掉辫子容易，失去辫子后的日子却极为难熬。鲁迅隶属于留日学生中的江南班，他是江南班里第一个剪掉辫子的，自然引人注目，很快就招致嘲笑、敌视，接着就是监督姚文甫当众狠狠地训斥了他，并且扬言要停掉他的官费，送回中国去。然而，没过几天姚文甫的辫子就被写《革命军》的邹容伙同几个同学给剪掉了。

鲁迅的这段亲身经历和小说中 N 先生的遭遇大体相似。回国的 N 先生，没有辫子，在群众眼里可能就意味着"革命党"，弄不好是要杀头的，于是乎 N 先生去买了一条假辫子。不料，这样的办法带来的是"冷笑""杀头的罪名""报官"，这就是当时的现实，一个夏三爷（《药》中的告密者）环伺的社会。怎么办？于是：

> "我想，假的不如真的直截爽快，我便索性废了假辫子，穿着西装在街上走。
>
> "一路走去，一路便是笑骂的声音，有的还跟在后面骂：'这冒失鬼！''假洋鬼子！'
>
> "我于是不穿洋服了，改了大衫，他们骂得更利害。
>
> "在这日暮途穷的时候，我的手里才添出一支手杖来，拚命的打

① 鲁迅. 鲁迅全集: 编年版: 第 4 卷 [M]. 北京: 人民文学出版社, 2014: 71.

了几回，他们渐渐的不骂了。只是走到没有打过的生地方还是骂。

　　"这件事很使我悲哀，至今还时时记得哩。我在留学的时候，曾经看见日报上登载一个游历南洋和中国的本多博士的事；这位博士是不懂中国和马来语的，人问他，你不懂话，怎么走路呢？他拿起手杖来说，这便是他们的话，他们都懂！我因此气愤了好几天，谁知道我竟不知不觉的自己也做了，而且那些人都懂了。……

　　废了假辫子，穿着西装，这完全是不同于当时社会的装饰，于是"笑骂"之声不绝于耳，还有跟在后面一定要将"冒失鬼""假洋鬼子"的称呼送给"我"的；于是"我"妥协一点，脱下西装，换上长衫，不料他们骂得更厉害。妥协这一条路是走不通了，于是在这"日暮途穷"的时候，我拿起手杖拼命地打了几回，人们竟然就都不骂了。

　　N先生说"这件事很使我悲哀"，那么他为什么为这件事感到悲哀呢？

　　N先生极尽示弱的时候，换来的是更凶猛的笑骂和敌视；N先生抡起手杖打人的时候，得到的却是"不骂"。欺软怕硬的主，遍地都是。见人好欺负，就都上手；一旦怒目圆睁，动手护卫，向他们显示出"狼"样的凶狠，他们就乖乖地恢复到"羊"的温顺。这也是民族的劣根性，恰如1925年鲁迅在《忽然想到·七》中描述的那样：

　　　　可惜中国人但对于羊显凶兽相，而对于凶兽则显羊相，所以即使显着凶兽相，也还是卑怯的国民。这样下去，一定要完结的。
　　　　我想，要中国得救，也不必添甚么东西进去，只要青年们将这两种性质的古传用法，反过来一用就够了：对手如凶兽时就如凶兽，对手如羊时就如羊！ ①

---

① 鲁迅. 鲁迅全集：编年版：第3卷 [M]. 北京：人民文学出版社，2014：268.

鲁迅深切体察到民族的劣根性，于是提出"反手一用"的方法，在N先生这里是有效的。但如今的民众，却也似乎还是这样的欺软怕硬：所谓专找软柿子捏，就是对于"羊"显示自己的凶狠厉害；一旦遇到比自己更凶更狠的对手，就立马示弱，于是"得救"。

这是鲁迅文字的穿透力。不是只适用于某个时代某个地方，而是有穿越时空的意义。

> "宣统初年，我在本地的中学校做监学，同事是避之惟恐不远，官僚是防之惟恐不严，我终日如坐在冰窖子里，如站在刑场旁边，其实并非别的，只因为缺少了一条辫子！
>
> "有一日，几个学生忽然走到我的房里来，说，'先生，我们要剪辫子了。'我说，'不行！''有辫子好呢，没有辫子好呢？''没有辫子好……''你怎么说不行呢？''犯不上，你们还是不剪上算，——等一等罢。'他们不说什么，撅着嘴唇走出房去；然而终于剪掉了。
>
> "呵！不得了了，人言啧啧了；我却只装作不知道，一任他们光着头皮，和许多辫子一齐上讲堂。
>
> "然而这剪辫病传染了；第三天，师范学堂的学生忽然也剪下了六条辫子，晚上便开除了六个学生。这六个人，留校不能，回家不得，一直挨到第一个双十节之后又一个多月，才消去了犯罪的火烙印。
>
> "我呢？也一样，只是元年冬天到北京，还被人骂过几次，后来骂我的人也被警察剪去了辫子，我就不再被人辱骂了；但我没有到乡间去。"

这一段文字还是可以参照鲁迅先生的《病后杂谈之余》来看：

我回中国的第一年在杭州做教员，还可以穿了洋服算是洋鬼子；第二年回到故乡绍兴中学去做学监，却连洋服也不行了，因为有许多人是认识我的，所以不管如何装束，总不失为"里通外国"的人，于是我所受的无辫之灾，以在故乡为第一。尤其应该小心的是满洲人的绍兴知府的眼睛，他每到学校来，总喜欢注视我的短头发，和我多说话。

学生们里面，忽然起了剪辫风潮了，很有许多人要剪掉。我连忙禁止。他们就举出代表来诘问道：究竟有辫子好呢，还是没有辫子好呢？我的不假思索的答复是：没有辫子好，然而我劝你们不要剪。学生是向来没有一个说我"里通外国"的，但从这时起，却给了我一个"言行不一致"的结语，看不起了。①

不是说 N 先生就是鲁迅、N 先生的生命经历就是鲁迅的生命经历，鲁迅在《中国新文学大序：小说二集》序言中说自己写小说是"力求着去忠实的描写我所见的几种人生经验"②。N 先生的生命际遇一定有鲁迅生命际遇的影子，而且影响很深，毕竟自己走过的路、受过的苦，在于自己往往都记得更为清晰。

从"我出去留学，便剪掉了辫子"到"宣统初年，我在本地的中学校做监学，同事是避之惟恐不远，官僚是防之惟恐不严"，自剪掉辫子以来，周围的人对剪掉辫子的"我"大抵态度一样，并没有什么变化。

但所有人都剪掉辫子的时候，N 先生那"终日如坐在冰窖子里，如站在刑场旁边"的境地是不是就会有所改变？然而，当学生想要剪辫子而征求 N 先生的意见的时候，N 先生却说："不行！"语气非常坚决。既然没有辫子比有辫子更好，为什么不剪辫子呢？

---

① 鲁迅. 鲁迅全集：编年版：第 8 卷 [M]. 北京：人民文学出版社, 2014: 362-363.
② 鲁迅. 鲁迅全集：编年版：第 9 卷 [M]. 北京：人民文学出版社, 2014: 89.

N 先生作为前辈，从自己的生命经验出发，"现身说法"劝导后辈不要剪掉辫子，然而得到的是他们一致的"撅着嘴唇"。这就如同绍兴中学堂的学生问鲁迅剪辫时，鲁迅答：没有辫子好，然而我劝你们不要剪。最后学生们给鲁迅一个"言行不一致"的结语一样。

N 先生因为剪掉头发所遭受的苦，又如何跟青年学生去说呢？劝他们"等一等"，原也是为了他们好，不料却遭到他们一致的误解。年轻人总是热情，于是往往激烈；而激烈又容易忽略外在环境，于是容易吃亏。师范学堂剪下了六条辫子，当晚便开除了六个学生。

N 先生再恳切的劝告，也不过带来误解，而之后的代价是不是给后来的青年以教训呢？往往并不如此，总是需要自己跌过一跤之后才体会得到前辈经验的可贵。

以上是 N 先生的关于"头发的故事"。从留学时期的剪辫子到回国后被人笑骂敌视，经历沉痛。

在追忆过程中，N 先生的感情经历了变化：N 忽然现出笑容—N 两眼望着屋梁，似乎想些事—N 显出非常得意模样—忽而又沉下脸来。第一个双十节之后，不再有人笑骂，于是高兴；然而回想到当初出去留学，回国教书，备受冷笑敌视；元年之后也就是双十节过后，骂人的人也被剪掉了辫子，他不禁得意。

N 先生回忆的"头发的故事"，鲁迅使用的是一个闭合的结构，从第一个双十节开始，中间追忆历史，诉说自身痛苦的经历，最后再到第一个双十节结束。

三、两处重要的话

关于"头发"的故事应该结束了吧，离第一个双十节已经过去将近十年了，然而，"到民国九年，寄住在我的寓里的一位小姐考进高等女子师范学校去了，而她是剪了头发的，再没有法可梳盘龙髻或

S 髻。到这时，我才知道虽然已是民国九年，而有些人之嫉视剪发的女子，竟和清朝末年之嫉视剪发的男子相同；校长 M 先生虽被天夺其魄，自己的头顶秃到近乎精光了，却偏以为女子的头发可系千钧，示意要她留起。设法去疏通了几回，没有效，连我也听得麻烦起来，于是乎"感慨系之矣"了，随口呻吟了一篇《头发的故事》。但是，不知怎的，她后来竟居然并不留长，现在还是蓬蓬松松的在北京道上走。"①

这便是《头发的故事》这篇小说的缘起。鲁迅借 N 先生的口，喊出了几句沉痛的话，第一处是：

"改革么，武器在那里？工读么，工厂在那里？"

"仍然留起，嫁给人家做媳妇去：忘却了一切还是幸福，倘使伊记着些平等自由的话，便要苦痛一生世！"

"我要借了阿尔志跋绥夫的话问你们：你们将黄金时代的出现豫约给这些人们的子孙了，但有什么给这些人们自己呢？"

剪掉辫子的人是觉醒的人，觉醒的人行动了，但是遭受群众的冷笑、诋毁、咒骂，甚至亲友的误解。社会环境并没有大的改变，先觉者不过做了一个幸福的美梦，梦醒之后往往无路可走。如果顺从社会的庸俗，踏踏实实做一个符合社会主流价值的人，浑浑噩噩地活，糊糊涂涂地死，因为是从昏睡到死，就不会感受到临死的痛苦。而如果一直记着平等自由的话，由于外在的环境不允许这些生存，觉醒者们只能使自己格格不入，自然就被孤立，寂寞地生，寂寞地死，痛苦一生。N 先生说所谓的"黄金时代"，不过是画饼给快要饿死的人，反正是在将来，将来有多远，谁也不知道，也许会有"黄金时代"，这一代看不到，下一

---

① 鲁迅. 鲁迅全集：编年版：第 3 卷 [M]. 北京：人民文学出版社，2014：373.

代或许就看到了。只是于现实的革命者而言，牺牲了自己，把“黄金时代”预约给后来者，这值得吗？如果都如《药》中的夏瑜一样，被当作“人血馒头”了呢？

革命者，为国民奉献了生命的人，在国民那里获得了怎样的反馈呢？

首先是日历上，“这里却一点没有记载！”然后是N先生回忆的北京双十节的情形：“早晨，警察到门，吩咐道‘挂旗！’‘是，挂旗！’各家大半懒洋洋的踱出一个国民来，撅起一块斑驳陆离的洋布。这样一直到夜，——收了旗关门；几家偶然忘却的，便挂到第二天的上午。”双十节是无数人浴血战斗换来的胜利果实，但是后来呢？N先生记述的北京民众“懒洋洋的踱出”“几家偶然忘却的，便挂到第二天的上午”。民众于此并不热心，而是慵懒漠然，不过是因为警察要求、例行公事而已，那么一次革命的意义究竟有多大？辛亥革命过去了，那么多鲜血在多大程度上完成了其唤醒庸众的重任？

人总是避重就轻，总是愿意忘掉痛苦，总是喜欢美化过往，死亡、痛苦往往在回忆中被忽略。因为记吃不记打，所以历史往往循环。“痛定思痛”是一个很高级的词语，首先需要有感受“痛苦”的能力，然后才能够在“痛”后思考“痛”，最后才能避免重蹈覆辙。所以首先得记住，记住才能有痛感，然而大家都忘记了。因此，虽然挂旗只是一种仪式，但至少可以借此告诉后来者曾经有人为大众的幸福抛过头颅、洒过热血。仅有仪式当然是不够的，然而革命的后续影响如果连类似挂旗的仪式都没有了，那这次革命的意义也就更寂寥了罢。所以，一定要“记得”。

然而当初的志同道合者还记得彼此吗？活着的人，是否还记得那些被一颗弹丸要了性命的少年？是否还记得那些在监牢里身受一个多月苦刑的少年？是否记得怀着远志然后连尸首也不知哪里去了的少年？鲁迅在1925年《忽然想到·三》中说：“我觉得什么都要从新做过。退一万步说罢，我希望有人好好地做一部民国的建国史给少年看，因为我觉得民国的来源，实在已经失传了，虽然还只有十四年！"①不过十四年，当时的亲历者却恐怕忘记了那时的理想，以及那些为理想流过的血；至于后来的少年，由于无从知晓民国的来源，于是就都忘却了。

英雄的血或者也能使同志感奋，然而，往往给了无聊的人们以谈资，除此之外，就是使剑子手有功，使告密者有利，使善良者流泪。于是当初的英雄，如在"辛亥革命"中反专制求民主的革命者们，在时日流逝后他们被遗忘甚至被抹杀就可能成为必然的命运。

鲁迅先生是伟大的思想者，也是伟大的记忆者，他时刻用文字刻写社会，反思历史，在这个意义上他完成的作品有类似于杜甫诗史的意义。

第二处重要的句子："造物的皮鞭没有到中国的脊梁上时，中国便永远是这一样的中国，决不肯自己改变一支毫毛！"

他在《娜拉走后怎样》中也说过类似的话："可惜中国太难改变了，即使搬动一张桌子，改装一个火炉，几乎也要血；而且即使有了血，也未必一定能搬动，能改装。不是很大的鞭子打在背上，中国自己是不肯动弹的。"②

因循守旧的力量太强大了，纵观历史上的改革者，商鞅强大了秦国却遭受车裂，王安石为解决北宋困局变法，最终新法尽数被废除……来自旧阵营的反对力量过于强大，在因循守"旧"的面前，变革图"新"往往举步维艰。

封建文化的力量太稳定了，新的思想和行为的产生太艰难了。而酝酿许多年才爆发的革命，爆发时的热烈、过后的冷寂与淡忘几乎成为一种常态。所以，鲁迅提倡韧性的战斗，首先是生存，先要让革命的力量活着，然后才有改变的可能性。因为太难，所以更需要长久韧性的改变。

① 鲁迅. 鲁迅全集: 编年版: 第3卷 [M]. 北京: 人民文学出版社, 2014: 152.
② 鲁迅. 鲁迅全集: 编年版: 第2卷 [M]. 北京: 人民文学出版社, 2014: 364.

拓展阅读

① 鲁迅:《从胡须说到牙齿》,选自《鲁迅全集(编年版)》,人民文学出版社,2014 年。

② 鲁迅:《无声的中国》,选自《鲁迅全集(编年版)》,人民文学出版社,2014 年。

③ 鲁迅:《娜拉走后怎样》,选自《鲁迅全集(编年版)》,人民文学出版社,2014 年。

④ 鲁迅:《病后杂谈之余》,选自《鲁迅全集(编年版)》,人民文学出版社,2014 年。

⑤ 李长之:《鲁迅批判》,北京出版社,2003 年。

思考题

假如你是小说《头发的故事》中的旁听者,你听完"我"与 N 先生的谈话后,你有什么意见要发表,请参照小说加以续写。

珂勒惠支：耕夫《农民战争》之一）
铜版画
31cm×45cm
1904—1908 年

第十讲

《一件小事》：小事不『小』

这种追问的对象不止于外在的客体，

更在于对自我不留余地的叩问。

这就构成了鲁迅作品中独具特色的"之后"式思考。

他一直在追问，一直在和自己进行清算，

所以最后就只能是绝望，因为什么都看清楚了，

发现前路什么也没有，于是便把一切的幻梦都刺穿了。

一、一篇"奇怪"的鲁迅小说

> 我从乡下跑进京城里，一转眼已经六年了。其间耳闻目睹的所谓国家大事，算起来也很不少；但在我心里，都不留什么痕迹，倘要我寻出这些事的影响来说，便只是增长了我的坏脾气，——老实说，便是教我一天比一天的看不起人。

> 但有一件小事，却于我有意义，将我从坏脾气里拖开，使我至今忘记不得。

"我"从乡下跑到京城里，一转眼已经六年，期间多少事情都已然忘却了，而这些事情不过增长了我的坏脾气，使我看不起人；单只剩下这么一件事，"将我从坏脾气里拖开，使我至今忘记不得"。

开头这一段，非常像现在的中学生作文，有一个引子，引出要说的事件。比如学生要写"难忘的一件事"，大抵就是：好多事情都已经忘记了，但只有这一件事一直萦绕心头，难以忘怀。所以，在读这篇小说的时候，就会怀疑：这是鲁迅的作品吗？鲁迅也会写出这样的作品吗？当然，这的确是收录在《呐喊》小说集中的作品，写于 1919 年 11 月。

查看鲁迅的日记：

> 1913 年 2 月 8 日，"上午赴部，车夫误踩地上所置橡皮水管，有似巡警者及常服者三数人突来乱击之，季世人性都如野狗，可叹"！ [1]

> 1915 年 5 月 2 日，"车夫衣敝，与一元"。[2]

> 1916 年 5 月 17 日，"下午自部归，券夹落车中，车夫以还，

[1] 鲁迅. 鲁迅全集：编年版：第 1 卷 [M]. 北京：人民文学出版社，2014：269.
[2] 鲁迅. 鲁迅全集：编年版：第 1 卷 [M]. 北京：人民文学出版社，2014：396.

与之一元"。①

周作人在《关于鲁迅》一文中介绍《一件小事》的车祸事件时说："在当时这类事情的确常有，特别是老太婆，这样的来寻事讹钱，这是过去社会遗迹，后来也渐渐少有了。"②

碰瓷的人在一百年前，就已经出现了，只不过被碰瓷的车不同而已。近年来，关于路人摔倒，尤其是老人摔倒，扶不扶的拷问几乎涉及每一个人。敢不敢扶？怎么扶？扶了可能会承担什么后果？不仅有春晚小品就叫《扶不扶》，甚至有北大副校长喊出了这样的话："你是北大人，看到老人摔倒了你就去扶。他要是讹你，北大法律系给你提供法律援助，要是败诉了，北大替你赔偿！"

那么，鲁迅作为社会公知，就此事发表自己的看法，也是不足为怪的。鲁迅在《〈呐喊〉自序》中说自己弃医从文的目的，正在于"揭出病苦，引起疗救的注意"。所谓病苦指的是：民族的劣根性、社会的病苦、人的病苦。而这篇小说就在于反映出人的病苦。

二、《一件小事》的"反省"

我这时突然感到一种异样的感觉，觉得他满身灰尘的后影，剎时高大了，而且愈走愈大，须仰视才见。而且他对于我，渐渐的又几乎变成一种威压，甚而至于要榨出皮袍下面藏着的"小"来。

我的活力这时大约有些凝滞了，坐着没有动，也没有想，直到看见分驻所里走出一个巡警，才下了车。

巡警走近我说："你自己雇车罢，他不能拉你了。"

我没有思索的从外套袋里抓出一大把铜元，交给巡警，说，

---

① 鲁迅. 鲁迅全集：编年版：第1卷 [M]. 北京：人民文学出版社，2014：454.
② 周作人. 鲁迅小说里的人物 [M]. 北京：北京十月文艺出版社，2013：39.

"请你给他……"

风全住了，路上还很静。我走着，一面想，几乎怕敢想到我自己。以前的事姑且搁起，这一大把铜元又是什么意思，奖他么？我还能裁判车夫么？我不能回答自己。

这篇小说写了"我"的思想历程：一天比一天看不起人—老女人真可憎恶，车夫自讨苦吃—车夫高大起来，察觉皮袍下的"小"来—惭愧，增长"我"的勇气和希望。

"我"因为车夫的行为——放下客人，扶老人慢慢起来，问是否受伤，然后送到巡警分驻所——内心有了"异样的感觉"，对车夫仰视起来。在这件事情中，老妇人的跌倒并没有他的责任，况且"又没有另一人看见"，虽然事情发生在巡警分驻所的附近，但由于"大风之后，外面也不见人"，不会有人来过问，再加上乘客又催他走路，车夫本是可以一走了之的。然而他并不这样，相反，在他听到老妇人说"我摔坏了"之后，就"毫不踌躇"地"搀着伊的臂膊"一步一步地向巡警分驻所的大门走去，他丝毫也不回避自己应负的责任。

100年前，军阀混战，干戈不息，天灾连年。失业流离的城市贫民号呼转徙，往往沦为乞丐。除此之外，进军队，当土匪，拉洋车，是另外三种可选择的路。人车大致分为三类：自用车、包车和拉散坐。《一件小事》中的车夫，拉的是散坐车。这种车就像《骆驼祥子》中祥子拉的车，是通过铺保和保人从车厂租赁的。一辆车一般可租给两人，一个从早六点拉到下午四点，叫作"拉早"；另一个从下午四点一直拉到凌晨，叫作"拉晚"。车夫劳累终日，却往往仅能自己糊口，妻子儿女只好另谋生路。由于人力车夫无论寒冬酷暑都是佝偻重负，终日在尘土飞扬的道路上奔跑，所以有人把拉车称为"催死的生活"。

当时的背景让我们不由得去考虑一件事，那就是这个车夫有没有能力去承担这个责任，如果他没有足够的能力去承担后果，那么这就更加显示出他动人的品格。然而，他主动承担起责任，毫不迟疑地把老妇人送往巡警分驻所，于他自己而言，要承担的远远超过他的能力，但是他还是正视现实，主动承担。这是车夫正直无私的具体表现，也是车夫性格中焕发出来的最为动人的光辉。

而当时，"我"却认定老太太诈伤以及怕误了"我"的路，两相比较，显出"我"皮袍下的"小"来。在这种情况下，"我"因为内心羞愧，于是想有所补救，于是"我没有思索的从外套袋里抓出一大把铜元，交给巡警"，委托巡警把钱交给车夫。应该说，文字到此处，已经很圆满了，通过这一件小事，写出了车夫的"高大"和"我"的自省。

然而鲁迅并没有至此停笔。他继续追问："这一大把铜元又是什么意思？奖他么？我还能裁判车夫么？我不能回答自己。"本来以为"我"掏一点钱给车夫，这就补偿了"我"的悔恨，没承想，鲁迅追问："我"有这样的资格吗？

人总是容易站在道德的制高点上，指点他人的行为，因为都是外在于"我"的，因为事不关己，所以评判起来就很简单。其实，人越是对一件事情疏远，越是对一件事情不了解，就越是容易形成简单粗暴的评判。小说中的"我"在整个事件中有错吗？没有错。而且，"我"还深挖了内心的"自私"想法，也用实际行动进行了"赎罪"。"我"也算是做了超出范围的好事，然而，"我"依然在自我追问："我"是奖励他吗？"我"有资格对车夫进行奖励吗？

所以，这篇小说具有很强的鲁迅式思维，绝不给自己留后路，鲁迅说"我的确时时解剖别人，然而更多的是更无情面地解剖我自己"[①]。

据鲁迅的好友许寿裳回忆，在东京弘文学院读书时，他与鲁迅常常在一起探讨中国的国民性问题，并且提出了三个相互关联的具体问题进行思考："怎样才是理想的人性？""中国民族中最缺乏的是什

① 鲁迅. 鲁迅全集: 编年版: 第4卷 [M]. 北京: 人民文学出版社, 2014: 282.

么？""它的病根何在？"他们讨论得最多的是"理想的人性"的问题，"当时我们觉得我们民族最缺乏的东西是诚和爱"①。

应该说在《一件小事》中车夫的行为很好地诠释了什么叫"诚和爱"。所以鲁迅在这样一篇文章中其实也是对自我的思想进行了一番清算。《〈呐喊〉自序》中鲁迅把中国比喻成一个"万难毁坏的铁屋子"，并且没有门窗，人们只能在其中闷死，所以他对于救治中国，唤醒愚弱的民众不抱多少希望，这可以从《药》《明天》《故乡》《孔乙己》等小说中民众的精神状态可见一斑。而当"我"以为这样的认识牢不可破的时候，却还有一个"自顾不暇"的车夫勇敢地担负起自己的责任，车夫的行为充满了人与人之间的温暖，这不就是"诚与爱"吗？

小说结尾部分说：

> 这事到了现在，还是时时记起。我因此也时时熬了苦痛，努力的要想到我自己。几年来的文治武力，在我早如幼小时候所读过的"子曰诗云"一般，背不上半句了。独有这一件小事，却总是浮在我眼前，有时反更分明，教我惭愧，催我自新，并且增长我的勇气和希望。

这一段文字和《藤野先生》的结尾部分文字非常像：

> 只有他的照相至今还挂在我北京寓居的东墙上，书桌对面。每当夜间疲倦，正想偷懒时，仰面在灯光中瞥见他黑瘦的面貌，似乎正要说出抑扬顿挫的话来，便使我忽又良心发现，而且增加勇气了，于是点上一枝烟，再继续写些为"正人君子"之流所深恶痛疾的文字。②

---

① 许寿裳. 鲁迅传 [M]. 长春: 吉林人民出版社, 2014: 112.

② 鲁迅. 鲁迅全集: 编年版: 第4卷 [M]. 北京: 人民文学出版社, 2015: 76-77.

车夫是陌生人，藤野先生是我的老师，他们都成为增加我的勇气和希望，并且敦促我为社会为人民做一些事情的源泉。为什么他们能成为源泉？无论是车夫，还是藤野先生，都是能够给予他人"诚与爱"的人。鲁迅之所以如此感念藤野先生，就在于藤野先生是唯一一个给予弱国子民鲁迅真诚与爱心的人。藤野先生是日本人，车夫是中国人；藤野先生是知识分子，车夫是普通民众。然而他们都是"吾道中人"，而他们给予"我"的温暖和感动，也在"我"这里生根发芽，并且敦促"我"自新。

三、鲁迅的"之后"

《一件小事》令人印象最深刻的地方不在于这件事情的发生，而在于"我"在这件事情发生之后的反省。这篇小说最有价值的地方大约也就在"我"的反省上。我把这种思维方式称作"之后"式思维，鲁迅看待事情不仅仅着眼于发生前、发生中，也看重事情发生之后的影响和意义。

这事到了现在，还是时时记起。我因此也时时熬了苦痛，努力的要想到我自己。几年来的文治武力，在我早如幼小时候所读过的"子曰诗云"一般，背不上半句了。独有这一件小事，却总是浮在我眼前，有时反更分明，教我惭愧，催我自新，并且增长我的勇气和希望。

"一件小事"，实则不"小"，借由这"小事"，解剖了"我"的思想，揭示了"我"皮袍下的"小"来，进而有了精神的洗涤。首先是使"我""时时熬了苦痛，努力的要想到我自己"，由车夫的行为而求诸己；其次是"教我惭愧，催我自新，并且增长我的勇气和希望"，通过车夫的行为匡正"我"的思想和行为。一个人思想的转折、精神的提顿，有时就是一个机缘巧合，小说中的"我"似乎就是如此。而这种转折、提顿都是基于"我"对这事情发生"之后"的追问。这种追问的对象不止于外在的客体，更在于对自我不留余地的叩问。这就构成了鲁迅作品中独具特色的"之后"式思考。

越是轰轰烈烈，越是激越了无数的人，鲁迅就越是要在激越中冷观，在众声喧哗里沉思，这似乎就是鲁迅所说的"……于浩歌狂热之际中寒；于天上看见深渊。于一切眼中看见无所有；于无所希望中得救。……"①

在《呐喊》《彷徨》《故事新编》这三部小说集中，鲁迅有很多篇小说都涉及对"之后"的思考。鲁迅关注的往往不是事情的"发生之前"和"正在发生"，而是要去看"发生之后"会如何？

比如辛亥革命，这是影响中国历史进程的大事件，这件翻天覆地的大事件究竟给中国社会，给中华民族，给普通民众带来了怎样的影响？辛亥革命"之前"与"之后"有什么区别？在《呐喊》中，《狂人日记》《药》《头发的故事》《风波》《阿Q正传》都关涉鲁迅对辛亥革命的思考，而一言以蔽之，就是他在《忽然想到·三》中说的："我觉得革命以前，我是做奴隶；革命以后不多久，就是受了奴隶的骗，变成他们的奴隶了。"②

所以鲁迅写《狂人日记》，他是在呐喊："从来如此，便对么？""救救孩子"；然而他却也在序言中告诉我们，狂人已经回到"正常"，赴某地候补去也。"狂"过一会儿，研究了一下，发现了满本上都写着"吃人"两个字，那又如何？还不是乖乖就范，做回一个正常人。

所以鲁迅写《药》，夏瑜是革命者，彻底的革命者，他为了自己的革命理想至死不渝，即使在监狱中依然在劝说狱卒，给他们讲革命道

① 鲁迅. 鲁迅全集：编年版：第3卷 [M]. 北京：人民文学出版社，2014：119.
② 鲁迅. 鲁迅全集：编年版：第3卷 [M]. 北京：人民文学出版社，2014：152.

理；可是有人理解他吗？他为革命抛头颅洒热血，"之后"呢？民众被唤醒了吗？现实是夏瑜的血被用来当作了"药"。所有的人对夏瑜都不理解，他的母亲甚至因为儿子是革命者而感到羞愧。这就是先觉者的下场：被愚昧的群众放逐、压迫与杀戮。

所以鲁迅写《头发的故事》，"双十节"被人忘记了，那些为国牺牲的人们呢？大约一并都忘却了。而革命带来了什么？也许只是头发的变化吧。

所以鲁迅写《风波》，既然皇帝被赶下了台，辫子剪掉了，怎么又来一个皇帝？一场革命给中国社会带来的影响往往并不如预料的那么大，尤其是对于底层社会而言，恐怕更是微乎其微。暴风骤雨式的激烈革命过后，更漫长的是思想革命与文化革命，真的是"路漫漫其修远兮"。

所以鲁迅写《阿 Q 正传》，混入革命队伍的革命者有没有赵秀才、假洋鬼子之流？阿 Q 这样的人是不是革命者？一切照旧，究竟革命革掉了什么？鲁迅在思考：过去的革命彻底不彻底？今后的革命会不会重蹈覆辙？

在这些小说中，鲁迅首先追问的是"先觉者"，之后如何？《狂人日记》中的狂人变成了正常人，回归传统秩序之中；《头发的故事》中的 N 先生成了一个抱怨家，还染上了失败主义的情绪。

其次，鲁迅在追问先觉者与群众的关系，为群众奔走呼号，为救治群众抛头颅洒热血的先觉者，最后往往被群众误解、压迫、杀害。比如《药》中的夏瑜被当作了人血馒头。先觉者接受了新思想，成为引来火种的人，然而火是新鲜事物，带来的往往是惊恐，招致的常常是反对，所以像秋瑾、徐锡麟、邹容、陈天华这样的人，往往成为社会的"公敌"，首先是遭受统治阶级的压迫、打击和杀害，然后是遭受民间无穷尽的流言蜚语。

奥地利伟大的作家弗朗茨·卡夫卡说："周围的人都睡了。……他们都在寂静中集合在一起，一个露天的营地、无数的人、一支军队、一个民族，在寒冷的天空下，在坚实的大地上……而你，你整夜不睡，你是守夜人之一，在你挥动的火把下，你瞥见脚下燃烧的火更近了……你为什么通宵不眠？必须有一个守夜人，大家都这么说！必须要有一个。"①

　　这就是守夜人，夏瑜、狂人、疯子……他们都是先觉者，也是守夜人，因为深爱着这块土地和土地上的人们，于是为他们守夜，却遭遇他们的冷眼嘲讽和杀害。然而，一个社会又需要这样的守夜人，是的，必须要有这样的守夜人，鲁迅、秋瑾等人也是其所处时代的守夜人，是黑暗之中散发出来的幽微的光亮。然而，他们往往被放逐被杀戮。鲁迅写到他们命运的时候，会不会有悲凉之感？所以他才会说中国就是一个绝无窗户万难毁坏的"铁屋子"，太憋屈了，太绝望了，然而，总还得需要有人去做，去呼喊，因为希望是在于将来，因为希望是靠一个一个的人一步一步走出来的。

　　除了对"辛亥革命"之后的追问，鲁迅对"英雄""崇高""爱情"等也有这样的追问思维。

　　《奔月》中后羿是伟大的射日英雄，可是他已经沦落到连日常生活都难以解决的程度，尤其是后羿误杀了农家鸡后引起的纠缠，徒弟逢蒙的背叛……真是让人唏嘘。这就是射日英雄的"之后"，被人遗忘，徒弟反目，妻子弃他而去。不只要看英雄辉煌的时候，也要看到辉煌"之后"。

　　《铸剑》中眉间尺、黑衣人复仇成功之后，鲁迅继续在追问复仇"之后"，会如何？这样一场充满悲剧英雄气概的复仇，一定在人民的内心引起长久而深沉的震撼吧？然而，所有人都在看戏，不仅是愚弱的民众，还有王的后妃、大臣们，反正大家互相"看"，于是就成了演戏和看戏的闹剧了。

　　《明天》中的单四嫂子在唯一的儿子死了之后，她还有"明天"吗？

---

① 加洛蒂. 论无边的现实主义［M］. 吴岳添，译. 天津：百花文艺出版社，2008：123.

之后她的人生将如何开展？

《孔乙己》中"大约孔乙己的确死了"，这不就是对打折了腿的孔乙己之后人生的追问吗？

《伤逝》中，当初子君那句"我是我自己的，他们谁也没有干涉我的权利！"，是新青年们最掷地有声的爱情宣告。但涓生和子君自由结合后，爱情在柴米油盐的消耗下变得庸常，当贫困的生活将爱情的诗意消磨殆尽，会怎么样？子君，一个独立的知识女性，已经和涓生没有了共同话语——涓生对子君不满意了、不爱了——子君回家——不久传来子君死亡的消息——涓生陷入到无尽的自责当中。这种连环式的"之后"的追问，是对爱情有无的质疑。

英雄失去了他的价值，崇高被消解，爱情陷落在琐碎之中，那么，这个世界还有什么是恒常不变的？还有什么是值得我们为之奋斗的？鲁迅"之后"式的追问，会将人逼入到生命的窄门，无所适从。

鲁迅的文字是对每一个读者的追问，但却首先是鲁迅对自我的反省和追问。鲁迅说自己的小说不太适合给少不更事的年轻人读，因为他以为自己的作品太黑暗，不愿意将这些思想传染给年轻人。所谓"黑暗"，其实就是他对自我的彻底性的追问，这是鲁迅特有的思维模式。

与同时代的其他作家相比，鲁迅对自己显得太过无情。比如周作人就有"自己的园地"，林语堂有自己的"小品"，这些鲁迅当年的"战友"们往往会给自己留一块灵魂的休憩地，然而鲁迅绝不，他一直在追问，一直在和自己进行清算，所以最后就只能是绝望，因为什么都看清楚了，发现前路什么也没有，于是便把一切的幻梦都刺穿了。这就像《铸剑》中的"黑色人"，如同《过客》里的"过客"，他们洞察一切，不相信所谓的"黄金世界"，然而，依然"立意在反抗，指归在动作"[1]。

---

[1] 鲁迅. 鲁迅全集: 编年版: 第1卷 [M]. 北京: 人民文学出版社, 2014: 82.

拓展阅读

① 鲁迅：《过客》，选自《鲁迅全集（编年版）》，人民文学出版社，2014 年。

② 鲁迅：《颓败线的颤动》，选自《鲁迅全集（编年版）》，人民文学出版社，2014 年。

③ 鲁迅：《彷徨》，选自《鲁迅全集（编年版）》，人民文学出版社，2014 年。

思考题

请以"之后"为题，写一篇 800 字左右的作文。

珂勒惠支：突击
铜版画
24cmx29cm
1898 年

鲁迅因为自身经验而产生对启蒙之梦的绝望，

对希望本身的否定和怀疑；

然而又由于自身的经验有限，所以对自身的经验产生怀疑，

进而对启蒙之梦的绝望态度产生怀疑，

由此才有了启蒙之梦的再次希望。

何谓"呐喊"？就是以笔为文唤醒沉睡的国民；以笔为心温暖寂寞里奔驰的猛士。鲁迅为什么要写作《呐喊》小说集？在写《狂人日记》前他又有过怎样的生命经历？这些生命经历与他的所思所想有何关系？这些在《〈呐喊〉自序》中多有交代。所以，《〈呐喊〉自序》里不仅有鲁迅过往人生的记忆，也能印证其心路的旅程。解读这篇文章，我以为要把握住三个关键词：梦、寂寞、呐喊。

一、梦

> 我在年青时候也曾经做过许多梦，后来大半忘却了，但自己也并不以为可惜。所谓回忆者，虽说可以使人欢欣，有时也不免使人寂寞，使精神的丝缕还牵着已逝的寂寞的时光，又有什么意味呢，而我偏苦于不能全忘却，这不能全忘的一部分，到现在便成了《呐喊》的来由。

年轻时候曾经做过的梦，不能全忘却的一部分，以及由此回忆引起的寂寞的心绪，常常使"我"苦痛，而这一切却构成了《呐喊》的来由。也就是说构成鲁迅小说《呐喊》的来由的，"不仅是以往的外在生活积累、经验……而且还包含着鲁迅年青时的'梦'——主观的精神发展、内心体验的历史。"[①] 这些"欢欣"或者"寂寞"的精神丝缕构成了鲁迅小说内在的心理内容。那么究竟鲁迅年轻时候做过哪些梦呢？又经历过怎么样的精神上和心理上的旅途？这一切又是如何体现在他的小说创作之中的呢？

鲁迅做过哪些梦？

从第二段到第六段大致可以得出四个梦。

---

① 钱理群. 解读鲁迅小说的一把钥匙 [J]. 语文学习, 1993（9）: 16-17.

第三段的"逃异地，去寻求别样的人们"的科学之梦，这个梦不是鲁迅的主动选择，而是因为自己在故乡受到"加倍的奚落"，母亲含泪为"我"筹措了八元川资而不得已的行为，故乡"如此"，只能到 N 地"将灵魂卖给鬼子"。

1925 年在《自叙传略》里鲁迅说："但到我十三岁时，我家忽而遭了一场很大的变故，几乎什么也没有了；我寄住在一个亲戚家里，有时还被称为乞食者。我于是决心回家，而我底父亲又生了重病，约有三年多，死去了。我渐至于连极少的学费也无法可想；我底母亲便给我筹办了一点旅费，教我去寻无需学费的学校去，因为我总不肯学做幕友或商人，——这是我乡衰落了的读书人家子弟所常走的两条路。"① 逃离故土是鲁迅迫不得已的选择。远离寡母和幼弟们，寡母的泪水也是他内心的写照，他在写给弟弟周作人的信中有这样的诗句："谋生无奈日奔驰，有弟偏教各别离。最是令人凄绝处，孤檠长夜雨来时。"② 选择去异地，让他承受了极大的心理创伤。祖父在狱中，父亲故去，他是长房长子，本应在家料理一切的，他也曾为此努力，可是周围的冷眼和流言实在让他承受不起，年轻的生命过早地承载了太多太重的负荷，他累了，倦了，所以他只能撤退。他的离开故土去南京，是对传统的背离与对自立新生的自我的探索。也许他并没有意识到这一点，但是事实的确如此。

到南京后，开了眼界，然而到底也没有满足他。"爬了几次桅，不消说不配做半个水兵；听了几年讲，下了几回矿洞，就能掘出金银铜铁锡么？实在连自己也茫无把握，没有做《工欲善其事必先利其器论》的那么容易。爬上天空二十丈和钻下地面二十丈，结果还是一无所能，学问是'上穷碧落下黄泉，两处茫茫皆不见'了。所余的还只有一条路：到外国去。"③ 然而在南京也并不是完全没有收获，生物课上所学到

---

① 鲁迅. 鲁迅全集：编年版：第 3 卷 [M]. 北京：人民文学出版社，2014：287.
② 鲁迅. 鲁迅全集：编年版：第 1 卷 [M]. 北京：人民文学出版社，2014：7.
③ 鲁迅. 鲁迅全集：编年版：第 4 卷 [M]. 北京：人民文学出版社，2014：70.

的一些知识使他萌生了到日本学医的念头。无论如何，到 N 地求学的科学之梦是破灭了。

接着就是文章的第四段医学救国之梦。"因为这些幼稚的知识，后来便使我的学籍列在日本一个乡间的医学专门学校里了。我的梦很美满，预备毕业回来，救治像我父亲似的被误的病人的疾苦，战争时候便去当军医，一面又促进了国人对于维新的信仰。"鲁迅先是在东京的弘文学院，然而所见到的无非是顶着富士山的，或者整天地板咚咚响的跳舞的留学生们，"东京也无非是这样……到别的地方去看看，如何呢？"虽说已是留学生，但是其思想和国内的人们没有两样，所以要到别的地方去看看，这就是 1904 年到仙台学医。在《藤野先生》一文中他对这段生活有过一些介绍，如果说"分数事件"还只是别人对自己和国家的侮辱，那么"幻灯片事件"则让他感到日本同学对中国人的歧视是有缘由的，不思进取，甘于被辱，甚至那些被看不起的人麻木于这样的轻视和鄙夷。

其时正当日俄战争的时候，关于战事的画片自然也就比较的多了，我在这一个讲堂中，便须常常随喜我那同学们的拍手和喝采。有一回，我竟在画片上忽然会见我久违的许多中国人了，一个绑在中间，许多站在左右，一样是强壮的体格，而显出麻木的神情。据解说，则绑着的是替俄国做了军事上的侦探，正要被日军砍下头颅来示众，而围着的便是来赏鉴这示众的盛举的人们。

李欧梵在《铁屋中的呐喊》中说："在'幻灯片事件'中有两个自我形象的撞击。一个是身处异域的'观察者'，另一个是更大范围内的'参与者'。"① 在观看"幻灯片"的过程中，他深切地感受到民众的不可

---

① 李欧梵. 铁屋中的呐喊 [M]. 尹慧珉，译. 杭州：浙江大学出版社，2016：19.

依赖，明白当时中国社会的民众大多不过是看客。看客重点在于看，无论其有没有可看之处，有得看最重要，在《示众》中"于是他背后的人们又须竭力伸长了脖子；有一个瘦子竟至于连嘴都张得很大，像一条死鲈鱼"①。民众是这样的民众，国家是这样的国家。无论其"物以稀为贵"的待遇，藤野先生的关爱，抑或是弱国子民的被轻视，反正医学救国的梦是破灭了，仙台是不能继续待下去了。相较于在 N 地求学时科学救国梦的破灭，医学救国之梦是鲁迅主动的选择，这种破灭给他带来的伤害更为深切沉痛。

接着便是文艺救国之梦。"这一学年没有完毕，我已经到了东京了，因为从那一回以后，我便觉得医学并非一件紧要事，凡是愚弱的国民，即使体格如何健全，如何茁壮，也只能做毫无意义的示众的材料和看客，病死多少是不必以为不幸的。所以我们的第一要著，是在改变他们的精神，而善于改变精神的是，我那时以为当然要推文艺，于是想提倡文艺运动了。"

鲁迅在日本的文艺救国之梦的首次实践是他和弟弟周作人合作翻译的《域外小说集》，着重引介被压迫民族的作品，然而销行简直就是惨不忍睹，一共就卖出去两本，而且还全是朋友买的。于是"又邀集了必须的几个人，商量之后，第一步当然是出杂志，名目是取'新的生命'的意思，因为我们那时大抵带些复古的倾向，所以只谓之《新生》。"《新生》的出版之期接近了，但最先就隐去了若干担当文字的人，接着又逃走了资本，结果只剩下不名一钱的三个人。创始时候既已背时，失败时候当然无可告语，而其后却连这三个人也都为各自的运命所驱策，不能在一处纵谈将来的好梦了，这就是我们的并未产生的《新生》的结局。"

《新生》还未新生就已经夭折，一路走来，鲁迅梦的破灭不可谓不多矣：最初是"从小康之家坠入困顿"，封建大家庭子弟代代相传的读

---

① 鲁迅. 鲁迅全集: 编年版: 第 3 卷 [M]. 北京: 人民文学出版社, 2014: 16.

书应试的古老梦破灭了；于是只能"走异路，逃异地，去寻求别样的人们"，但在南京科学之梦又破灭了；接着是在仙台时医学救国之梦的破灭；这之后就是这次《新生》的夭折，文艺救国之梦的破灭。

在文章的第二段中，可以认为还有一个"梦"，就是青年鲁迅在父亲得病以后不断在当铺和药店之间来回。"有四年多，曾经常常，——几乎是每天，出入于质铺和药店里，年纪可是忘却了，总之是药店的柜台正和我一样高，质铺的是比我高一倍，我从一倍高的柜台外送上衣服或首饰去，在侮蔑里接了钱，再到一样高的柜台上给我久病的父亲去买药。"他每一次从当铺里拿到钱到药店拿完药，大约对这些药有无数的祈盼吧。他一定梦想着自己的父亲能够在吃完药后就好起来。然而，父亲还是日重一日地亡故了。

在这一段中有一个意象被反复地提及，就是"柜台"。柜台内外是不一样的，"侮蔑"一词包含着极大的屈辱，柜台里面的人是高高在上的，柜台外的人是渺小而低下的，人与人之间的隔阂、等级的差距就像那一层厚障壁一样。

从文章的第二段到第六段，一共有四个梦的破灭。这些梦的破灭，首先带来的便是"无聊"，然后就是"悲哀"，接着便是"寂寞"。

二、寂寞

我感到未尝经验的无聊，是自此以后的事。我当初是不知其所以然的；后来想，凡有一人的主张，得了赞和，是促其前进的，得了反对，是促其奋斗的，独有叫喊于生人中，而生人并无反应，既非赞同，也无反对，如置身毫无边际的荒原，无可措手的了，这是怎样的悲哀呵，我于是以我所感到者为寂寞。

寂寞的含义其实就是鲁迅所讲的："凡有一人的主张，得了赞和，是促其前进的，得了反对，是促其奋斗的，独有叫喊于生人中，而生人并无反应，既非赞同，也无反对，如置身毫无边际的荒原，无可措手的了。"而这样的寂寞越来越大、越来越多了。

其实我们发现一个很有意思的问题，从1881年鲁迅出世到1918年鲁迅发表《狂人日记》，这段时期之内，鲁迅在《〈呐喊〉自序》中都有交代：1898年之前是文章的第二段，人世美梦的成长和破灭；1898年到1902年是南京求学时期，科学之梦的破灭；1902年到1909年日本求学期间，医学救国之梦和文艺救国之梦的相继破灭；1918年在《新青年》上发表文字。那么，从1909年鲁迅从日本归来之后到1918年这一段时间鲁迅究竟经历了哪些事？文章之中是否有交代？

仔细阅读文本，我们会发现有这么一段："只是我自己的寂寞是不可不驱除的，因为这于我太痛苦。我于是用了种种法，来麻醉自己的灵魂，使我沉入于国民中，使我回到古代去，后来也亲历或旁观过几样更寂寞更悲哀的事，都为我所不愿追怀，甘心使他们和我的脑一同消灭在泥土里的，但我的麻醉法却也似乎已经奏了功，再没有青年时候的慷慨激昂的意思了。"在这十年期间，鲁迅是麻醉自己了，而且是用了"沉入于国民中"和"回到古代去"的方法，也就是抄写古碑。而后，他又经历了几样更为悲哀的事情，这几样事情大约会有辛亥革命的不彻底、范爱农的死亡、徐锡麟的被烹食、秋瑾的被杀等。所以他愿意"甘心使他们和我的脑一同消灭在泥土里的"。也就是说十年沉默时期的鲁迅不是只寂寞于当初的梦的破灭，而是经历了这些事件后，这寂寞在不断地长大，这种寂寞绝望之感越来越深厚。所以他要用种种方法来麻醉自己。然而这样的做法，真的就麻醉了鲁迅了吗？"但我的麻醉法却也似乎已经奏了功，再没有青年时候的慷慨激昂的意思了。"奏功了，没有当年慷慨激昂的意思了，但是"似乎"表明，并没有完全奏功，并没有完全被麻醉。除此之外，鲁迅还做了点什么呢？这就是反省："然而我虽然自有无端的悲哀，却也并不愤懑，因为这经验使我反省，看见自己了：就是我决不是一个振臂一呼应者云集的英雄。"

也就是说在这十年时间，鲁迅是寂寞的，而且这寂寞"一天天长大起来"，他的确麻醉自己了，"沉入于国民中""回到古代去"，这基本上构成了鲁迅当时的生活主体，而这些对于其此后思想的形成，包括对古代文化的批判和对国民劣根性的揭示都产生了极大的影响吧。但更为重要的是他也有自己的反省，有积极的一面。那么我们一起来看看他在这十年期间的两个片段，也就是他在《新青年》上发表文章的前一段时间内的一些生活点滴。

三、呐喊

"你钞了这些有什么用？"有一夜，他翻着我那古碑的钞本，发了研究的质问了。

"没有什么用。"

"那么，你钞他是什么意思呢？"

"没有什么意思。"

"我想，你可以做点文章……"

"没有什么用""没有什么意思"，鲁迅大约也近于心如死水了，至少看来是这样。

"许多年，我便寓在这屋里钞古碑。客中少有人来，古碑中也遇不到什么问题和主义，而我的生命却居然暗暗的消去了，这也就是我惟一的愿望。夏夜，蚊子多了，便摇着蒲扇坐在槐树下，从密叶缝里看那一点一点的青天，晚出的槐蚕又每每冰冷的落在头颈上。"夏天，摇着蒲扇，从密叶缝里看那一点一点的青天，是颇有情调的，可是又是"冰冷"的槐蚕落在头颈上，就有一点点凉透了的感觉，似乎心中穷极无聊之后的绝望之感渗出来了，所以他只能希望生命"暗暗的消去"，而且这竟成为他唯一的愿望。这是怎样的社会、怎样的人间才能让鲁迅有这样唯一的、冰冷的愿望？

> 假如一间铁屋子，是绝无窗户而万难破毁的，里面有许多熟睡的人们，不久都要闷死了，然而是从昏睡入死灭，并不感到就死的悲哀。

"绝无窗户而万难破毁"是"铁屋子"的特点，没有窗户，里面的人出不去，外面的人进不来，也呼吸不到新鲜的空气，就是一沟绝望的死水；而且是"万难破毁的"，这就说出了"铁屋子"的坚固守旧。而且鲁迅说自有自己的"确信"，他对这样一个认识不再怀疑。他后来在《娜拉走后怎样》中说："可惜中国太难改变了，即使搬动一张桌子，改装一个火炉，几乎也要血；而且即使有了血，也未必一定能搬动，能改装。不是很大的鞭子打在背上，中国自己是不肯动弹的。"①其实这里是说出了中国社会的特点的：超级稳定的社会结构。这一结构就是他在《灯下漫笔》中所讲到的"一治一乱"的历史更迭："想做奴隶而不得的时代"和"暂时做稳了奴隶的时代"，几千年的历史从来如此。社会是这样的社会，生活于其中的人呢？"里面有许多熟睡的人们，不久都要闷死了。"

为什么会形成这样的一个"铁屋子"呢？"铁屋子"中的人为什么多是熟睡的人们呢？

来看 1925 年《灯下漫笔》中他写的一段文字："'天有十日，人有十等。下所以事上，上所以共神也。故王臣公，公臣大夫，大夫臣士，士臣皂，皂臣舆，舆臣隶，隶臣僚，僚臣仆，仆臣台。'（《左传》昭公七年）但是'台'没有臣，不是太苦了么？无须担心的，有比他更卑的

---

① 鲁迅. 鲁迅全集：编年版：第 2 卷 [M]. 北京：人民文学出版社，2014：364.

妻，更弱的子在。而且其子也很有希望，他日长大，升而为'台'，便又有更卑更弱的妻子，供他驱使了。如此连环，各得其所，有敢非议者，其罪名曰不安分！"①

原来构成社会——"铁屋子"——的人们被分成了不同的等级，而且各得其所，稍有非议，就被定罪。被催眠的熟睡者构成了社会的主体，里面的人是像动物一样，忙着生忙着死，绝不去思考活的意义，也不会想到自己的处境是否合理。精神催眠者则操纵着社会的运行。只有较为清醒的少数人试图有所动作，相较而言，力量太过微弱。而鲁迅即是此类清醒者，他反抗过，然而接踵而来的是"梦"的破灭。

所以我们看鲁迅在十年沉默期间的"沉入于国民中"和"回到古代去"，一方面他对于中国文学、文字有了更深入的理解，为此后的学术活动打下了坚实的基础；另一方面也使得他对中国社会有了冷静的观察和思考。因为其认识深刻，预见到了行动的艰难和阻力，所以他说有自己的确信，对于破毁铁屋子抱着一份怀疑和绝望。而且"现在你大嚷起来，惊起了较为清醒的几个人，使这不幸的少数者来受无可挽救的临终的苦楚，你倒以为对得起他么？"这里涉及鲁迅对于启蒙之后的思考，《娜拉走后怎样》中写道："人生最苦痛的是梦醒了无路可以走。做梦的人是幸福的；倘没有看出可走的路，最要紧的是不要去惊醒他。""……所以我想，假使寻不出路，我们所要的就是梦；但不要将来的梦，只要目前的梦。"② 那些先行者、清醒者的结局好吗？范爱农投水自尽了，秋瑾被杀了，王金发被杀了，徐锡麟竟被人吃了……他们醒了，可是真的是无路可走，即使有路可走，走着走着就没了，难以看到前方的曙光。不仅是清醒者们在社会上遭受生命的折磨，被黑暗势力捕杀；就是当年的启蒙者们也一一隐退：胡适另辟土壤，主张好人政府了；刘半农受不了同事的奚落去法国读博士了；就连钱玄同（"铁屋子"时期的金心异）

---

① 鲁迅. 鲁迅全集: 编年版: 第3卷 [M]. 北京: 人民文学出版社, 2014: 249-250.

② 鲁迅. 鲁迅全集: 编年版: 第2卷 [M]. 北京: 人民文学出版社, 2014: 360.

也掉进古文字堆中，"疑古玄同"了……

> "然而几个人既然起来，你不能说决没有毁坏这铁屋的希望。"
>
> 是的，我虽然自有我的确信，然而说到希望，却是不能抹杀的，因为希望是在于将来，决不能以我之必无的证明，来折服了他之所谓可有，于是我终于答应他也做文章了，这便是最初的一篇《狂人日记》。

首先是鲁迅因为自身经验而产生的对启蒙之梦的绝望，对希望本身的否定和怀疑；然而又由于自身的经验有限，所以对自身的经验产生怀疑，进而对启蒙之梦的绝望态度产生怀疑，由此才有了启蒙之梦的再次希望。但是这希望极微茫，而且会很快地在鲁迅不断穷根究底的追问中再度消失。

既然决定呐喊了，为什么不可以用其他的文体？要用小说这一文学样式呢？

我们大多能答出小说这一文体方式易于为广大读者接受，故事性强。其实用小说这一文体，鲁迅是有自己的思考的。1933 年他在《我怎么做起小说来》一文中说："做起小说来，总不免自己有些主见的。例如，说到'为什么'做小说罢，我仍抱着十多年前的'启蒙主义'，以为必须是'为人生'，而且要改良这人生。我深恶先前的称小说为'闲书'，而且将'为艺术的艺术'，看作不过是'消闲'的新式的别号。所以我的取材，多采自病态社会的不幸的人们中，意思是在揭出病苦，引起疗救的注意。"① 十多年前的鲁迅抱着启蒙主义的立场做起了小说。其实再往前追溯，梁启超曾在 1902 年倡导"小说界革命"，提出"欲新民，必自新小说始"② 的主张。而虽然鲁迅其时已经前往日本留学，但

---

① 鲁迅. 鲁迅全集：编年版：第 7 卷 [M]. 北京：人民文学出版社，2014：83.
② 梁启超. 梁启超全集：第二册 [M]. 北京：北京出版社，1999：886.

对于国内的先进思潮自然会有注意。所以鲁迅选择小说作为呐喊的方式，的确是有他自己的一份深思熟虑的，似乎是对梁启超号召的一种回应。怀抱启蒙主义的立场，达成"新民"的目的，于是小说就成为鲁迅启蒙的重要武器。

同时，"在我自己，本以为现在是已经并非一个切迫而不能已于言的人了，但或者也还未能忘怀于当日自己的寂寞的悲哀罢，所以有时候仍不免呐喊几声，聊以慰藉那在寂寞里奔驰的猛士，使他不惮于前驱。"这正应了 1932 年《〈自选集〉自序》中鲁迅说："大半倒是为了对于热情者们的同感。这些战士，我想，虽在寂寞中，想头是不错的，也来喊几声助助威罢。"①

由自己当初的寂寞之感遂生出对于同路人们的感怀，既是对自己青年时代的遥远回应，也是对现今青年呐喊的应答，使他们不至于太冷落，遭受了一如鲁迅当初的寂寞。

> 至于我的喊声是勇猛或是悲哀，是可憎或是可笑，那倒是不暇顾及的；但既然是呐喊，则当然须听将令的了，所以我往往不恤用了曲笔，在《药》的瑜儿的坟上平空添上一个花环，在《明天》里也不叙单四嫂子竟没有做到看见儿子的梦，因为那时的主将是不主张消极的。至于自己，却也并不愿将自以为苦的寂寞，再来传染给也如我那年青时候似的正做着好梦的青年。

鲁迅为什么要"不恤用了曲笔"？一则是因为"既然是呐喊，则当然须听将令的了"；二则不愿意把自己的黑暗和寂寞传染给做着好梦的青年。

正如 1925 年鲁迅给许广平写信自剖："我所说的话，常与所想的

---

① 鲁迅. 鲁迅全集: 编年版: 第 6 卷 [M]. 北京: 人民文学出版社, 2014: 819.

不同，至于何以如此，则我已在《呐喊》的序上说过：不愿将自己的思想，传染给别人。……我为自己和为别人的设想，是两样的。所以者何，就因为我的思想太黑暗，但究竟是是否真确，又不得而知，所以只能在自身试验，不敢邀请别人。"[1] 为别人计，所以要"删削些黑暗，装点些欢容，使作品比较的显出若干亮色"。[2] 为了给那些在寂寞里奔驰的猛士一些慰藉，鲁迅愿意呐喊，但同时也听从将令，不把自己内心黑暗的部分全部表露出来。至此，鲁迅明白了自己的命运，或者说是自身的定位：自己不是振臂一呼应者云集的英雄，而是"听从将令"的呐喊者。深味过梦破灭的悲凉后，鲁迅依旧对热血青年怀有热忱，希望自己的呐喊能够给予他们以力量和慰藉，这就有点接近于其在《我们现在应该怎样做父亲》中的角色定位了："肩住了黑暗的闸门，放他们到宽阔光明的地方去；此后幸福的度日，合理的做人。"[3]

许广平回应："虽则先生自己所感觉的是黑暗居多，而对于青年，却处处给予一种不退走，不悲观，不绝望的诱导，自己也仍以悲观作不悲观，以无可为作可为，向前的走去。"[4] 鲁迅自己也说："我的作品，太黑暗了，因为我常觉得惟'黑暗与虚无'乃是'实有'……我终于不能证实：惟黑暗与虚无乃是实有。所以我想，在青年，须是有不平而不悲观，常抗战而亦自卫。"[5] 鲁迅因为对现实社会清醒的认知，于是对社会就有了深刻的洞察，而这份认知与洞察让他深知改变的艰难，甚至是无法改变的。这指向的是绝望。但是他又从另外一个方面对自己的绝望产生了怀疑，只要去做，或许就有一点点光亮，所以他又决定去做点事，去写文章，这其实就是鲁迅式的抗争，是绝望的抗争，是反抗绝望。鲁迅说"我以为绝望而反抗者难，比因希望而战斗者更勇猛，更

① 鲁迅. 鲁迅全集：编年版：第 3 卷 [M]. 北京：人民文学出版社，2014：534-535.
② 鲁迅. 鲁迅文集·杂文卷 [M]. 武汉：华中科技大学出版社，2014：12.
③ 鲁迅. 鲁迅全集：编年版：第 1 卷 [M]. 北京：人民文学出版社，2014：737.
④ 鲁迅. 鲁迅全集：编年版：第 3 卷 [M]. 北京：人民文学出版社，2014：469.
⑤ 鲁迅. 鲁迅全集：编年版：第 3 卷 [M]. 北京：人民文学出版社，2014：466.

悲壮"①。鲁迅真是绝望到极致却也反抗到极致，他是一个真的猛士，敢于直面惨淡的人生，敢于正视淋漓的鲜血。

拓展阅读

① 鲁迅:《我怎么做起小说来》,选自《鲁迅全集（编年版）》,人民文学出版社, 2014 年。
② 鲁迅:《两地书》,选自《鲁迅全集（编年版）》,人民文学出版社, 2014 年。
③ 鲁迅:《朝花夕拾》,选自《鲁迅全集（编年版）》,人民文学出版社, 2014 年。

思考题

1. 你赞同鲁迅对于中国社会"铁屋子"的认识吗？为什么？
2. 鲁迅在《希望》之中写:"绝望之于虚妄正与希望相同";《故乡》中鲁迅说:"地上本没有路,走的人多了,也便成了路";鲁迅在这篇序言中说:"希望是在于将来"。你怎么理解这三处的"希望"？并谈谈你对"希望"的认识。

---

① 鲁迅. 鲁迅全集: 编年版: 第 3 卷 [M]. 北京: 人民文学出版社, 2014: 490-491.

珂勒惠支：妇人为死亡所捕获
铜版画
原作尺寸不详
1910 年

第十二讲
无聊生者在『祝福』中不生

麻木的群众集体无意识地杀死了祥林嫂，

他们并不知道自己原来竟是杀人的凶手；

先觉者"我"努力过，挣扎过，痛苦过，

最终选择了逃离与自我麻醉。

如果连先觉者都对祥林嫂的悲剧无可奈何，那么，希望又在哪里？

一、祥林嫂

一提到《祝福》，首先令人想到的人物就是祥林嫂。那么在小说中祥林嫂究竟经历了怎样的人生呢？根据文章内容，按照时间顺序，我们来为祥林嫂列一个年表，然后再写一个小传。

通读小说《祝福》，按照时间顺序梳理情节，我们会对主人公祥林嫂的人生有一个较为明晰的了解，对她每个时期所遇到的人、事以及她的生存处境有更深入的分析。祥林嫂的年表如下：

二十六七岁以前——与祥林结婚。

二十六七岁——春上死了丈夫。冬初逃到鲁镇做工。

二十七八岁——春上改嫁。年底生阿毛。

二十八九岁——丈夫患伤寒死去。

三十或三十一岁——四岁的阿毛春上被狼衔去。秋天又回到鲁镇做工。年关时很闲，只烧火。年底在柳妈建议下去土地庙捐门槛。

三十一二岁——近秋到土地庙捐门槛。祭祀时仍不能拿酒杯和筷子。

三十二三岁——头发花白，记忆尤其坏。

三十三四岁——可能被赶出鲁四老爷家。

三十七八岁——腊月二十四夜里或二十五凌晨离开人世。

依照年表，结合小说中的情节，为祥林嫂写一个小传，如下：

祥林嫂，嫁给卫家山人卫祥林。母家不详，夫家以打柴为生。其夫小其十岁左右，然罹不幸，某年春死。家中婆婆三十多岁，为人严厉，又有一小叔，年仅十余岁。

祥林嫂约二十六七岁时，冬初瞒过夫家，逃离卫家山，经中人卫婆子介绍，赴鲁镇鲁四老爷家打工。其模样周正，手脚壮大，顺眼缄默，似安分耐劳者，又兼勤恳肯干，故留于鲁四老爷府，每月工钱五百文。

祥林嫂以勤快而名于鲁镇，不惜力气，年下扫尘洗地，杀鸡宰鹅，预备福礼，俱是一人担当，男子犹且逊之。得人称赞，祥林嫂亦喜悦之。

　　新年以后，一日祥林嫂于河边淘米时发现夫家有人来寻，后其婆婆登门，结算工钱，又有夫家男子驾船劫其而去。后祥林嫂被迫嫁与贺家墺贺老六，得彩礼八十千，遂能为其原夫家小叔娶妻。然祥林嫂抗婚，新婚之日大闹，一路嚎哭，喉咙沙哑，拜堂之时一头触于香案之上，头破血流，然不敌众人制服，终于得入洞房。年底得一子，名阿毛。

　　然天有不测风云，其再嫁之夫贺老六染风寒而死；大约二年后，其子阿毛，又不幸被狼衔去，食空五脏。噩运连踵，祥林嫂为谋生计，只得再寻卫婆子而赴鲁镇，仍在鲁四老爷家为女工。

　　祥林嫂原以勤快见用，然此番再来，境遇大变，手脚迟缓，记性亦坏，东家已然不满。又因丧子心痛，故而见人常常复述之，起初尤博得众人同情，然日久则厌之。东家重视祭祀，但祥林嫂本是再嫁之身，两任丈夫一个孩子接连死去，以为其克夫克子，是不祥之身，准备年货等事均不令其插手，祥林嫂讪讪而退，疑惑不解。

　　后鲁四老爷家有佣工柳妈，与祥林嫂闲谈之时劝其捐一门槛供人践踏以赎罪，祥林嫂次日便赴镇西土地庙，求捐门槛，苦求方许，价目大钱十二千。然柳妈将其伤疤作谈资，广为散播，为人嘲笑益甚。祥林嫂一心求捐，故不置理会，约一年后始积攒得十二元鹰洋，如愿捐得门槛，好似得赦。

　　冬至之时又备祭礼，祥林嫂依旧不许插手，方知门槛一事并不在人们心中作数。此后精神益发不济，白日尤且惴惴，做事伶俐全无。终于为东家遣走，沦为乞丐之流。

　　祥林嫂四十岁上下时头发已然全白。瘦削不堪，脸色黄中带黑，虽有气息，与木偶无异。一日于途中遇在外谋食回乡的"我"，问其人死以后有魂灵否，"我"支吾难言，终答曰有；又问有地狱否，不置有否。腊月二十四日夜里或二十五日凌晨，于"祝福"前夕，祥林嫂离开人世。

在祥林嫂的一生中，有三件事情极为重要：改嫁、阿毛之死、捐门槛。

（一）改嫁

> "这有什么依不依。——闹是谁也总要闹一闹的；只要用绳子一捆，塞在花轿里，抬到男家，捺上花冠，拜堂，关上房门，就完事了。可是祥林嫂真出格，听说那时实在闹得利害，大家还都说大约因为在念书人家做过事，所以与众不同呢。太太，我们见得多了：回头人出嫁，哭喊的也有，说要寻死觅活的也有，抬到男家闹得拜不成天地的也有，连花烛都砸了的也有。祥林嫂可是异乎寻常，他们说她一路只是嚎，骂，抬到贺家墺，喉咙已经全哑了。拉出轿来，两个男人和她的小叔子使劲的擒住她也还拜不成天地。他们一不小心，一松手，阿呀，阿弥陀佛，她就一头撞在香案角上，头上碰了一个大窟窿，鲜血直流，用了两把香灰，包上两块红布还止不住血呢。直到七手八脚的将她和男人反关在新房里，还是骂，阿呀呀，这真是……。"她摇一摇头，顺下眼睛，不说了。

祥林嫂的改嫁可谓惊心动魄：作为新娘子，是用绳子捆了，塞在花轿里，一路上只是号叫和咒骂，甚至于嗓子全哑了；拜不成天地，一头撞在香案角上，碰出了一个大窟窿，鲜血直流，依然还只是骂。纵观祥林嫂整个改嫁过程：从她被婆婆带着人在鲁四老爷家绑走，被婆婆许给贺老六，被嫁到贺家墺，出嫁路上和成亲过程中的反抗，她都是欲自主而不得的，都是被动的。

那么卫老婆子、四婶、鲁四老爷，他们是如何看待祥林嫂的改嫁的？

"她么？"卫老婆子高兴的说，"现在是交了好运了。她婆婆来抓她回去的时候，是早已许给了贺家墺的贺老六的，所以回家之后不几天，也就装在花轿里抬去了。"

　　"阿呀，这样的婆婆！……"四婶惊奇的说。

　　"阿呀，我的太太！你真是大户人家的太太的话。我们山里人，小户人家，这算得什么？她有小叔子，也得娶老婆。不嫁了她，那有这一注钱来做聘礼？他的婆婆倒是精明强干的女人呵，很有打算，所以就将她嫁到里山去。倘许给本村人，财礼就不多；惟独肯嫁进深山野墺里去的女人少，所以她就到手了八十千。现在第二个儿子的媳妇也娶进了，财礼花了五十，除去办喜事的费用，还剩十多千。吓，你看，这多么好打算？……"

　　"祥林嫂竟肯依？……"

　　卫老婆子对祥林嫂改嫁习以为常，因为卫老婆子就是来自山里的小户人家，改嫁的事情见得多。不仅习以为常，而且还佩服祥林嫂婆婆的精明，因为把祥林嫂嫁进深山野墺里，得到了八十千，不仅能为第二个儿子把媳妇娶进门，除去一切费用，还能剩下十多千。

　　四婶很惊奇，"阿呀，这样的婆婆！……""祥林嫂竟肯依？……"在大户人家的四婶看来，女子怎么可以改嫁呢？而婆婆不仅不让儿媳妇守寡，竟然还逼着她改嫁？祥林嫂竟然就同意改嫁？这一切都出乎四婶的意料。

　　四叔在祥林嫂第一次来做工时就皱过眉头，而且在祥林嫂被婆婆捆绑抓回去后，四叔说过一句"然而……"，第二次重来做工的时候，鲁四老爷也照例皱过眉头，并且告诫这种人是伤风败俗的。

　　可以说，卫老婆子、四婶、鲁四老爷对祥林嫂改嫁这件事并不关心，只是祥林嫂多少关涉他们的利益。他们在谈及祥林嫂改嫁这件事时要么作为谈资，比如卫老婆子；要么本能地维护自己固有的观念，比如鲁四老爷和四婶。所以没有人真正关心祥林嫂改嫁这件事。这也可以理解，毕竟事不关己。对于祥林嫂的改嫁，四叔是伪道学家式的批评反对，四婶是惊讶不解式的反对，卫老婆子是习以为常并觉得她改嫁交了好运。那么祥林嫂是如何看待自己的改嫁呢？按照卫老婆子的话，"祥林嫂真出格""与众不同""异乎寻常""实在闹得利害"。祥林嫂如此反抗不正合乎所有人的期待吗？符合四婶、柳妈的认知，尤其符合鲁四老爷的道学准则，为什么他要嫌弃她、厌恶她呢？所以，我说他对祥林嫂改嫁这件事并不关心，只是要找一个弱小的人来证明自己的道德优越感。

祥林嫂如此执着地反抗，给她带来的是什么？

"后来呢？"

"后来？——起来了。她到年底就生了一个孩子，男的，新年就两岁了。我在娘家这几天，就有人到贺家墺去，回来说看见他们娘儿俩，母亲也胖，儿子也胖；上头又没有婆婆；男人所有的是力气，会做活；房子是自家的。——唉唉，她真是交了好运了。"

从此之后，四婶也就不再提起祥林嫂。

祥林嫂拼命反抗的，却让她交了好运。

而祥林嫂竭力维护的给她带来无尽的伤害——祥林嫂之前拼尽死力要去维护的是什么呢？是一女不嫁二夫的观念，是为已经去世的丈夫守寡，然而强势而且精明的婆婆并不愿意她如此，因为婆婆要把她作为物品卖了，从而赚取小叔子的聘礼钱。

说明了什么？说明当时社会竭力宣扬的东西恰恰是不合理的。而愚弱的祥林嫂以及小说中不明就里的人们以自己的方式依旧维持着这些不合理。

（二）阿毛之死

"我真傻，真的，"祥林嫂抬起她没有神采的眼睛来，接着说。"我单知道下雪的时候野兽在山墺里没有食吃，会到村里来；我不知道春天也会有。我一清早起来就开了门，拿小篮盛了一篮豆，叫我们的阿毛坐在门槛上剥豆去。他是很听话的，我的话句句听；他出去了。我就在屋后劈柴，淘米，米下了锅，要蒸豆。我叫阿毛，没有应，出去一看，只见豆撒得一地，没有我们的阿毛了。他是不到别家去玩的；各处去一问，果然没有。我急了，央人出去寻。直到下半天，寻来寻去寻到山墺里，看见刺柴上挂着一只他的小鞋。大家都说，糟了，怕是遭了狼了。再进去；他果然躺在草窠里，肚里的五脏已经都给吃空了，手上还紧紧的捏着那只小篮呢。……"

这段话在小说中，几乎完整重复了两次；此外话刚开头没说完的还有两次。为什么作者要让祥林嫂重复地讲阿毛的故事？

首先，祥林嫂不厌其烦地向人讲述自己的悲惨故事，正说明她几乎被生活的悲苦给击垮了；其次，更重要的是在考察周围人在听完阿毛的故事后，是如何对待祥林嫂的。卫老婆子领着祥林嫂再次来到鲁四老爷家的时候，"四婶起初还踌蹰，待到听完她自己的话，眼圈就有些红了"。无论是卫老婆子，还是四婶，对祥林嫂都给予了同情，而且一个帮忙推荐活计，一个收留了她，算是给祥林嫂以实际的帮助。然而祥林嫂这一回的改变很大，手脚不如之前灵活，记性也坏，脸上整日没有笑容，四婶慢慢有些不满。镇上的人还和祥林嫂讲话，但是音调已经不同，笑容也是冷冷的。但祥林嫂不理会，仍和大家讲阿毛的故事：

这故事倒颇有效，男人听到这里，往往敛起笑容，没趣的走了开去；女人们却不独宽恕了她似的，脸上立刻改换了鄙薄的神气，还要陪出许多眼泪来。有些老女人没有在街头听到她的话，便特意寻来，要听她这一段悲惨的故事。直到她说到呜咽，她们也就一齐流下那停在眼角上的眼泪，叹息一番，满足的去了，一面还纷纷的评论着。

　　"这故事倒颇有效。""故事"，一般是指引发人兴致的事件。祥林嫂唯一的儿子阿毛被狼叼走吃了，在众人看来这是一个故事，听众在祥林嫂的讲述中兴致被激发，借此故事可以打发无聊；而且鲁迅说"有效"，自己的悲惨遭遇需要在别人那里获得"效果"吗？所以众人在听祥林嫂讲故事的时候，含有满足自己需求的意味。

　　钱理群在《〈祝福〉："我"的故事和祥林嫂的故事》中说："在我看来，《祝福》中最惊心动魄的场面，无疑是村里的男人女人们从四面八方'寻来'听（看）祥林嫂讲述她的阿毛被狼吃了的悲惨故事。"[1] 为什么这是《祝福》中最惊心动魄的场面？

　　"改换了鄙薄的神气""陪出许多眼泪"，祥林嫂是改嫁过的女人，是被人看不起的，然而她的遭遇特别悲惨，故事很吸引人，所以"陪"着流泪。但"陪"表明人们并不是真正为祥林嫂的悲惨遭遇所感动，在意的是故事的传奇性、曲折性，而不是现实中的不幸的人。许多老女人"特意寻来""一齐流下那停在眼角上的眼泪""叹息一番""满足的去了""纷纷的评论着"，老女人们也真够无聊，不然也不会"特意"寻到祥林嫂，"停在眼角上的眼泪"，是不是说明老女人们来之前，就已经准备好哭一场？"满足""评论"表现出来的是老女人们在鉴赏别人的痛苦。鲁迅以讽刺的笔墨表现老女人们的空虚麻木。

---

① 钱理群. 中学语文教材中的鲁迅作品解读 [M]. 桂林：漓江出版社，2014：130.

她就只是反复的向人说她悲惨的故事，常常引住了三五个人来听她。但不久，大家也都听得纯熟了，便是最慈悲的念佛的老太太们，眼里也再不见有一点泪的痕迹。后来全镇的人们几乎都能背诵她的话，一听到就烦厌得头痛。

　　"我真傻，真的，"她开首说。

　　"是的，你是单知道雪天野兽在深山里没有食吃，才会到村里来的。"他们立即打断她的话，走开去了。

　　……

　　后来大家又都知道了她的脾气，只要有孩子在眼前，便似笑非笑的先问她，道：

　　"祥林嫂，你们的阿毛如果还在，不是也就有这么大了么？"

　　但所有人对祥林嫂的故事都听得"纯熟了"，于是他们"一听到就烦厌得头痛""他们立即打断她的话，走开去了""似笑非笑的先问她"。之前是"有效"，听者"津津有味"，而今呢？但阿毛的故事被鉴赏完毕之后，这个故事就该结束了。然而祥林嫂并不知道，她的故事"早已成为渣滓，只值得烦厌和唾弃"。

　　那么祥林嫂为什么要不厌其烦地讲阿毛的故事？

　　祥林嫂太不幸了，她几乎失去了生活的希望；她太孤独了，她希望自己的诉说能够获得别人的同情，哪怕只有陌生的听众，也是对孤独的排遣。《明天》中单四嫂子在失去唯一的儿子宝儿后，所有人都离开了，她前所未有地感觉到屋子的大、空，她觉得所有的空间都朝自己拥挤出来，压得自己难以呼吸。祥林嫂大约也是如此，但祥林嫂还在寻找听众去诉说阿毛的故事，说明她的内心还没有完全变成石头，她还渴求改变，渴求温暖。然而，她渴求的一切大约是难以实现的，别人回予她的多是烦厌和唾弃。

　　在鲁迅1926年发表的《聪明人和傻子和奴才》中奴才隔三岔五地

找人诉苦，在诉苦的过程中奴才的痛苦得到了缓解，于是又能忍受困苦不堪的生活。在不断重复的诉苦之下，诉苦的内容变得纯熟而且富有韵脚，似乎有了音乐性，诉苦者的"苦"已经不太重要了，更其重要的是"诉"。祥林嫂在一遍又一遍的讲述过程中，是不是取悦了别人的同时，也可能纾解了自己的痛苦？

那么，如果你身边也有这样的一个祥林嫂，她总是拉着你诉说阿毛的故事，你会如何？你会不会"陪"着流泪？你会不会叹息一番，满足地离去？你会不会在听得耳朵都起茧子的时候主动避开祥林嫂？你会不会打断她的诉说？你会不会"似笑非笑的"逗她？

平心静气地说，祥林嫂逮谁跟谁讲述阿毛的故事，反复地诉说的确会使这个故事的悲惨性减弱；相比起我们阅读祥林嫂第一次讲述阿毛的故事的时候，第二次再阅读几乎相同的文字的时候是不是就有了快速浏览甚至跳过这段文字的念头？所以，群众对熟稔的故事失去兴趣，绕开祥林嫂走，也许是有其合理性的，但不等于说可以粗暴地打断，可以似笑非笑地拿祥林嫂寻开心，可以"特意寻来"听祥林嫂的故事、流自己的眼泪。

（三）额角上的伤痕

"我问你：你额角上的伤痕，不就是那时撞坏的么？"

"唔唔。"她含胡的回答。

"我问你：你那时怎么后来竟依了呢？"

"我么？……"

"你呀。我想：这总是你自己愿意了，不然……。"

"阿阿，你不知道他力气多么大呀。"

"我不信。我不信你这么大的力气，真会拗他不过。你后来一定是自己肯了，倒推说他力气大。"

"阿阿，你……你倒自己试试看。"她笑了。

柳妈的这次转移话题，竟然让祥林嫂笑了。原来柳妈提起的话题是祥林嫂和第二个丈夫的事。祥林嫂笑了，说明祥林嫂在反抗之后接受了贺老六，而且贺老六和她生了一个孩子，让她"交了好运"。这段生活应该是给了祥林嫂一生中少有的幸福和家的温暖。可惜这样的好运随着丈夫和孩子的死消失了，她被贺家赶出家门，连个落脚的地方也没有。"额角上的伤痕"是祥林嫂反抗的见证，却也是祥林嫂幸福人生的开始，身体的"不幸"与生活的"幸福"构成了矛盾，这就成了反讽。但这个"额角上的伤痕"很快成为了祥林嫂"心灵的伤痕"。

首先是：

> 自从和柳妈谈了天，似乎又即传扬开去，许多人都发生了新趣味，又来逗她说话了。至于题目，那自然是换了一个新样，专在她额上的伤疤。
>
> "祥林嫂，我问你：你那时怎么竟肯了？"一个说。
>
> "唉，可惜，白撞了这一下。"一个看着她的疤，应和道。
>
> 她大约从他们的笑容和声调上，也知道是在嘲笑她，所以总是瞪着眼睛，不说一句话，后来连头也不回了。她整日紧闭了嘴唇，头上带着大家以为耻辱的记号的那伤痕，默默的跑街，扫地，洗菜，淘米。

祥林嫂又成为大家新的笑料，又有了鉴赏的价值和意义，于是发生了"新趣味，又来逗她说话了"。祥林嫂从笑容和声调上感受到了嘲笑，只能"瞪着眼睛""整日紧闭了嘴唇"。"紧闭"不仅描写出祥林嫂处于没有反驳的能力，只能沉默的困苦境地，同时也意味着祥林嫂作为封建礼教的犯规者，她已经失去了辩护的权利，别人也不允许她有这样的权利。祥林嫂是有罪的，她只能默默地承受，以谦卑的近乎麻木的方式接受惩罚。一个微如尘芥的生命，"耻辱"地默默地活着。

第一次祥林嫂来到鲁四老爷家做工的时候，由中人卫老婆子向四婶推荐，祥林嫂"只是顺着眼，不开一句口"；第二次来鲁四老爷家做工的时候，中人卫老婆子还没有说完话，祥林嫂就插嘴开始向四婶讲述"阿毛"被狼叼走的事；第三次就是这一回，她"紧闭了嘴唇"。祥林嫂初来鲁镇，况且是逃出来的，低眉顺眼，不说一句话，符合其求职的身份。之后她少说话多做事，很满足于这样的生活。第二次，改嫁后，第二个丈夫和孩子都死了，被贺老六的哥哥赶出来，所受到的刺激太大；况且熟门熟路，见到四婶，祥林嫂竟主动诉苦了。相较于第一次，生活加诸祥林嫂身上的痛苦更大更深，她的精神大约不太正常了，不断重复"阿毛"的故事。这时候讲一讲"阿毛"的故事，也可以博取他人的同情；而额上的伤疤乃是为人所不齿的，所以只能紧闭了嘴唇。

祥林嫂的话从少到多，再从多到少，恰好可以反映出其生活境遇的巨大变化，也借此看出在巨大生活变故中她的精神状态的变化。

其次，是柳妈告诉了祥林嫂一个秘密：

> "祥林嫂，你实在不合算。"柳妈诡秘的说。"再一强，或者索性撞一个死，就好了。现在呢，你和你的第二个男人过活不到两年，倒落了一件大罪名。你想，你将来到阴司去，那两个死鬼的男人还要争，你给了谁好呢？阎罗大王只好把你锯开来，分给他们。我想，这真是……。"
>
> 她脸上就显出恐怖的神色来，这是在山村里所未曾知道的。
>
> "我想，你不如及早抵当。你到土地庙里去捐一条门槛，当作你的替身，给千人踏，万人跨，赎了这一世的罪名，免得死了去受苦。"

祥林嫂不知道还有这样可怕的大罪名，不仅要这一世受苦，到了阴间竟然还要被阎罗大王锯开来。柳妈的知识普及给祥林嫂带来了无可估量的内心伤痕，让祥林嫂意识到自己的改嫁不仅在鲁镇被人嫌弃，在阴间还要被安上大罪名。为"免得死了去受苦"，她就得按照柳妈的指示捐门槛，从而洗清身上的罪孽，这让祥林嫂又一次燃起生活的希望。但后一次希望的破灭总比前一次希望的破灭带给人的痛苦更深一些，小说中祥林嫂正是因为捐完门槛后，在鲁镇的境遇仍然没有改变，希望再一次破灭，之后她很快就死了。

（四）三次祥林嫂的肖像描写

第一次：

> 头上扎着白头绳，乌裙，蓝夹袄，月白背心，年纪大约二十六七，脸色青黄，但两颊却还是红的。……但看她模样还周正，手脚都壮大，又只是顺着眼，不开一句口，很像一个安分耐劳的人，便不管四叔的皱眉，将她留下了。

第二次：

> 她仍然头上扎着白头绳，乌裙，蓝夹袄，月白背心，脸色青黄，只是两颊上已经消失了血色，顺着眼，眼角上带些泪痕，眼光也没有先前那样精神了。

第三次：

> 五年前的花白的头发，即今已经全白，全不像四十上下的人；脸上瘦削不堪，黄中带黑，而且消尽了先前悲哀的神色，仿佛是木刻似的；只有那眼珠间或一轮，还可以表示她是一个活物。

她一手提着竹篮。内中一个破碗，空的；一手拄着一支比她更长的竹竿，下端开了裂：她分明已经纯乎是一个乞丐了。

"脸色青黄，但两颊却还是红的""脸色青黄，只是两颊上已经消失了血色""脸上瘦削不堪，黄中带黑……仿佛是木刻似的"。在对照下，祥林嫂的脸色，从两颊还是红的到消失了血色；从青黄的脸色到黄中带黑；从最开始"模样还周正"，到"已经纯乎是一个乞丐了"。祥林嫂的境遇越来越糟糕，她的脸色也越来越差。

此外，这三次肖像描写着重于祥林嫂眼睛的变化，祥林嫂的眼睛从第一次"顺着眼"到第二次出场时"眼角上带些泪痕，眼光也没有先前那样精神了"，不难看出，前者表现了祥林嫂安分耐劳的特点，后者则是她在人生路上遭受惨重打击，内心痛苦而又难以表达的外在表现。而第三次"只有那眼珠间或一轮，还可以表示她是一个活物"，表明她在长期严重的打击与折磨下，已陷入极度悲哀，内心的痛苦已无法表露，精神已经完全麻木了。而当她向"我"发问时，"那没有神采的眼睛忽然发光了"，这"发光"是在长期痛苦的思索中，所产生的希望。祥林嫂对于灵魂有无的执着追问，说明她特别在乎这个答案。为什么？灵魂如果有，那么祥林嫂就能在死后与丈夫孩子团聚，就能不被两个丈夫撕成两半，就能告别尘世的苦难后获得阴间的幸福。然而，既然鲁镇的人都说有所谓的灵魂，那么在捐完门槛后为什么自己还被嫌弃？祥林嫂感到迷惑了，不解了，她行为上的努力并没有让周围人在对她的态度上有所改变，于是对于灵魂的"有"感到迟疑了。于是问"我"，但"我"也无法给她一个令其满意的答案。当她连这一点点希望——灵魂的有——都无法实现的时候，就只有在人们的这一片祝福声中告别人间了。

这三次肖像描写是祥林嫂身体上逐渐衰老渐趋死亡的过程，也是祥林嫂精神上从希望到绝望，渐趋死亡的过程。

二、鲁镇环境

（一）鲁四老爷家的环境

> ……虽说故乡，然而已没有家，所以只得暂寓在鲁四老爷的宅子里。他是我的本家，比我长一辈，应该称之曰"四叔"，是一个讲理学的老监生。他比先前并没有什么大改变，单是老了些，但也还未留胡子，一见面是寒暄，寒暄之后说我"胖了"，说我"胖了"之后即大骂其新党。但我知道，这并非借题在骂我：因为他所骂的还是康有为。但是，谈话是总不投机的了，于是不多久，我便一个人剩在书房里。
>
> ……我回到四叔的书房里时，瓦楞上已经雪白，房里也映得较光明，极分明的显出壁上挂着的朱拓的大"寿"字，陈抟老祖写的，一边的对联已经脱落，松松的卷了放在长桌上，一边的还在，道是"事理通达心气和平"。我又无聊赖的到窗下的案头去一翻，只见一堆似乎未必完全的《康熙字典》，一部《近思录集注》和一部《四书衬》。

鲁四老爷是一个"讲理学的老监生"，所谓"理学"，是指两宋以来朱熹、王阳明等人开创的哲学流派，也称"道学"，以儒家为中心，融合佛道。到元明清往往被统治阶级利用，比较为人所熟知的就是"存天理，灭人欲"。鲁四老爷跟"我"寒暄完之后，立马大骂新党，骂康有为。鲁四老爷的"骂"，既可以认为鲁四老爷连康有为这种早已成为历史陈迹的保皇党都要痛骂，真是反动之极；我们也可以认为，鲁四老爷不知道洞中才一日，世上早已千年，完全不知外面的世界早就大变，康有为、新党早就成为过去式，反映出他所过的不过是闭塞、枯燥的生活。所以在"我"眼中，鲁四老爷"单是老了些"。

再来看鲁四老爷的书房，"朱拓的大'寿'字，陈抟老祖写的"，陈抟老祖是道教人物。"一边的对联已经脱落，松松的卷了放在长桌上。"既非人为损坏而是"脱落"，说明对联已十分衰朽。对联的一边写的是"事理通达心气和平"，另外一联是"品节详明德性坚定"，然而脱落了，是不是说"品节""德性"恰恰是鲁四老爷缺乏的。而"事理通达心气和平"，与小说中鲁四老爷时常的皱眉和诅咒，构成了反讽。而书房里的两本书，"一堆似乎未必完全的《康熙字典》，一部《近思录集注》和一部《四书衬》"，这些都不过是儒学的入门书籍而已，作为老监生，所读的不过是这些入门的书籍，可见得他并没有什么学问。那我们可不可以理解鲁四老爷家已经脱落的对联和入门的儒学书籍也"单是老了些"。

到第二天、第三天，"我"出去看了几个本家和朋友，"他们也都没有什么大改变，单是老了些"。又是"单是老了些"。

那么，在这两段文字中，写到了两次"单是老了些"。"单是"意味着其他方面并没有多少改变，不过相较之前"老了些"。骂的还是康有为，读的还是《近思录集注》和《四书衬》，翻的还是未必完全的《康熙字典》。就连杀鸡、宰鹅、点香烛、放鞭炮的祝福大礼也是"年年如此，家家如此""今年自然也如此"，决无半点改变。人们一茬一茬地出生，又一茬一茬地老去，老去的生命似乎只是为了祭奠给如流岁月。历史犹如白云苍狗般诡谲和灵动，但这诡谲、灵动的历史却与鲁镇没有任何干系。

面对这沟凝滞得连绝望都不知从何说起的死水，"我"怎能不起无言的哀戚？更何况在祝福大典的狂欢氛围的烘衬下，死水越发显出掀不起半点涟漪地惨淡，"我"怎能不感到窒息？所以，"无论如何，我明天决计要走了"。

"我"虽说是回乡过旧历的新年，"然而已没有家"，这是不是意味着"我"是长年在外奔波的一个人，相较于鲁镇的一成不变，外部世界种种扑面而来的变化，可能使"我"较少意识到岁月的流逝，而一旦和一成不变的鲁镇相逢，才会明显地意识到鲁镇的"老"。

某种意义上说，"我"生活在"岁月"之外。鲁镇既然是"我"的故乡，那么，"我"在鲁镇长大，鲁镇的人、物甚至这个小镇本身都深深织进了"我"的肌理，所以当"我"回到故乡，鲁镇是陌生的，又是熟悉的，就形成了"我"的一面镜子。当"我"飘荡多年后还乡，重新站到这面镜子前，才猛然发现鲁四老爷等竟已如此苍老。岁月公平地使万事万物颓圮、衰朽，谁都无法逃避。而这个"老去"不单指容颜上的老，更其重要的是思想上的陈腐不变，是日复一日维持旧有的一切。如果"我"还在鲁镇待着，会不会受到鲁四老爷一样人物的熏染？所以"无论如何，我明天决计要走了"。

下文中"我"问短工祥林嫂怎么了，他回答："老了。""我"大惊失色："死了？""老"原来还有另一层涵义——死亡。我们不得不渐渐老去，也不得不渐渐走近死亡，生命甚至就是死亡的进行时。鲁镇这面镜子太清晰了，一下子照出了生命的虚无，把"我"从在世之烦中惊醒，让"我"意识到"老"处于正在进行时，而祥林嫂的"老了"则让"我"震惊甚至内疚。这样本真的领悟是灼人的，所以，"我"屡屡说："无论如何，我明天决计要走了。"也许只有闪避才能让"我"忘记逼上心头的震悚和恐惧。

> "不早不迟，偏偏要在这时候，——这就可见是一个谬种！"
> ……
> "祥林嫂？怎么了？"我又赶紧的问。
> "老了。"
> "死了？"我的心突然紧缩，几乎跳起来，脸上大约也变了色，但他始终没有抬头，所以全不觉。我也就镇定了自己，接着问：
> "什么时候死的？"

"什么时候？——昨天夜里，或者就是今天罢。——我说不清。"

　　"怎么死的？"

　　"怎么死的？——还不是穷死的？"他淡然的回答，仍然没有抬头向我看，出去了。

　　这是祥林嫂死后，鲁四老爷、短工以及"我"的反应。鲁四老爷很生气，因为祝福是鲁镇最为重要的日子之一，偏偏祥林嫂死了，在新年大喜的时候死了，因此就是"谬种"。短工对于"我"的问话，回答得异常冷静，答话简短干脆，答话越短，语气越促，就越是显示出短工的不耐烦，仿佛谈论的不是一个人死去，而是一件平常的琐事。"淡然"以及他的反问句"怎么死的？——还不是穷死的？"可见祥林嫂的死并不能引起短工的任何怜悯，到底还是漠不关心。只有"我"，先是"诧异"，而后是"不安"。

　　鲁四老爷的态度似乎是一以贯之的：

　　　　四叔皱了皱眉，四婶已经知道了他的意思，是在讨厌她是一个寡妇。但是她模样还周正，手脚都壮大，又只是顺着眼，不开一句口，很像一个安分耐劳的人，便不管四叔的皱眉，将她留下了。试工期内，她整天的做，似乎闲着就无聊，又有力，简直抵得过一个男子，所以第三天就定局，每月工钱五百文。

　　　　……

　　　　"可恶！然而……"四叔说。

　　　　……

　　　　"祥林嫂，你放着罢！我来拿。"四婶又慌忙的说。

　　　　……

　　　　"你放着罢，祥林嫂！"四婶慌忙大声说。

祥林嫂是寡妇，是改嫁过的女人，所以被嫌弃。当她有力量简直抵得过一个男子的时候，尽管被皱眉，至少还可勉强被接纳；当她力气也没有了，即使捐过门槛，主动干活，也是不允许参与到"祝福"中去。

鲁四老爷在整篇小说中说得最多的话是"可恶"；做得最多的一个动作是"皱眉"。"可恶"既是针对康有为等新党的，也是针对祥林嫂这个旧时代维护者的；"皱眉"则几乎都奉送给了祥林嫂。这与鲁四老爷书房挂的那一半对联两相对照，似乎就能听到那一半对联发出的嘲笑声。

（二）鲁镇的环境

> 旧历的年底毕竟最像年底，村镇上不必说，就在天空中也显出将到新年的气象来。灰白色的沉重的晚云中间时时发出闪光，接着一声钝响，是送灶的爆竹；近处燃放的可就更强烈了，震耳的大音还没有息，空气里已经散满了幽微的火药香。
>
> …………
>
> 我给那些因为在近旁而极响的爆竹声惊醒，看见豆一般大的黄色的灯火光，接着又听得毕毕剥剥的鞭炮，是四叔家正在"祝福"了；知道已是五更将近时候。我在蒙胧中，又隐约听到远处的爆竹声联绵不断，似乎合成一天音响的浓云，夹着团团飞舞的雪花，拥抱了全市镇。我在这繁响的拥抱中，也懒散而且舒适，从白天以至初夜的疑虑，全给祝福的空气一扫而空了，只觉得天地圣众歆享了牲醴和香烟，都醉醺醺的在空中蹒跚，豫备给鲁镇的人们以无限的幸福。

新年的气象：爆竹声，空气中幽微的火药香，团团飞舞的雪花。这样的"繁响"拥抱了整个鲁镇，也包括外来者"我"，但是唯有祥林嫂，在祝福的前夜孤寂地死去，她不属于鲁镇，也不属于"祝福"。

（三）社会环境

尽管已经"辛亥革命"好多年了，然而社会并没有产生多大的改变。像鲁镇这样的中国乡土依旧是封建思想笼罩。高远东在《〈祝福〉：儒道释"吃人"的寓言》中说《祝福》展现了"以儒道释三教构成的'鲁镇社会'将她逐渐吞噬的清晰过程和思想图景"①。

封建礼教、封建迷信就足以断送掉一个正常人的生命。如果说祥林嫂第一次到鲁家，鲁四老爷还让她参与祭祀是给以她希望，那么第二次再到鲁家，不让其参与任何与祭祀有关的事务，无疑是把祥林嫂推向了死亡的边缘。我们从表面上看是鲁家不让其参与祭祀，实际上是吃人的封建礼教。"理学"观念中的"不净思想"依然深刻地影响着人们的观念，所以他们看不起祥林嫂：祥林嫂接连死掉两个丈夫，在民间是"克夫""丧门星"的标志，于是祥林嫂活着就是一种罪恶。

如果没有柳妈，祥林嫂可能不知道自己原来是有罪的。山里人成寡妇，然后改嫁，原本正常。而到了鲁镇，祥林嫂经由柳妈指点，才知道原来有所谓生死轮回、善恶报应，于是其内心形成了强烈的罪恶感和恐惧。如果说柳妈建议她去土地庙捐门槛以减少她的罪孽是善意之举，是给她以明路，那么"我"对灵魂有无的回答无疑是一声惊雷，一个晴天霹雳，顿时把她心中一息尚存的幻想击得粉碎，彻底把她推向了无底的深渊。

所以，祥林嫂所在的外在环境是要她死，而不是要她活的。那么，究竟是谁杀了祥林嫂？

是祥林嫂的婆婆？是她第二任丈夫的哥哥？前者将她改嫁；后者把她赶出家门。没有他们，她的人生之路就将不同。

是柳妈？是她把祥林嫂额头上的伤痕当作谈资传扬出去，让祥林嫂再次受到严重的伤害；而且，她还告诉祥林嫂死后要遭的大罪恶，才

---

① 高远东.《祝福》：儒道释"吃人"的寓言 [J]. 鲁迅研究动态，1989（2）：18.

有祥林嫂的捐门槛，因为捐门槛，工钱全没了不说，捐完门槛也并没有让周围人对祥林嫂改观。

是鲁四老爷？是他不让祥林嫂参与到"祝福"当中去，祥林嫂第一次不被允许参加"祝福"，她"讪讪的缩了手"，感到疑惑；等到捐完门槛，她自以为赎罪完成之后，却再次不被允许参加"祝福"，"她像是受了炮烙似的缩手，脸色同时变作灰黑，也不再去取烛台，只是失神的站着"。经受这一次打击之后，祥林嫂发现自己奉献所有捐完门槛，并没有获得他人的认可，她依然有罪，依然不干净。于是她很快地就"直是一个木偶人"了。被剥夺了劳动权利的祥林嫂彻底沦为了没用的人，于是很快被辞工，很快就沦落为乞丐。

是"我"？因为"我"并没有回答祥林嫂的追问，那之后不久祥林嫂就死了。"我"的含糊其辞和逃跑，让祥林嫂最终失去了活下去的勇气。

是那些面目模糊的"看客""听众"？他们鉴赏祥林嫂的痛苦，咀嚼完后，就将她和她的故事一起抛弃。他们的冷漠无情，让祥林嫂内心备受伤害。

来听"故事"的人们、"我"、鲁四老爷、四婶、祥林嫂的婆婆、第二个丈夫的哥哥、柳妈……还有无声的封建思想，以及她自己，一起"杀掉"了祥林嫂。说到底，祥林嫂的悲剧不仅是一个生命的悲剧，而且也是一个文化的悲剧，是从风俗到思想再到信仰整体的悲剧。祥林嫂之所以"被吃"，是所有人有意无意吃掉的。然而，所有人甚至包括祥林嫂在内，越是理性，越是坚决地去维护风俗、思想、信仰，祥林嫂的悲剧就越发不可避免。

那么，为什么祥林嫂自己也是凶手？纵观祥林嫂的一生，她的理想是：生而成为一个平等的奴仆，死而成为一个完整的鬼。然而这也就是她最大的悲剧，因为她不可能实现这两个理想。

生而不能成为一个平等的奴仆。

大家对祥林嫂无一例外地嫌弃鄙夷，觉得她是一个不干净的女人，作为士绅阶级的鲁四老爷和四婶认识如此；和祥林嫂一般处境的柳妈与短工也持有相同态度，对祥林嫂只有厌恶、嫌弃和鄙夷，并没有表示出任何的同情。"镇上的人们也仍然叫她祥林嫂，但音调和先前很不同；也还和她讲话，但笑容却冷冷的了。"之前嫁给了卫祥林，自然就称她为祥林嫂，现在已经改嫁给了贺老六，是不是就应该叫作老六嫂了呢？人们并没有做这个研究，只是"仍然叫她祥林嫂"，只是单纯地为了顺口吗？是不是"从一而终"的观念已经在他们的心目中根深蒂固了？所以，不需要任何的迟疑讨论，就自动地叫她祥林嫂了。

　　死而不能成为一个完整的鬼。

　　是因为和柳妈的一次谈话，柳妈说："你将来到阴司去，那两个死鬼的男人还要争，你给了谁好呢？阎罗大王只好把你锯开来，分给他们。"这不是迷信吗？这不是反科学的吗？可是祥林嫂是不会有这种意识的，她深信不疑，而且还要寻找解决措施了。柳妈说："你不如及早抵当。你到土地庙里去捐一条门槛，当作你的替身，给千人踏，万人跨，赎了这一世的罪名，免得死了去受苦。"所以祥林嫂决计去捐门槛。

　　颇费周折地央求庙祝，直到她急得流泪，才勉强答应，价目是大钱十二千。从此她不再跟人们讲阿毛的故事，对于人们关于她伤疤的谈论也只是"瞪着眼睛，不说一句话，后来连头也不回了。……默默地跑街，扫地，洗菜，淘米"。这时候的祥林嫂似乎回到了第一次来鲁四老爷家做工的时候，是因为她内心有了希望，有了奔头，有了期冀，精神上找到了归依。"快够一年，她才从四婶手里支取了历来积存的工钱，换算了十二元鹰洋，请假到镇的西头去。"就是去捐门槛的，十二元鹰洋是她所有的财产，她都拿去捐门槛了。"不到一顿饭时候，她便回来，神气很舒畅，眼光也分外有神，高兴似的对四婶说，自己已经在土地庙捐了门槛了。"

　　然而到了祭祀的时候，"你放着罢，祥林嫂！"祥林嫂觉得捐完门槛就能洗去自身不洁，满怀着周围人都能改变对自己态度的信心；可是，一切照旧，大家并没有感到祥林嫂的改变，她所做的花费巨大的努力，在他们看来并不能改变她的不祥。

于是"这一回她的变化非常大，第二天，不但眼睛窈陷下去，连精神也更不济了。而且很胆怯，不独怕暗夜，怕黑影，即使看见人，虽是自己的主人，也总惴惴的，有如在白天出穴游行的小鼠；否则呆坐着，直是一个木偶人"。鲁迅在《故乡》中也说成年后的闰土是"木偶人"，木偶人意味着不思、不想、顺从、本分、无奈、麻木、绝望。祥林嫂尽了那么大的努力，努力挣扎求生，可最终还是变成了这样的"木偶人"。

祥林嫂对于损害自己摧残自己的迷信观念缺乏足够的认识，她认可了柳妈所说的一切，还倾其所有地去捐门槛，实际上就是承担起了再婚的罪责。可是祥林嫂结婚是因为她婆婆的威逼，她是不愿意再嫁的，所以她才逃到鲁镇。而且即使被逼无奈再嫁，她也拼死反抗了，只是没有死成。可是她的反抗是为了一个损害她自身的观念。封建礼教的野蛮就在于它的难以撼动的秩序，祥林嫂忠于"从一而终"的观念，而且拼死维护。祥林嫂不愿改嫁，这和鲁镇上的人们的观念是一致的，可是他们不看过程，只看结果，祥林嫂最终还是改嫁了，于是他们鄙夷轻视看不起她，不管她是被绑架回去的，还是她在婚礼上有怎样出格的反抗。他们不会去追究祥林嫂婆婆的罪责，而只是去嘲笑欺负更弱小的祥林嫂。这就是他们的矛盾之处，一面维护"从一而终"的观念，一面又嘲笑拼死维护"从一而终"观念的祥林嫂。这就是封建礼教的荒谬。祥林嫂对于"从一而终"的认可使得她不可能对四婶的两次阻止她参与祭祀准备工作没有心灵上的负担，因为她太在意，所以就不可能放下，越是放不下，她就越是深陷其中。

祥林嫂悲剧的形成不仅是个体生命的独特遭遇决定的，而且是她那个时候人们心中固有的礼教观念和个人际遇相遇之后产生的结果。祥林嫂不是一个个案，而是一类人的写照，自身的麻木和愚昧使得他们无法睁开被蒙蔽的眼睛，只能在黑暗中头破血流。

这样的外在环境其实就是鲁迅在《灯下漫笔》中所言：

> 这文明，不但使外国人陶醉，也早使中国一切人们无不陶醉而且至于含笑。因为古代传来而至今还在的许多差别，使人们各各分离，遂不能再感到别人的痛苦；并且因为自己各有奴使别人，吃掉别人的希望，便也就忘却自己同有被奴使被吃掉的将来。于是大小无数的人肉的筵宴，即从有文明以来一直排到现在，人们就在这会场中吃人，被吃，以凶人的愚妄的欢呼，将悲惨的弱者的呼号遮掩，更不消说女人和小儿。
>
> 这人肉的筵宴现在还排着，有许多人还想一直排下去。扫荡这些食人者，掀掉这筵席，毁坏这厨房，则是现在的青年的使命！ [①]

所谓文明，不过是爱排人肉的筵席。祥林嫂就被吃掉了。祥林嫂是一个非常认真生活的人：逃出夫家在鲁四老爷家拼命做工；改嫁后的本分；捐门槛为了洗清罪恶，也为了在"祝福"的时候能帮上忙，被人们看得起。可是这样一个认真生活的人，最后却被生活彻底地嘲弄了一把，她一步步走向了生活的深渊，甚至是她越善良越认真，她的悲剧性就越强。

你会发现祥林嫂确实是按照鲁镇人们的愿望去努力奋斗的，她努力劳动，拼死抗婚，捐门槛，都是为了活成鲁镇人们期待的样子。只有活成人们期待的样子，祥林嫂才能进入他们构建的社会关系中去，否则她就只能被排斥，被孤立。然而，祥林嫂再努力，也无法成为他们期待的样子，更无法进入鲁镇社会的秩序中。

这让我想起孔乙己，无论是孔乙己还是祥林嫂，鲁迅都是从全社

---

① 鲁迅. 鲁迅全集：编年版：第 3 卷 [M]. 北京：人民文学出版社，2014: 251.

会的冷漠这一角度写出他们的不幸。这个社会往往对得势者是羡慕嫉妒，到底是向往；对弱者却往往是冷漠嘲笑。一定程度上，这个社会只爱得势者，失势者它是不爱的；只爱强者，弱势它是不爱的。这种社会风气只可能培养冷漠的心灵和恶化的人际关系，于是也就只有黑暗的现实了。王小波写了一本书叫《沉默的大多数》，沉默的大多数不仅是在一个众声喧哗的社会里没有自己的声音，而且连为自己代言的声音也没有。尤其悲惨的孔乙己和祥林嫂还要忍受嘲笑、作弄，所以我觉得他们不仅是沉默的大多数，也是被遗忘的大多数。所有人都在"祝福"，只有祥林嫂们在大雪纷飞的夜里独自死去，因为她在现世找不到自己的幸福，她连个对话的人都没有，她只能寄希望于天堂。而天堂是她无法抵达的。

一个好的社会，一定是大多数享受幸福的社会，一定是大多数有自己的代言人、有属于自己的声音的社会。只有这样，一个社会才是良性的。但在当时，善良弱者的不幸，都会在冷漠的社会与看客现象当中转化为别人的一种快乐。这正显示出国民的残酷性和麻木性。

祥林嫂认真生活，极力反抗加诸其身上的不幸，她出格地反抗改嫁，她花掉积蓄捐门槛，然而，她越是认真，越是想要融于社会主流，她的悲剧就越快到来。这就是最大的荒谬之处。

那么，救治这样社会的希望在哪里？

在本篇小说中，谁能够来掀掉这人肉的筵席呢？唯一的希望，只能是"我"。

三、"我"在鲁镇的日子

（一）"我"的鲁镇日记

梳理小说，把"我"在鲁镇的行为、语言、心理做一个总结，"我"在鲁镇的行为大致如下：

第一天（农历十二月二十三或二十四），阴。来到鲁镇，到处显出将到新年的气象，伴随着送灶的声响。寄居在四叔家，和四叔话不投机，我一个人剩在书房里。

第二天，起得很迟，午饭后出去访本家和朋友。一切都还是老样子，单是老了些。见到祥林嫂，改变之大，出乎意料，全不像四十上下的人，诧异于她的境遇，更尴尬于她的问题："人死了有没有魂灵？"我说不清，更不知道她为什么要这样问，于是我悚然，惶急，匆匆逃回四叔的家中。觉得很不安，想着明天进城去，去吃福兴楼的鱼翅。无论如何，我明天决计要走。

第三天，天空下着大雪，依旧去访几个本家和朋友。白天又回想起祥林嫂，有种不祥的预感。晚上便听闻祥林嫂的死讯。忽地感觉陪我吃饭的四叔，一定也很烦我在这年根里打搅了他。在雪夜里想起祥林嫂，以至于祥林嫂的半生事迹，都涌入我的记忆中来；但想到"无聊生者不生，即使厌见者不见，为人为己，也还都不错"，于是我便渐渐舒畅起来。在繁响的爆竹声中，我从白天到初夜的疑虑，全给祝福的空气一扫而空。

无论如何，明天要走了。

（二）"我"在鲁镇的自白

"我"在鲁镇的日子，从一开始就令人失望：鲁四老爷大骂新党，他的书房散乱旧败；祝福时节的鲁镇年年如此，人也还一样，单是老了些；祥林嫂专门对着"我"问了三句话，"我"不知道该如何回答，只能逃离，然而内心不安。而她终于死在人们忙于祝福的年关，鲁四老爷甚至因此骂她"谬种"，"我"怀疑鲁四老爷认为"我"也跟祥林嫂一样是个"谬种"——不合时宜地在祝福年关打扰了他。

所有这些，都似乎在不动声色之中与"我"决心尽快离开鲁镇有关。

那么"我"为什么要离开鲁镇？因为鲁镇如以前一样，使我气闷；

尤其是祥林嫂之死带给"我"不得不离开的理由。

那么，在祥林嫂与"我"的交往过程中，"我"内心情感变化的过程是怎么样的？

　　我很悚然，一见她的眼钉着我的，背上也就遭了芒刺一般，比在学校里遇到不及豫防的临时考，教师又偏是站在身旁的时候，惶急得多了。对于魂灵的有无，我自己是向来毫不介意的；但在此刻，怎样回答她好呢？我在极短期的踌躇中，想，这里的人照例相信鬼，然而她，却疑惑了，——或者不如说希望：希望其有，又希望其无……。人何必增添末路的人的苦恼，为她起见，不如说有罢。

　　……

　　"那么，死掉的一家的人，都能见面的？"

　　"唉唉，见面不见面呢？……"这时我已知道自己也还是完全一个愚人，什么踌躇，什么计画，都挡不住三句问。我即刻胆怯起来了，便想全翻过先前的话来，"那是，……实在，我说不清……。其实，究竟有没有魂灵，我也说不清。"

　　我乘她不再紧接的问，迈开步便走，匆匆的逃回四叔的家中，心里很觉得不安逸。自己想，我这答话怕于她有些危险。她大约因为在别人的祝福时候，感到自身的寂寞了，然而会不会含有别的什么意思的呢？——或者是有了什么豫感了？倘有别的意思，又因此发生别的事，则我的答话委实该负若干的责任……。但随后也就自笑，觉得偶尔的事，本没有什么深意义，而我偏要细细推敲，正无怪教育家要说是生着神经病；而况明明说过"说不清"，已经推翻了答话的全局，即使发生什么事，于我也毫无关系了。

　　……

　　但是我总觉得不安，过了一夜，也仍然时时记忆起来，仿佛怀着什么不祥的豫感；在阴沉的雪天里，在无聊的书房里，这不安愈加强烈了。不如走罢，明天进城去。福兴楼的清炖鱼翅，一元一大盘，价廉物美，现在不知增价了否？以往同游的朋友，虽然已经云散，然而鱼翅是不可不吃的，即使只有我一个……。无论如何，我明天决计要走了。

在祥林嫂问完"我"问题后，"我"的内心经历了这样的情感变化过程：悚然、惶急—疑惑—胆怯—不安逸—于我毫无关系—不祥的预感。

"我"向来是不相信鬼神或者天堂地狱的，但是鲁镇的人们照例是相信，面对祥林嫂的追问，"我"该如何回答？按照常理，祥林嫂应该不会有这样的追问，然而捐完门槛依然不被众人接纳的情况下，她似乎有些怀疑了。于是找"我"，一个出远门回乡的游子，而且有见识。"我"对于自己一向并不介意的鬼神，可以直接告诉祥林嫂自己不相信有所谓鬼神吗？为了避免增添末路人的烦恼，"我"不如撒谎，说"有"吧。然而，祥林嫂接着就追问"地狱的有无""死后的一家人能否见面"……"我"几乎被祥林嫂问倒了。"我"如果说"有"，在这个"祝福"将至的团聚时刻，祥林嫂被世人遗弃，会不会去阴间寻找自己的丈夫孩子团聚？于是"我胆怯"，于是"我不安逸"，于是"我"不说其有也不说其无，赶紧逃跑。这个时候的"我"还是于心不忍，有自省："我"害怕祥林嫂出事，害怕自己的答话会加速祥林嫂的死亡，而"我"是要良心不安的。

"死了？"我的心突然紧缩，几乎跳起来，脸上大约也变了色。
……

然而我的惊惶却不过暂时的事，随着就觉得要来的事，已经过去，并不必仰仗我自己的"说不清"和他之所谓"穷死的"的宽慰，心地已经渐渐轻松；不过偶然之间，还似乎有些负疚。

冬季日短，又是雪天，夜色早已笼罩了全市镇。人们都在灯下匆忙，但窗外很寂静。雪花落在积得厚厚的雪褥上面，听去似乎瑟瑟有声，使人更加感得沉寂。我独坐在发出黄光的菜油灯下，想，这百无聊赖的祥林嫂，被人们弃在尘芥堆中的，看得厌倦了的陈旧的玩物，先前还将形骸露在尘芥里，从活得有趣的人们看来，恐怕要怪讶她何以还要存在，现在总算被无常打扫得干干净净了。魂灵的有无，我不知道；然而在现世，则无聊生者不生，即使厌见者不见，为人为己，也还都不错。我静听着窗外似乎瑟瑟作响的雪花声，一面想，反而渐渐的舒畅起来。

……

我给那些因为在近旁而极响的爆竹声惊醒，看见豆一般大的黄色的灯火光，接着又听得毕毕剥剥的鞭炮，是四叔家正在"祝福"了；知道已是五更将近时候。我在蒙胧中，又隐约听到远处的爆竹声联绵不断，似乎合成一天音响的浓云，夹着团团飞舞的雪花，拥抱了全市镇。我在这繁响的拥抱中，也懒散而且舒适，从白天以至初夜的疑虑，全给祝福的空气一扫而空了，只觉得天地圣众歆享了牲醴和香烟，都醉醺醺的在空中蹒跚，豫备给鲁镇的人们以无限的幸福。

得知祥林嫂死亡的消息后，"我"的内心经历了这样一个过程：心突然紧缩、惊惶—渐渐轻松—偶尔有些负疚—渐渐舒畅—懒散而且舒适、疑虑一扫而空。

在小说中，"我"从最初的不安，到最后的懒散而且舒适，所有的疑虑被一扫而空，这个过程说明什么？"我"因为回答不出祥林嫂关于"灵魂有无"的问题，内心有些不安；而后听到她死去的消息，内心有了一种负疚感。这些都是"我"不同于鲁镇人的表现，"我"不会默然于一个生命的消逝，更何况这个生命还是和"我"有过交集的。"我"

疑虑，是因为"我"对祥林嫂之死放不下，觉得自己可能促使了她的死亡，同时也为自己的力不从心而自责。"紧缩、惊惶"是因为"我"之前担心的危险变成了现实，而"我"也许"增添了陌路人的苦恼"……

"我"对祥林嫂之死有同情，也感到痛苦，为"我"的力不从心而自责，因而"疑虑"，这是正常的。虽然"我"不是杀死祥林嫂的凶手，但"我"可能让祥林嫂死得痛苦、恐惧。然而，"我"的疑虑很快就被"我的想法"——去福兴楼吃鱼翅——给安抚了。为什么在"我"纠结于祥林嫂际遇的时候，"我"突然想到福兴楼的鱼翅？这是"我"主动的心理突围：逃离鲁镇，让美味消散精神上的负累。更何况，祥林嫂是"百无聊赖"者，被所有人嫌弃厌恶，在她自己也没有多少活下去的意思。所以"无聊生者不生，即使厌见者不见，为人为己，也还都不错"。

"我"到底还是在寻找借口，这倒使人想起鲁迅的《立论》：

> 我梦见自己正在小学校的讲堂上预备作文，向老师请教立论的方法。
>
> "难！"老师从眼镜圈外斜射出眼光来，看着我，说。"我告诉你一件事——
>
> "一家人家生了一个男孩，合家高兴透顶了。满月的时候，抱出来给客人看，——大概自然是想得一点好兆头。
>
> "一个说：'这孩子将来要发财的。'他于是得到一番感谢。
>
> "一个说：'这孩子将来要做官的。'他于是收回几句恭维。
>
> "一个说：'这孩子将来是要死的。'他于是得到一顿大家合力的痛打。
>
> "说要死的必然，说富贵的许谎。但说谎的得好报，说必然的遭打。你……"
>
> "我愿意既不谎人，也不遭打。那么，老师，我得怎么说呢？"
>
> "那么，你得说：'啊呀！这孩子呵！您瞧！多么……。阿

唏！哈哈！Hehe！he，hehehehe！'"①

　　说谎的得了好处，说真话的遭了打，那怎么办？不如"顾左右而言他"。"我"是先觉者、进步知识分子，努力过，挣扎过，痛苦过，最终选择了离开与逃避。可连我都逃避了，那祥林嫂们的希望在哪里？

　　"我明天决计要走了"，小说中一共出现了两次。鲁镇与"我"的精神世界太隔离了，从鲁四老爷的骂、书房的陈腐气息，再到祥林嫂的事，鲁镇已经使我失望，于是"我"急于逃离。

　　"懒散而且舒适""疑虑，全给祝福的空气一扫而空了"，"我"只感觉到无限的幸福，说明"我"在鲁镇的环境中似乎被同化了。说是"似乎"，因为"我"毕竟还有自省意识；说被同化，因为"我"也融入祝福的氛围中。这是"我"的麻木和顺从。

　　整篇小说的人物，大约可以分为三个部分：祥林嫂、鲁镇的人们、"我"，经过上述逐个的分析，我们再追问一下：

　　祥林嫂能够自救吗？

　　鲁镇的人们能够救祥林嫂吗？

　　唯一的希望在于"我"，而"我"也逃离了。

　　麻木的群众集体无意识地杀死了祥林嫂，他们并不知道自己原来竟是杀人的凶手；先觉者"我"努力过，挣扎过，痛苦过，最终选择了逃离与自我麻醉。如果连先觉者都对祥林嫂的悲剧无可奈何，那么，希望又在哪里？

　　但像"我"这样的知识分子，尽管懦弱，但毕竟还葆有基本的善良和思想的觉醒，毕竟有突围鲁镇的可能；而且，"我"曾经被种下过光明的种子。漫漫长夜，孤寂的火种，需要更多的"我"，因为多，于是彼此取暖，于是才可能成为燎原之势。

---

① 鲁迅. 鲁迅全集：编年版：第 3 卷 [M]. 北京：人民文学出版社，2014：124-125.

拓展阅读

① 鲁迅:《在酒楼上》,选自《鲁迅全集(编年版)》,人民文学出版社,2014 年。

② 鲁迅:《孤独者》,选自《鲁迅全集(编年版)》,人民文学出版社,2014 年。

③ 孙绍振:《礼教的三重矛盾和悲剧的四层深度——〈祝福〉解读》,出自《语文学习》,2008 年第 10 期。

④ 钱理群:《"我"的故事与祥林嫂的故事》,选自《解读语文》,福建人民出版社,2017 年。

思考题

1. 请按照文章顺序梳理出《祝福》中的环境描写,结合上下文,分析每一次环境描写的作用。

2. 在《呐喊》中鲁迅描写了很多女性形象,比如:杨二嫂、单四嫂子、七斤嫂、九斤老太……请展开合理的想象,让她们在一个特定的场景下相遇,她们之间会发生怎样的故事呢?请写一篇记叙文或者小说,不少于 700 字。

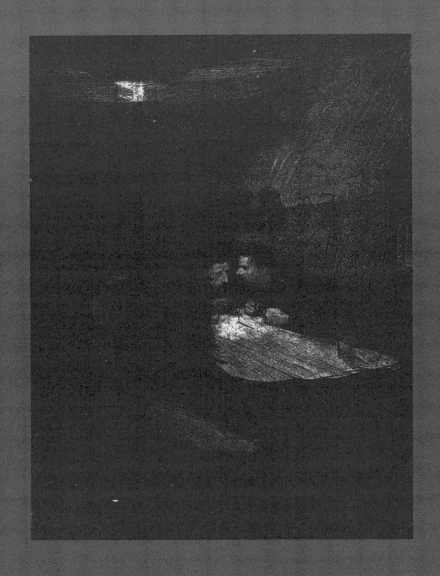

珂勒惠支：商议
石版画
27cm×17cm
1898 年

第十三讲
熄灭还是不熄灭的《长明灯》

新文化运动究竟在人们的心目中起了多大的影响？

科学、民主在多大程度上进入民众的视野？

鲁迅怀疑了。

所以此时他的着力点在于"群众"，尤其是"庸众"。

一、熄灯

　　春阴的下午，吉光屯唯一的茶馆子里的空气又有些紧张了，人们的耳朵里，仿佛还留着一种微细沉实的声息——

　　"熄掉他罢！"

　　但当然并不是全屯的人们都如此。这屯上的居民是不大出行的，动一动就须查黄历，看那上面是否写着"不宜出行"；倘没有写，出去也须先走喜神方，迎吉利。不拘禁忌地坐在茶馆里的不过几个以豁达自居的青年人，但在蛰居人的意中却以为个个都是败家子。

　　"熄掉他罢！"这是谁"微细沉实"的声息？"熄掉他罢"中"他"指的是什么？莫非是长明灯？为什么这样一句话会让茶馆子里的空气有些紧张？茶馆里的都是什么人？"以豁达自居""但在蛰居人的意中却以为个个都是败家子"。这些个"豁达"的人尚且紧张，其他人岂能不紧张？这一开头，设置了悬念，不由得让人生起很多疑惑。

　　"还是这样么？"三角脸的拿起茶碗，问。

　　"听说，还是这样，"方头说，"还是尽说'熄掉他熄掉他'。眼光也越加发闪了。见鬼！这是我们屯上的一个大害，你不要看得微细。我们倒应该想个法子来除掉他！"

　　"除掉他，算什么一回事。他不过是一个……。什么东西！造庙的时候，他的祖宗就捐过钱，现在他却要来吹熄长明灯。这不是不肖子孙？我们上县去，送他忤逆！"阔亭捏了拳头，在桌上一击，慷慨地说。一只斜盖着的茶碗盖子也噫的一声，翻了身。

　　"不成。要送忤逆，须是他的父母，母舅……"方头说。

"还是这样么？"说明发病已经有一段时间了。"是我们屯上的一个大害""不肖子孙"，这些还不过是停在口头的责骂；"送他忤逆""想个法子来除掉他"，这些人简直就是要置他于死地。"他"的确是要吹熄长明灯，可是，何至于就要遭受如此重罪？三角脸、方头和阔亭为什么如此气愤？

三角脸、方头、阔亭他们是些什么人？不过是"以豁达自居"的"败家子"。方头问阔亭："你昨天的牌风可好？"这句问话坐实了这些人的确是"败家子"。当灰五婶陷入到回忆中说："你看我那时的一双手呵，真是粉嫩粉嫩……"方头赶紧回答"你现在也还是粉嫩粉嫩……"油嘴滑舌，大约就是一个无赖。

"长明灯"是什么东西？长明灯是庙里的灯。那这灯，为什么就不能吹灭了呢？

"吹熄了灯，我们的吉光屯还成什么吉光屯，不就完了么？老年人不都说么：这灯还是梁武帝点起的，一直传下来，没有熄过；连长毛造反的时候也没有熄过……。你看，啧，那火光不是绿莹莹的么？外路人经过这里的都要看一看，都称赞……。啧，多么好……。他现在这么胡闹，什么意思？……"

第一，长明灯乃是"吉光"，是不是先有长明灯，后有吉光屯？我们不知道，但这灯的确是吉光屯的标志，是精神象征；第二，长明灯是梁武帝点起的，历史悠久，连长毛造反都没有熄灭过，怎么能因为他要熄灭就熄灭呢？第三，长明灯火光绿莹莹的，好看，获得外人的一致称赞，给屯子里的人长脸。所以长明灯不能熄。那怎么办？还是灰五婶见过世面，用老法子骗一骗他："将长明灯用厚棉被一围，漆漆黑黑地，领他去看，说是已经吹熄了。"

然而这样的老法子会有用吗？并且这样做，一则太把他当一回事了，二则太费事，不如"打死了就完了"。然而阔亭还是太年轻，不知道其中的利害关系。"他的祖父不是捏过印靶子的么？"灰五婶吃惊地看着阔亭说。原来，这个"他"不是一般人，祖父是当官的，怎么能够随便就打死呢？阔亭们单只知道他孤身一人，没有了父亲撑腰，伯父也是不大愿意管他的，却不知还有这一层利害关系。于是"阔亭们立刻面面相觑"，鲁迅的笔太辛辣老到了，阔亭们的嘴脸尽显无疑。

既然有这么一层利害关系，就让他把灯熄灭了可好？不行，因为"那灯不是梁五弟点起来的么？不是说，那灯一灭，这里就要变海，我们就都要变泥鳅么"？

行文至此，读者一层一层追问，也一层一层解决心中疑惑。我们完全没有料到熄灭长明灯在吉光屯人心中竟会出现如此严重的后果：吉光屯变成海，吉光屯人变成泥鳅。失去生存的土地，失去为人的资格。兹事体大，必须要想办法解决了。

二、从"熄灯"到"放火"

> 他也还如平常一样，黄的方脸和蓝布破大衫，只在浓眉底下的大而且长的眼睛中，略带些异样的光闪，看人就许多工夫不眨眼，并且总含着悲愤疑惧的神情。短的头发上粘着两片稻草叶，那该是孩子暗暗地从背后给他放上去的，因为他们向他头上一看之后，就都缩了颈子，笑着将舌头很快地一伸。

"黄的方脸""蓝布破大衫"，说明他营养不良，贫穷；"头发上粘着两片稻草叶"，大约是孩子暗暗放上去的，他应该备受欺侮；"异样的光闪""不眨眼""含着悲愤疑惧"，因为他眼中心里只有一件事：熄灯。

且看他如何心心念念就是要"熄掉他罢"：

"就因为那一盏灯必须吹熄。你看，三头六臂的蓝脸，三只眼睛，长帽，半个的头，牛头和猪牙齿，都应该吹熄……吹熄。吹熄，我们就不会有蝗虫，不会有猪嘴瘟……。"

……

"你吹？"他嘲笑似的微笑，但接着就坚定地说，"不能！不要你们。我自己去熄，此刻去熄！"

……

"我知道的，熄了也还在。"他忽又现出阴鸷的笑容，但是立即收敛了，沉实地说道，"然而我只能姑且这么办。我先来这么办，容易些。我就要吹熄他，自己熄！"他说着，一面就转过身去竭力地推庙门。

……

"我不回去！我要吹熄他！"

他很清醒，唯一目标就是吹熄长明灯。当阔亭他们试图用法子骗一骗他的时候，他先是"嘲笑"，尔后"坚定""沉实"地说一句话："我就要吹熄他"。他拒绝所有的"好言相劝"，怀疑一切掩饰、粉饰的话语，拒绝乐观，即使灯"熄了也还在"，但仍执着于行动，"我只能姑且这么办。我先来这么办，容易些。我就要吹熄他，自己熄！"他熄灯的动作具有一种绝对的意义，表明他既是思想者，也是践行者。

然而，他要熄灯，却没有办法进入庙里，所以阔亭们很放心，只要叮嘱好老黑把庙门关紧，他就没有办法开门进庙，也就无法熄灯。

"你没法开！"

"那么，就用别的法子来。"他转脸向他们一瞥，沉静地说。

"哼，看你有什么别的法。"

"…………"

"看你有什么别的法！"

"我放火。"

"什么？"阔亭疑心自己没有听清楚。

"我放火！"

从"熄灯"到"放火"，是本质的改变。"沉默像一声清磬，摇曳着尾声，周围的活物都在其中凝结了。"完全出乎阔亭们的意料，没有想到他竟然能说出"放火"的话，既然他能说出，那么未必不能做到。一旦放火，烧了庙，熄灯的任务也就完成了，可是对于吉光屯的人们而言，那就意味着灾难的降临。熄灯可以防备，放火确实防不胜防啊。于是"沉默"，于是周围的活物都"凝结"了。

"但不一会，就有几个人交头接耳，不一会，又都退了开去；两三人又在略远的地方站住了。""交头接耳""退了开去""略远的地方站住"，连续三个动作，生动形象地写出阔亭们的惊恐、害怕、无奈。

"他似乎并不留心别的事，只闪烁着狂热的眼光，在地上，在空中，在人身上，迅速地搜查，仿佛想要寻火种。"他是如此地坚定，"狂热""迅速"地搜查天、地、人，一切目力所及之处，火种在哪里？"仿佛"这个词用得很有意味，他一定在寻找火种吗？是"仿佛"，是不一定的，但在阔亭们看来那一定是的。一个"疯子"，阔亭们把"疯话"当真了。为什么会当真？首先，放火太严重；其次，阔亭们想置他于死地，光是"熄灯"的名目还不太够，和熄灯相较，放火烧庙应该足矣。即使他的祖父做过官，借着放火的名目，应该是可以收拾收拾他了。

三、如何化解"危机"

许多人们的耳朵里，心里，都有了一个可怕的声音："放火！"但自然还有多少更深的蛰居人的耳朵里心里是全没有。然而全屯的空气也就紧张起来，凡有感得这紧张的人们，都很不安，仿佛自己就要变成泥鳅，天下从此毁灭。他们自然也隐约知道毁灭的不过是吉光屯，但也觉得吉光屯似乎就是天下。

自从他喊出"我放火"，阔亭们惊诧过后，就是尽快传播这个消息。很快，吉光屯笼罩在"不安"之中，人们都很紧张，因为自己就将变成泥鳅，天下就将毁灭。谣言止于智者，可是吉光屯不过都是愚笨的村民，一传十十传百，惊恐不安的情绪也在传播，变为泥鳅的命运似乎不可避免，天下就要毁灭了。这个时候，就需要有人出来主持大局。

第一个就是郭老娃。

坐在首座上的是年高德韶的郭老娃，脸上已经皱得如风干的香橙，还要用手捋着下颏上的白胡须，似乎想将他们拔下。

"上半天，"他放松了胡子，慢慢地说，"西头，老富的中风，他的儿子，就说是：因为，社神不安，之故。这样一来，将来，万一有，什么，鸡犬不宁，的事，就难免要到，府上……是的，都要来到府上，麻烦。"

"就用，他，自己的……"老娃说。

"那倒，确是，一个妥当的，办法。"老娃说，"我们，现在，就将他，拖到府上来。府上，就赶快，收拾出，一间屋子来。还，准备着，锁。"

"年高德韶""首座"，可知郭老娃的地位不低。可是鲁迅的笔墨非常调皮，郭老娃的一张脸"已经皱得如风干的香橙"，既然是"香橙"，该是色香味俱佳，可是鲁迅却用"风干的香橙"来比喻郭老娃的脸，"风干"表明没有水分了，皱纹深陷，纠结在一起，而且这样的一个"风干的香橙"上有几缕白胡须，绝妙的讽刺，这是郭老娃的画像。

郭老娃说话的特点是慢慢地说，都是短句子，即使应该是完整的长句子，也一定要拆分成短句，甚至是词语，慢慢地往外蹦。一则，因为他确实年高，说话慢；二则，说话越慢就越是有气势，越是深沉，越是有权威，时不时停顿一下，既是给自己思考的时间，也是在向各位展示权威；三则，因为郭老娃主要还是来帮着出主意，而不是解决问题的主要人，毕竟四爷才是"疯子"的伯父，所以他基本上用的是缓慢商量的口吻。

所谓"年高德韶"，不过单是年高而已，德行在小说中并没有体现，只是一直故作深沉，自己也出不了主意，但是装一装还是很有必要的。

第二个就是四爷。

四爷也捋着上唇的花白的鲇鱼须，却悠悠然，仿佛全不在意模样，说，"这也是他父亲的报应呵。他自己在世的时候，不就是不相信菩萨么？我那时就和他不合，可是一点也奈何他不得。现在，叫我还有什么法？"

"真是拖累煞人！"四爷将手在桌上轻轻一拍，"这种子孙，真该死呵！唉！"

"我家的六顺，"四爷忽然严肃而且悲哀地说，声音也有些发抖了。"秋天就要娶亲……。你看，他年纪这么大了，单知道发疯，不肯成家立业。舍弟也做了一世人，虽然也不大安分，可是香火总归是绝不得的……。"

"六顺生了儿子，我想第二个就可以过继给他。但是，——别人的儿子，可以白要的么？"

"这一间破屋，和我是不相干；六顺也不在乎此。可是，将亲生的孩子白白给人，做母亲的怕不能就这么松爽罢？"

"我是天天盼望他好起来，"四爷在暂时静穆之后，这才缓缓地说，"可是他总不好。也不是不好，是他自己不要好。无法可想，就照这一位所说似的关起来，免得害人，出他父亲的丑，也许倒反好，倒是对得起他的父亲……。"

"庙里就没有闲房？……"四爷慢腾腾地问道。

四爷是"疯子"的伯父，既然是伯父，为什么不主动管管呢？非得等到阔亭们坐不住了，非得等到吉光屯的所有人都紧张不安了，非得郭老娃等人都来了，才决定要做点什么？

郭老娃捋着胡须，四爷也是捋着胡须，人捋着胡须的时候，大约是很悠然自在的，所以四爷"悠悠然，仿佛全不在意模样"，所谓伯父，根本就不关心自己的侄儿。原来，四爷和"疯子"的父亲尽管是兄弟，可是"我那时就和他不合"。上一代原来是有恩怨的，所以自然也就不会去管了。

为什么这会儿又要管一管了呢？

一则因为眼前的亲人管不管无所谓，但是祖宗、菩萨却是不可不敬的。"这种子孙""人神共愤"，难容于世，一定要教训，以正家风。二则因为有利可图。他是有产业的，而他唯一的亲人就是伯父，四爷还要把自己的亲孙子过继给他，这样就可以名正言顺地占有他的产业了。何况，任随"疯子"如此下去，会丢"舍弟"的脸，其实还是丢四爷的脸，毕竟说起来"疯子"就是四爷的侄儿，说起来还是不好听。所以，还是要管一管的。

既然有利可图，那么如何处置疯侄儿呢？

"连各庄就打死一个：这种子孙。大家一口咬定，说是同时同刻，大家一齐动手，分不出打第一下的是谁，后来什么事也没有。"即如阔亭的做法，法不责众，反正大家一起打死的，也就没有事了。"疯子"是公敌，"不肖子孙"，人人得而诛之。"一口咬定""一齐动手"，大约是能做到的。

可惜，如今世道不一样了，"这回，他们管着呢"，所以大家最终决定"姑且将他关起来"。关在哪里？郭老娃提议关在四爷的府上。四爷赶紧推托，说自己家没有闲房子，何况他什么时候好也说不准。那就关在"疯子"自己的家里？四爷仍旧不允许，只是没有明说，但是话里话外都是不允许的，因为这间屋子也将是自家的产业了。"这一间破屋，和我是不相干；六顺也不在乎此。可是，将亲生的孩子白白给人，做母亲的怕不能就这么松爽罢？"这就是四爷，简直就是一个演员，瞬间"严肃而且悲哀"。郭老娃、阔亭等人，全部都在四爷的掌控之下：

> "那自然！"三个人异口同音地说。
> ……
> "那不能！"三个人异口同音地说。
> ……
> "那自然！"三个人异口同音地说。

最后在四爷的"循循善诱"下，事情获得了圆满解决：

> "庙里就没有闲房？……"四爷慢腾腾地问道。
> "有！"阔亭恍然道，"有！进大门的西边那一间就空着，又只有一个小方窗，粗木直栅的，决计挖不开。好极了！"
> 老娃和方头也顿然都显了欢喜的神色；阔亭吐一口气，尖着嘴唇就喝茶。

四爷，是什么人？

他对亲情冷漠，甚至幸灾乐祸；他阴毒地诅咒"真该死呵"；在堂皇的借口下包藏着的居心叵测：占据"疯子"的"破房子"，贪婪而且虚伪。这是一个行为、语言、处事无一不表达着人性的阴暗和卑劣的人。在我看来，这是鲁迅叙述中国家族黑暗和冷酷的血亲关系的最生动的文字之一。在利益面前人性丑恶的暴露令人感到可怕，然而这样的"小说家言"，却可以从鲁迅真实的人生经历中寻找到踪迹。

在祖父入狱父亲病逝之后，周家也要分家了，鲁迅作为周家长子代表出席，最后分得了最少最差的房子，年轻的鲁迅执拗地说自己需要请示在狱中的爷爷时，一个熟悉的声音吼了起来，他是蓝爷爷，鲁迅的启蒙老师。此时的他完全没有了往日的笑容，再也不是称呼鲁迅"小友"时候的样子。迫于无奈，鲁迅代表长房签了字。原来那么多好看的脸谱下竟然藏着如此丑恶的灵魂，一涉及利益就全都变了样子。鲁迅应该还记得自己因为祖父的科场舞弊案而躲在舅舅家，"我寄住在一个亲戚家，有时还被称为乞食者"①，这样深切痛苦的人生经验，让鲁迅懂得了什么叫"德行"，什么叫"虚伪"。这源自生命哀痛的经验使得鲁迅的这一部分世俗化叙事如此高妙，这段文字是鲁迅少年记忆的心理积淀，也是对世俗人情的深刻透视，更是对封建家族制度下人性异化的文化反思。

四、从狂人到"疯子"

《狂人日记》写于 1918 年 4 月，《长明灯》写于 1925 年 3 月，其间相距七年。为什么时隔七年，鲁迅写了一篇类似于《狂人日记》的小说？

《狂人日记》中的狂人：

> 我翻开历史一查，这历史没有年代，歪歪斜斜的每叶上都写着"仁义道德"几个字。我横竖睡不着，仔细看了半夜，才从字缝里看出字来，满本都写着两个字是"吃人"！

---

① 鲁迅. 鲁迅全集: 编年版: 第 3 卷 [M]. 北京: 人民文学出版社, 2014: 287.

《长明灯》中的"疯子"：

> 他低声，温和地说。"就因为那一盏灯必须吹熄。你看，三头六臂的蓝脸，三只眼睛，长帽，半个的头，牛头和猪牙齿，都应该吹熄……吹熄。吹熄，我们就不会有蝗虫，不会有猪嘴瘟……。"

狂人和"疯子"都是思想的突围者，狂人发现了"吃人"的历史，最后发现自己也是"被吃者"和"吃人者"；而"疯子"发现长明灯、庙都是灾祸的来源，要熄灭掉。然而《狂人日记》中的狂人是叙述的主体，主要展现的是狂人的内心世界以及狂人眼中的"群像"；《长明灯》中的"疯子"只是"群像"眼中的客体，叙事、观察的主体地位让位于阔亭、方头、四爷、郭老娃这些角色，"疯子"成为他们的谈资。

比较狂人、"疯子"与群众的关系：狂人是思想者，《狂人日记》从头至尾，狂人是以先觉者的身份出场，采用的是居高临下的姿态，十三则内心独白，在小说中几乎听不到群众的声音，随心所欲，其实也可以看作是宣言，充满为理想献身的激情，而荡漾在小说中悲天悯人的情怀则让人难以忘记。因为激情，所以言辞往往走向极端，或者说鲁迅就是要以启蒙者的姿态出现，故意用惊世骇俗的言论，痛快淋漓地揭示历史与现实的真相，从而达到启蒙的目的。但是，"疯子"在《长明灯》中语言极少，基本上谈不到思想，他只是要熄灯，要放火，完全没有启蒙英雄唤醒民众的激昂，反而有点神神叨叨，被群众甚至小孩子们戏弄。在《狂人日记》中，狂人是审判者的身份，他说历史"吃人"，他说身边的人"吃人"，他说自己的亲大哥也"吃人"，最后他发现自己也在"吃人"的队伍里，他清醒地审视外在世界也审视自我；而《长明灯》中的"疯子"成为众人的审判对象，要把他送官甚至直接弄死。

《狂人日记》中的群众基本上都是面目模糊的，包括笔墨最重的"大

哥"也是面目模糊的；而《长明灯》中不仅四爷的形象具体生动，包括
阔亭、三角脸、方头、郭老娃、灰五婶等都有较多的笔墨，人物形象比
较丰满。这可能和鲁迅的着力点不同有关：1918 年，正是新文化运动
的进行过程中，五四运动尚未到来，作为启蒙者，注定是要呐喊的，所
以着重表现启蒙者的思想与性格；而 1925 年，新文化运动究竟在人们
的心目中起了多大的影响？科学、民主在多大程度上进入民众的视野？
鲁迅怀疑了。所以此时他的着力点在于"群众"，尤其是"庸众"。

在《狂人日记》中，狂人最后变好了，赴外地候补去了；而《长明
灯》中的"疯子"被拘禁起来了，甚至不在自家的房子里。时间过去了
七年，启蒙者从被治好、回到传统社会中"泯然众人"，到被众人拘禁，
社会进步了吗？狂人是思想者，"疯子"是实践者，从思想到实践，或
许是进步吧。然而换来的结果是越来越惨烈了。相较于《药》中夏瑜的
命运，"疯子"还活着，这是进步吗？

再来比较一下两者的结尾。《狂人日记》的结尾：

> 没有吃过人的孩子，或者还有？
> 救救孩子……

《长明灯》的结尾：

> 从此完全静寂了，暮色下来，绿莹莹的长明灯更其分明地照
> 出神殿，神龛，而且照到院子，照到木栅里的昏暗。
> 孩子们跑出庙外也就立定，牵着手，慢慢地向自己的家走去，
> 都笑吟吟地，合唱着随口编派的歌：
> "白篷船，对岸歇一歇。
> 此刻熄，自己熄。
> 戏文唱一出。

我放火！哈哈哈！

火火火，点心吃一些。

戏文唱一出。

……………

………

…"

  《狂人日记》的结尾尽管有喊口号的嫌疑，但是口号也意味着激情和希望，之所以呐喊"救救孩子"，是因为对孩子怀有莫大的希望。

  而《长明灯》的结尾是一首歌谣，歌谣的内容是以"疯子"在小说中的经典意愿动作"熄灯""放火"为主要内容编排的，在歌谣中，充满了对"疯子"这两个行为的嘲讽。孩子们"笑吟吟地"唱着"随口编派"的歌，"疯子"的行为成为笑料。孩子们是天真的、单纯的，他们可能并不知道歌谣的内容意味着什么，但是正因为他们还是"白纸"，还有启蒙的可能，所以孩子们的行为才更让人绝望：从小他们耳濡目染的是这样的环境，那长大后呢？是不是身份高一些的就成了郭老娃、四爷们，混得差一些的就成了阔亭、三角脸一类的角色？

  所以，从《狂人日记》到《长明灯》，我似乎感受到了鲁迅越发绝望的心境，他关于"铁屋子"的比喻又似乎呈现在眼前。

  1919 年，鲁迅在《随感录四十三》中写道："可怜外国事物，一到中国，便如落在黑色染缸里似的，无不失了颜色。"[①] 1925 年，鲁迅给许广平的信中写道："中国大约太老了，社会里事无大小，都恶劣不堪，像一只黑色的染缸，无论加进什么新东西去，都变成漆黑……"[②] 1934 年，鲁迅的《偶感》中写："每一新制度，新学术，新名词，传入中国，便如落在黑色染缸，立刻乌黑一团，化为济私助焰

---

①　鲁迅. 鲁迅全集：编年版：第 1 卷 [M]. 北京：人民文学出版社，2014：692.

②　鲁迅. 鲁迅全集：编年版：第 3 卷 [M]. 北京：人民文学出版社，2014：461.

之具，科学，亦不过其一而已。""此弊不去，中国是无药可救的。"①

鲁迅说中国文化是染缸文化，正因为有这样的认识，所以鲁迅对于"启蒙"始终抱有怀疑。希望在于将来，将来是孩子们的，可是他们的父辈祖辈、他们周围的生长环境都是如此地恶劣，他们不会是循着少年闰土到中年闰土的人生轨迹吗？一个人很难脱离自己的生长环境，当周围都是封建迷信的时候，"科学"怎能发展？当专制的气氛越来越浓的时候，"民主"大约是遥遥无期吧？

1921 年《新青年》同人的疏离、各奔东西，在鲁迅的内心会产生一定的怅惘和失落吧？在 1922 年底所作的《〈呐喊〉自序》中，"寂寞""无聊""悲哀"这样的词语多处出现。1923 年，兄弟失和，原本同心同德，一起呐喊的弟弟，转眼成为老死不相往来的隔膜者，甚至是仇人，其内心深处的创痛可想而知，这件事导致鲁迅大病一场。事隔十年后，这种"荷戟独彷徨"的悲凉仍未忘怀，1932 年，鲁迅在《〈自选集〉自序》中，慨叹当时的情景：

> "后来《新青年》的团体散掉了，有的高升，有的退隐，有的前进，我又经验了一回同一战阵中的伙伴还是会这么变化，并且落得一个"作家"的头衔，依然在沙漠中走来走去……。新的战友在那里呢？"②

启蒙者散伙了，启蒙者尚且如此，被启蒙者如何呢？从洋务运动到维新变法，再到辛亥革命，国民似乎还是那样，张勋复辟时期的"七斤"们和辛亥革命中的"华老栓"们，思想上似乎并没有什么不同，所谓的"维新""革命"，只不过是换了一茬统治者而已，不过是"城头变幻大王旗"罢了。1925 年 2 月 12 日鲁迅在《忽然想到》中说：

---

① 鲁迅. 鲁迅全集: 编年版: 第 8 卷 [M]. 北京: 人民文学出版社, 2014: 98.
② 鲁迅. 鲁迅全集: 编年版: 第 6 卷 [M]. 北京: 人民文学出版社, 2014: 819.

我觉得仿佛久没有所谓中华民国。

我觉得革命以前，我是做奴隶；革命以后不多久，就受了奴隶的骗，变成他们的奴隶了。

……

我觉得许多烈士的血都被人们踏灭了，然而又不是故意的。

我觉得什么都要从新做过。①

历史的演进仿佛不过是一次次的重复、一次次的循环，而所谓"革命"，似乎并没有带来历史的进步，不过再次证明历史与现实陷入了荒谬的轮回。在完成《长明灯》后仅隔一天，1925年3月2日，鲁迅就写了《过客》，最末的一句是："我只得走。我还是走好罢……。"②

即使是"轮回"，但在一次次的启蒙与变革中，大抵还是会或多或少唤醒几个人的，有了这些人，就有打破"铁屋子"的希望。怀抱着这样微末的希望，过客大抵也"只得走""还是走好罢"。

拓展阅读

① 鲁迅：《热风》，选自《鲁迅全集（编年版）》，人民文学出版社，2014年。
② 鲁迅：《孤独者》，选自《鲁迅全集（编年版）》，人民文学出版社，2014年。
③ 鲁迅：《过客》，选自《鲁迅全集（编年版）》，人民文学出版社，2014年。

思考题

1. 你觉得这篇小说的主人公是谁？说说理由。
2. 你觉得现实生活中还有没有这种固执地要吹熄"长明灯"的人？谈谈你的认识。

① 鲁迅. 鲁迅全集：编年版：第3卷 [M]. 北京：人民文学出版社，2014: 152.
② 鲁迅. 鲁迅全集：编年版：第3卷 [M]. 北京：人民文学出版社，2014: 112.

珂勒惠支：织工队
铜版画
22cmx29cm
1898 年

第十四讲
复仇与消解

鲁迅笔下的黑色人，类似于原侠的化身，

他不是一个人物，而代表一种精神：

善于报仇和愿意为人报仇，因为他的内心充满伤痕；

但是他又是不屈的，他知道自己的使命就是为人报仇。

一、"故事"与"新编"

　　《故事新编》一共8篇:《补天》《奔月》《理水》《采薇》《铸剑》《出关》《非攻》《起死》。何谓"故事新编"?"故事"指向内容,这8篇小说都取材于"神话,传说以及史实的演义"[①];"新"指向思想,是融入了作者所生活时代的精神与自身的生命体验;"编"指向手法,是"只取一点因由,随意点染,铺成一篇"[②]。其中每篇小说的题目都是两个字,而《铸剑》在1927年发表于《莽原》时,《眉间尺》是其原题目,1932年编入《自选集》的时候,鲁迅才又改为现在的《铸剑》一名,鲁迅把三个字改成两个字是否有让标题整齐的意思,不得而知。

　　在相传为魏曹丕所著的《列异传》中有如下的记载:

　　　　干将莫邪为楚王作剑,三年而成。剑有雄雌,天下名器也,乃以雌剑献君,藏其雄者。谓其妻曰:"吾藏剑在南山之阴,北山之阳;松生石上,剑在其中矣。君若觉,杀我;尔生男,以告之。"及至君觉,杀干将。妻后生男,名赤鼻,告之。赤鼻斫南山之松,不得剑;忽于屋柱中得之。楚王梦一人,眉广三寸,辞欲报仇。购求甚急,乃逃朱兴山中。遇客,欲为之报;乃刎首,将以奉楚王。客令镬煮之,头三日三夜跳不烂。王往观之,客以雄剑倚拟王,王头堕镬中;客又自刎。三头悉烂,不可分别,分葬之,名曰三王冢。(据鲁迅辑《古小说钩沉》本)[③]

　　又晋代干宝《搜神记》卷十一也有内容大致相同的记载,而叙述较为细致,如眉间尺山中遇客一段说:

---

① 鲁迅. 鲁迅全集:编年版:第6卷 [M]. 北京:人民文学出版社, 2014:819.
② 鲁迅. 鲁迅全集:编年版:第9卷 [M]. 北京:人民文学出版社, 2014:279.
③ 顾德希. 北京市高中课程改革实验版 语文 必修(五)[M]. 北京:北京出版社, 2008:34.

（楚）王梦见一儿，眉间广尺，言欲报仇，王即购之千金。儿闻之，亡去，入山行歌。客有逢者，谓子年少，何哭之甚悲耶？曰："吾干将莫邪子也。楚王杀我父，吾欲报之。"客曰："闻王购子头千金，将子头与剑来，为子报之。"儿曰："幸甚！"即自刎，两手捧头及剑奉之，立僵。客曰："不负子也。"于是尸乃仆。①

此外，相传为后汉赵晔所著的《楚王铸剑记》，完全与《搜神记》所记相同，略去不录。这是"故事"。

那么，围绕小说三要素：情节、人物、环境，将鲁迅小说《铸剑》与《列异传》《搜神记》进行比较，"新编"较之"故事"有哪些添加部分？

通过梳理，大致如下：

情节：第一处是小说《铸剑》的第一部分，增加了眉间尺和老鼠之间的斗争。

第二处是小说《铸剑》的第四部分，增加了对"复仇"之后的写作。

人物：第一处是把黑色人作为复仇的主角，眉间尺降为第二主角。

第二处是《铸剑》中描写了群众的群像，主要在小说的第二部分和第四部分。

环境："故事"中是明确的"楚王""楚国"，而鲁迅的"新编"中虚化了故事背景。

二、眉间尺的成长史

（一）眉间尺与老鼠的斗争

文章第一部分花大量的笔墨记述眉间尺与老鼠的故事。在第一部

---

① 顾德希. 北京市高中课程改革实验版 语文 必修（五）[M]. 北京：北京出版社，2008：34.

分主要写了眉间尺的心理变化：发烦—非常高兴、畅快—憎恨—可怜—可恨可憎—很可怜、非常难受—不冷不热—冷得毛骨悚然、热血在全身沸腾—浑身如烧着猛火、每一枝毛发上闪出火星—心跳着、很沉静—已经改变优柔的性情—翻来覆去睡不着。

老鼠在啃噬锅盖，"他听得发烦"；老鼠掉进水里，"好！该死！"他想着，"心里非常高兴"，甚至他爬起来去看看老鼠的窘境了，"活该"，而且"很觉得畅快"；然而他看着挣扎得筋疲力尽的老鼠，始终没有痛打落水狗的勇气，甚至还"忽然觉得它可怜了，就又用那芦柴，伸到它的肚下去，老鼠抓着，歇了一回力，便沿着芦干爬了上来"；但马上又憎恨了；反复如此，"他又觉得很可怜，仿佛自己作了大恶似的，非常难受。他蹲着，呆看着，站不起来"；"性情还是那样，不冷不热地，一点也不变"。不冷不热，正好和下文中剑的历经大热而归于大冷相反；此处突然引进来父亲的仇："冷得毛骨悚然，而一转眼间，又觉得热血在全身中忽然腾沸。"本能让他充满复仇的雄心，"我已经改变了我的优柔的性情，要用这剑报仇去"；"他决心要并无心事一般，倒头便睡，清晨醒来，毫不改变常态，从容地去寻他不共戴天的仇雠"，"但他醒着。他翻来覆去，总想坐起来"，母亲的叹息正好说明了他性格的柔弱不可能立刻改变。

眉间尺心理变化的过程，其实就是他心理成长的过程：他从不冷不热到大冷大热的过程正是他成长的过程。在这个过程中他很大程度上完成了性格缺陷的补足；尽管在最后一部分他的心里所想和实际行为有一定差距，但他坚定了复仇的决心。

鲁迅在《铸剑》中加入眉间尺和老鼠之间的斗争，让眉间尺这个人物形象更加丰富，从而也为后面的"复仇"做好了铺垫。读者脑海中出现了这样一个"眉间尺"的形象：他几乎是不可能完成复仇的任务的，因为性格优柔的他所面对的是最强大的敌人——王。

在这一部分中，看看他的母亲的态度：

"唉！"他的母亲叹息说，"一交子时，你就是十六岁了，性情还是那样，不冷不热地，一点也不变。看来，你的父亲的仇是没有人报的了。"

他看见他的母亲坐在灰白色的月影中，仿佛身体都在颤动；低微的声音里，含着无限的悲哀，使他冷得毛骨悚然，而一转眼间，又觉得热血在全身中忽然腾沸。

……

"有的。还要你去报。我早想告诉你的了；只因为你太小，没有说。现在你已经成人了，却还是那样的性情。这教我怎么办呢？你似的性情，能行大事的么？"

"能。说罢，母亲。我要改过……。"

"自然。我也只得说。你必须改过……。那么，走过来罢。"

他走过去；他的母亲端坐在床上，在暗白的月影里，两眼发出闪闪的光芒。

"听哪！"她严肃地说……

……

"你从此要改变你的优柔的性情，用这剑报仇去！"他的母亲说。……

"但愿如此。你穿了青衣，背上这剑，衣剑一色，谁也看不分明的。衣服我已经做在这里，明天就上你的路去罢。不要记念我！"她向床后的破衣箱一指，说。

……

……他听到他母亲的失望的轻轻的长叹。

母亲看眉间尺"优柔的性情"，难以为父报仇，所以她"叹息""无限的悲哀""但愿如此""失望的轻轻的长叹"。但是仇又不能不报，既然眉间尺已经成人，就应该按照丈夫生前的交代："一到成人之后，你便交给他这雄剑，教他砍在大王的颈子上，给我报仇！"然而，眉间尺不冷不热的性情大约是完不成复仇大业的，为了果断其心，母亲交代眉间尺"不要记念我"，意在解决眉间尺的后顾之忧，不要因为母亲而有所顾忌。然而，母亲最后还是发出"失望的轻轻的长叹"。

眉间尺的性格在这个成年的晚上已经有极大的改变，但不可能立即就能承担起复仇的重任。母亲这一声长长的叹息，既是对他的一份失望，也未尝不是一种促进。眉间尺告别母亲，告别家，踏上复仇的道路，他所面对的是全国最有权势的人，几乎可以肯定这是一条不归路。他从杀死一只老鼠都犹疑不定，到坚定地踏上刺杀王的不归路，到底是一种进步。他还需要历练，在实战中增长见识，他还需要遇到比自己强大的黑衣人，从而帮他完成不可能完成的任务。

眉间尺，他上路了。

（二）眉间尺在路上

当眉间尺肿着眼眶，头也不回的跨出门外，穿着青衣，背着青剑，迈开大步，径奔城中的时候，东方还没有露出阳光。杉树林的每一片叶尖，都挂着露珠，其中隐藏着夜气。但是，待到走到树林的那一头，露珠里却闪出各样的光辉，渐渐幻成晓色了。远望前面，便依稀看见灰黑色的城墙和雉堞。

聚焦于极细微的露珠上，由"隐藏着夜气"到"闪出各样的光辉，渐渐幻成晓色了"。写出的不仅是时间的变化，也巧妙地完成了眉间尺活动场景的转化。跨出大门，告别母亲，迈开大步，眉间尺来到城里，这应该是他的第一次进城，是一个成年人的出门远行。这场远行，他能应付得来吗？毕竟远离了熟识的故乡和母亲；更何况他还身负不共戴天之仇，他能够报仇成功吗？

"他径自向前走；一个孩子突然跑过来，几乎碰着他背上的剑尖，使他吓出了一身汗。"之所以"吓出了一身汗"，是因为之后人群拥挤，眉间尺害怕雄剑伤人，于是"只得宛转地退避"。初到城市，眉间尺背着锋利无比的雄剑，害怕到人多的地方，害怕伤着人，这固然是其善良之处，然而也看出他的"优柔的性情"还是隐藏在身上，他在乎别人到了"吓出一身汗"的地步，他的内心可能就柔软有余而坚决不足了。那见到仇人——王，眉间尺作何反应：

> 他不觉全身一冷，但立刻又灼热起来，像是猛火焚烧着。他一面伸手向肩头捏住剑柄，一面提起脚，便从伏着的人们的脖子的空处跨出去。
>
> 但他只走得五六步，就跌了一个倒栽葱，因为有人突然捏住了他的一只脚。

正是仇人相见，分外眼红。眉间尺被仇恨之火灼烧着，于是他伸手捏住剑柄，一面提起脚，跨出去，这是一个很潇洒勇武的动作，是被仇恨之火激发、忘掉一切利害关系的拼死一战的前奏。然而，眉间尺的一只脚被人捏住了，他跌了一个倒栽葱。王出场，是一个非常庄严肃穆的场合，不能随意走动，所以眉间尺被人捏住了脚；眉间尺替父报仇，也是悲壮，而眉间尺的雄姿英发也颇有英雄出场的意味，而这一切庄严、悲壮的意味全部被"倒栽葱"、被"有人突然捏住了他的一只脚"给消解掉了，只觉得好笑、滑稽。这是眉间尺复仇大业的第一个障碍，然而障碍是谁？眉间尺根本找不到，因为是"有人"而已。而更难缠的对手正在等着他：

> 这一跌又正压在一个干瘪脸的少年身上；他正怕剑尖伤了他，

吃惊地起来看的时候，肋下就挨了很重的两拳。他也不暇计较，再望路上，不但黄盖车已经走过，连拥护的骑士也过去了一大阵了。

路旁的一切人们也都爬起来。干瘪脸的少年却还扭住了眉间尺的衣领，不肯放手，说被他压坏了贵重的丹田，必须保险，倘若不到八十岁便死掉了，就得抵命。闲人们又即刻围上来，呆看着，但谁也不开口；后来有人从旁笑骂了几句，却全是附和干瘪脸少年的。眉间尺遇到了这样的敌人，真是怒不得，笑不得，只觉得无聊，却又脱身不得。这样地经过了煮熟一锅小米的时光，眉间尺早已焦躁得浑身发火，看的人却仍不见减，还是津津有味似的。

眉间尺的脚被人一捏，不仅跌了一个倒栽葱，更其糟糕的是不小心压在了一个干瘪脸的少年身上，先是"肋下就挨了很重的两拳"，接着"干瘪脸的少年却还扭住了眉间尺的衣领，不肯放手，说被他压坏了贵重的丹田，必须保险，倘若不到八十岁便死掉了，就得抵命"。鲁迅的笔触实在幽默，"贵重的丹田""必须保险""不到八十岁"，这些无厘头的表述就是鲁迅在《〈故事新编〉序言》中所言的"油滑"，刻画出来的是一个无赖的形象。

周围尽是看热闹的，"笑骂""全是附和"，一个解劝的人也没有，眉间尺"怒不得，笑不得，只觉得无聊，却又脱身不得"。干瘪脸的少年、周围的人，他们是眉间尺的"敌人"吗？相较于"王"，这些"敌人"自己该怎么对付？眉间尺无所措手了，只觉得"焦躁得浑身发火"，可是看热闹的闲人依然"津津有味"，眉间尺该怎么办？

（三）复仇

眉间尺真是走投无路了，还没有遭遇真正的仇人，就已经被一个无赖，被无处不在的闲人牵绊住了，怎么办？

黑色人来了。

挤进一个黑色的人来，黑须黑眼睛，瘦得如铁。他并不言语，只向眉间尺冷冷地一笑，一面举手轻轻地一拨干瘪脸少年的下巴，并且看定了他的脸。那少年也向他看了一会，不觉慢慢地松了手，溜走了……

"并不言语"，只需要看定了干瘪少年的脸就把他吓走了，用眼神和气场震慑对手，之前敲诈消遣眉间尺的无赖"不觉慢慢地松了手"，而且"溜走了"。两相比较，眉间尺是何等的弱小。

"他向南走着；心里想，城市中这么热闹，容易误伤，还不如在南门外等候他回来，给父亲报仇罢，那地方是地旷人稀，实在很便于施展。"眉间尺为第一次刺杀失败找到了借口，于是不如在城外报仇，这不过是眉间尺的自欺欺人罢了。他在城外等待，然而在吃馒头的时候想起了母亲，"不觉眼鼻一酸"；天色渐晚，国王始终没有出现，"天色愈暗，他也愈不安"。眉间尺还是显现出内心的柔弱和胆怯。

黑色人告诉眉间尺，有人告密了，而且国王已经从东门还宫，下令捕拿眉间尺了。眉间尺"不觉伤心起来"，于是黑色人低声说："唉唉，母亲的叹息是无怪的。"眉间尺和黑色人交谈过后，眉间尺发现黑色人无所不知，而且他的能力超群，既然以自己的性格和能力，几乎是不可能完成复仇任务的，于是只能借助于黑色人。所以当黑色人提出为眉间尺复仇的两个条件："一是你的剑，二是你的头！"眉间尺虽然觉得奇怪，有些狐疑，却并不吃惊，他毫无保留地相信了黑色人，于是他爽快地砍下自己的头，把为父报仇的使命交付到陌生的黑色人手中。

眉间尺在这个过程中，展现出来的决断正是他成长的一个明证。按照黑色人的分析，眉间尺是不可能完成复仇的使命的，而且王已经下令追捕眉间尺了，不要说报仇，自己的命也很难保障，也就是说眉间尺面临着这样一种困境：身负必须完成的使命，而自己又没有能力去完成，与其坐以待毙，不如把命交给黑色人放手一搏，这是没有选择的选择。"眉间尺便举手向肩头抽取青色的剑，顺手从后项窝向前一削，头颅坠在地面的青苔上，一面将剑交给黑色人。"一个连老鼠都不敢杀的青年，却能够毅然地砍下自己的脑袋，这是怎样一种生命的历程啊，在这历程中怎能没有人生的成长呢？这成长必定是大成长，至此，眉间尺完成了由十六岁的男孩到男人的转变过程。如果说在此之前他只是有一个复仇的模糊概念的话，至此，他真正理解了复仇的难度和不能完成性，认识的深化和面对死亡的坦然都展现出眉间尺的成长。

按照我们的逻辑，人头落地，人就死了，可是小说的魅力就在于不可能中的可能，眉间尺还有戏份，还有成长。

那头是秀眉长眼，皓齿红唇；脸带笑容；头发蓬松，正如青烟一阵。

……

那头即随水上上下下，转着圈子，一面又滴溜溜自己翻筋斗，人们还可以隐约看见他玩得高兴的笑容。过了些时，突然变了逆水的游泳，打旋子夹着穿梭，激得水花向四面飞溅，满庭洒下一阵热雨来。

……

那头也就在水中央停住，面向王殿，颜色转成端庄。这样的有十余瞬息之久，才慢慢地上下抖动；从抖动加速而为起伏的游泳，但不很快，态度很雍容。绕着水边一高一低地游了三匝，忽然睁大眼睛，漆黑的眼珠显得格外精采，同时也开口唱起歌来：

……

那头仰面躺在水中间，两眼正看着他的脸。待到王的眼光射到他脸上时，他便嫣然一笑。这一笑使王觉得似曾相识，却又一时记不起是谁来。

这四处关于眉间尺"头"的描写，充分说明了眉间尺的冷静和顾全大局。仇人相见本应分外眼红，但是他需要压抑住内心的仇恨，必须按照计划一步步进行，否则就前功尽弃。他"脸带笑容""玩得高兴的笑容""态度很雍容""嫣然一笑"，尽力不露出破绽，简直完美；而后才会让国王放松警惕，也才让黑色人有机会挥剑斩王头。

> 仇人相见，本来格外眼明，况且是相逢狭路。王头刚到水面，眉间尺的头便迎上来，很命在他耳轮上咬了一口。鼎水即刻沸涌，澎湃有声；两头即在水中死战。约有二十回合，王头受了五个伤，眉间尺的头上却有七处。王又狡猾，总是设法绕到他的敌人的后面去。眉间尺偶一疏忽，终于被他咬住了后项窝，无法转身。这一回王的头可是咬定不放了，他只是连连蚕食进去；连鼎外面也仿佛听到孩子的失声叫痛的声音。

"王头刚到水面，眉间尺的头便迎上来，很命在他耳轮上咬了一口。"他已经没有遇到干瘪脸少年时的无助了，敌人在那里，他完全知道自己该采取什么措施。尽管"王头受了五个伤，眉间尺的头上却有七处"，而且"连鼎外面也仿佛听到孩子的失声叫痛的声音"，眉间尺斗不过，但是他却绝少胆怯，仍是韧性的战斗。待到黑色人也加入，两人终于合力将王咬死，还谨慎地查看"王头确已断气，便四目相视，微微一笑，随即合上眼睛，仰面向天，沉到水底里去了"。这是眉间尺复仇大业完成后的微笑，是大仇得报的欣慰、心安。

眉间尺从最开始的不冷不热，中间经历刺杀失败，被无赖纠缠，再到以死相托黑色人，最后和黑色人一起完成复仇，在这一过程中眉间尺的性格变得果断坚决，他完成了自己生命的飞跃。如果说他的父亲完成了"铸剑"的任务，眉间尺其实也完成了"铸剑"的任务，他的成长也是一个自我铸造的过程。

三、黑色侠士

　　前面的人圈子动摇了，挤进一个黑色的人来，黑须黑眼睛，瘦得如铁。他并不言语，只向眉间尺冷冷地一笑，一面举手轻轻地一拨干瘪脸少年的下巴，并且看定了他的脸。

　　……

　　"你么？你肯给我报仇么，义士？"

　　"阿，你不要用这称呼来冤枉我。"

　　"那么，你同情于我们孤儿寡妇？……"

　　"唉，孩子，你再不要提这些受了污辱的名称。"他严冷地说，"仗义，同情，那些东西，先前曾经干净过，现在却都成了放鬼债的资本。我的心里全没有你所谓的那些。我只不过要给你报仇！"

　　……

　　"但你为什么给我去报仇的呢？你认识我的父亲么？"

　　"我一向认识你的父亲，也如一向认识你一样。但我要报仇，却并不为此。聪明的孩子，告诉你罢。你还不知道么，我怎么地善于报仇。你的就是我的；他也就是我。我的魂灵上是有这么多的，人我所加的伤，我已经憎恶了我自己！"

　　黑色人一出场，特征明显：首先是"黑"，其次是"冷"。黑色人是谁？横空出世，像极了金庸小说中的大侠，来无影去无踪，在合适的时间合适的地点出现，事成之后飘然离去。眉间尺在干瘪脸少年的纠缠下无所适从，黑色人冷冷地出场了，只是冷冷地瞪着人看，问题就解决了，杀人的不是剑，用眼神就可以了。

　　《笑傲江湖》中"独孤九剑"的创始人风清扬，有一段关于武功至高境界的高论：心中了无凝滞，无所牵挂，自然无色无相，至练功的最高层次，无剑胜有剑，飞花摘叶皆可伤人。黑色人大致就是这个层级的绝顶高手，一出场就小试牛刀，以眼神吓跑众人。他的内心也是不被外物凝滞的，什么"义士""同情"是他所不愿意提及的，"'唉，孩子，你再不要提这些受了污辱的名称。'他严冷地说，'仗义，同情，那些东西，先前曾经干净过，现在却都成了放鬼债的资本。我的心里全没有你所谓的那些。我只不过要给你报仇！'""我的魂灵上是有这么多的，人我所加的伤，我已经憎恶了我自己！"

黑色人也曾受过生命的磨难，也许他有很美好的理想，也许也有过生命的热烈、爱的执着，对于同情、正义等也曾信仰而且追求过。只是在受过人的伤害与利用后，他认清了现实，洞彻一切虚妄，所以不再抱有幻想，不再纠结于人与人之间的情义。那些所谓的好听的名称早就被人玷污过了，于是他只是为了复仇，这是黑色人的纯粹。他非常的干脆决绝，他似乎无欲望，也并不强求，"你信我，我便去；你不信，我便住"。黑色人的行为超出一般人的思维惯性，他的言辞让人难于理解接受，然而，这就是黑色人，要的是纯粹的信任。这是生命的付出，眉间尺怎能接受？但眉间尺也没有胆怯，付出了自己的信任和生命。

作者反复渲染他的"严冷"，那"冷冷的一笑"，那令人毛骨悚然的鸱鸮般的声音，磷火似的眼睛，那冰冷的思维与言语，黑色人绝情冷性，于是无所牵挂，也就彻底决绝，于是才可能面对强大的国王完成复仇大业。

"'呵呵！'他一手接剑，一手捏着头发，提起眉间尺的头来，对着那热的死掉的嘴唇，接吻两次，并且冷冷地尖利地笑。"但是，黑色人又对死去的眉间尺充满热情，因为他对着眉间尺的嘴唇"接吻两次"，这是大热；然后"冷冷地尖利地笑"，这是大冷。大热后复归大冷，这是黑色人性格的极致，此后他舍弃掉一切眷恋，专心复仇。

笑声即刻散布在杉树林中，深处随着有一群燐火似的眼光闪动，倏忽临近，听到咻咻的饿狼的喘息。第一口撕尽了眉间尺的青衣，第二口便身体全都不见了，血痕也顷刻舔尽，只微微听得咀嚼骨头的声音。

最先头的一匹大狼就向黑色人扑过来。他用青剑一挥，狼头便坠在地面的青苔上。别的狼们第一口撕尽了它的皮，第二口便身体全都不见了，血痕也顷刻舔尽，只微微听得咀嚼骨头的声音。

这两段文字非常的残忍而且奇怪。残忍在于饿狼将眉间尺的青衣撕尽，吃了他的身体，并且连血痕也顷刻舔尽；奇怪在于这两段文字几乎就是重复的，不同在于一者吃的是眉间尺，一者吃的是狼的同伴。狼是不分敌我的，见着食物就抢。黑色人如同狼一样忘情："我已经憎恶了我自己！"于是他的复仇坚决而且彻底，是典型的"一个也不宽恕"。

黑色人为什么要替眉间尺复仇？甚至不惜赔上自己的性命。因为"你的就是我的；他也就是我"。黑色人说"你"，意味着可以是眉间尺，也可以是一切人，他善于复仇，也愿意为一切人复仇。司马迁在《游侠列传》中将侠客分为"平民之侠"和战国四公子之类的贵族所养之侠。后者多是"士为知己者死"，譬如聂政、专诸、荆轲等；而平民之侠也有人称之为原侠，具有墨家的"兼爱"精神，施恩不图报，"其言必信，其行必果，已诺必诚，不爱其躯，赴士之厄困，既已存亡死生矣，而不矜其能，羞伐其德，盖亦有足多者焉。"[1]黑色人身上就具备原侠精神，在眉间尺无能为力的时候，主动承担起其复仇任务，他就是单纯地复仇，绝对地利他，不轻易受人恩惠，也不愿意别人以为他在授人恩惠；因为所谓恩惠、正义等只会阻碍他的行动，最重要的是行动力，所以他需要的是一个人，天地之间一个人，你不欠我，我也不欠你，这样最好，行事最为果决。在眉间尺和国王的搏斗中处于下风时，他果断地割下自己的头，加入到搏斗中去，这些都说明他是有大爱的人，之所以不

① 司马迁. 史记: 第 10 册 [M]. 北京: 中华书局，2011: 3181.

纠缠于琐屑的小爱，是为了更好地发挥大爱。

鲁迅笔下的黑色人，类似于原侠的化身，他不是一个人物，而代表一种精神：善于报仇和愿意为人报仇，因为他的内心充满伤痕；但是他又是不屈的，他知道自己的使命就是为人报仇。

四、王和群众

> 眉间尺正看见一辆黄盖的大车驰来，正中坐着一个画衣的胖子，花白胡子，小脑袋；腰间还依稀看见佩着和他背上一样的青剑。

这是国王的第一次正式出场，在此之前，眉间尺的母亲描述过国王，国王杀掉了为自己铸剑的工匠，因为国王怕工匠去给别人炼剑，从而与自己匹敌甚至超过自己，而且"怕他鬼魂作怪，将他的身首分埋在前门和后苑了"。这是一个猜忌、自私、残忍的国王。但其中也不乏有保家卫国的成分，"大王知道是异宝，便决计用来铸一把剑，想用它保国，用它杀敌，用它防身"。毕竟这样的工匠为别的国家铸剑就是一份危险。

然而，剑的使命似乎也在发生着变化：

> 午后，国王一起身，就又有些不高兴，待到用过午膳，简直现出怒容来。
>
> "唉唉！无聊！"他打一个大呵欠之后，高声说。
>
> 上自王后，下至弄臣，看见这情形，都不觉手足无措。白须老臣的讲道，矮胖侏儒的打诨，王是早已听厌的了；近来便是走索，缘竿，抛丸，倒立，吞刀，吐火等等奇妙的把戏，也都看得毫无意味。他常常要发怒；一发怒，便按着青剑，总想寻点小错处，杀掉几个人。

"他常常要发怒；一发怒，便按着青剑，总想寻点小错处，杀掉几个人。"保家卫国的剑成了取乐的工具，也可以看出国王本身的变化：国王逐渐堕落了。那么，是什么导致国王逐渐堕落的呢？除了国王本身的原因之外，还有上至王后、下至弄臣的这些阿谀奉承者，他们在培养并且加剧国王的堕落。此外，更广大的群众也是难辞其咎的吧。

当国王外出游山，先是有幸见到，"前面的人们都陆续跪倒了"，等国王走了，"这时满城都议论着国王的游山，仪仗，威严，自己得见国王的荣耀，以及俯伏得有怎么低，应该采作国民的模范等等，很像蜜蜂的排衙"。国王并不是一个好王，暴虐、凶残，但是却得到了民众的恭迎和艳羡，这就是典型的奴才，对自己奴隶的地位，不思反抗，反而从屈辱压迫的位置中获得了满足，甚至要赞颂了。这样的民众势必会助长国王的堕落。群众是这样的群众，国王治下的环境如此，国王越是暴虐，越是无道，群众也就越发奴性。反过来，群众越是俯伏得低，就越是助长国王的暴虐无道。

让我们再次将目光转向群众，小说中有两次集中描写群众：

第一次：

男人们一排一排的呆站着；女人们也时时从门里探出头来。她们大半也肿着眼眶；蓬着头；黄黄的脸，连脂粉也不及涂抹。

眉间尺预觉到将有巨变降临，他们便都是焦躁而忍耐地等候着这巨变的。

……转出北方，离王宫不远，人们就挤得密密层层，都伸着脖子。人丛中还有女人和孩子哭嚷的声音。他怕那看不见的雄剑伤了人，不敢挤进去；然而人们却又在背后拥上来。他只得宛转地退避；面前只看见人们的背脊和伸长的脖子。

忽然，前面的人们都陆续跪倒了；远远地有两匹马并着跑过来。……跪着的人们便都伏下去了。

呆站着的男人们、肿着眼眶不及涂抹脂粉的女人们，都焦躁而且忍耐地等候着巨变。"焦躁"是期待巨变的快点发生；"忍耐"是因为巨变一定会发生，而且一定大有看头。人们挤得"密密层层，都伸着脖子""人们却又在背后拥上来。……只看见人们的背脊和伸长的脖子"。首先是人多而拥挤，其次是看的姿态和期待，表明都是些无聊的人们，需要巨变来消遣。终于，"前面的人们都陆续跪倒了"，然后"跪着的人们便都伏下去了"，这是群众对权势者的顺从，是本能的反应，是长期以来的惯性。而眉间尺准备腾空刺杀国王时被人捏住一只脚，也是因为如此庄重的场合，是不能随便走动的，所有人都跪伏下去，不允许有特例，所以眉间尺跌了一个倒栽葱，其实是群众不自觉维护威权的结果。

……干瘪脸的少年却还扭住了眉间尺的衣领，不肯放手，说被他压坏了贵重的丹田，必须保险，倘若不到八十岁便死掉了，就得抵命。闲人们又即刻围上来，呆看着，但谁也不开口；后来有人从旁笑骂了几句，却全是附和干瘪脸少年的。眉间尺遇到了这样的敌人，真是怒不得，笑不得，只觉得无聊，却又脱身不得。这样地经过了煮熟一锅小米的时光，眉间尺早已焦躁得浑身发火，看的人却仍不见减，还是津津有味似的。

前面的人圈子动摇了，挤进一个黑色的人来，黑须黑眼睛，瘦得如铁。他并不言语，只向眉间尺冷冷地一笑，一面举手轻轻地一拨干瘪脸少年的下巴，并且看定了他的脸。那少年也向他看了一会，不觉慢慢地松了手，溜走了；那人也就溜走了；看的人们也都无聊地走散。只有几个人还来问眉间尺的年纪，住址，家里可有姊姊。眉间尺都不理他们。

干瘪脸的少年、"闲人""即刻围上来""呆看着"，又是一个"呆"，"呆"意味着空洞、无聊。所谓"闲人"就是无事可做的人，于是需要消遣，于是渴求"戏"的上演，希望赏玩别人的尴尬和难处。他们害怕无戏可看，所以没有人出手替眉间尺解围。然而当黑色人一出现，干瘪脸的少年就逃走了，围观的闲人也就散了，到底还是欺软怕硬：只要跟自己无关，就不怕事大；一旦见势不妙，就赶紧开溜。

> 这时满城都议论着国王的游山，仪仗，威严，自己得见国王的荣耀，以及俯伏得有怎么低，应该采作国民的模范等等，很像蜜蜂的排衙。

将他们比作蜜蜂，是一个绝妙的比喻。据说蜜蜂早晚两次群聚于蜂房外，朝见蜂王。"满城都议论"就如同蜜蜂的嗡嗡声，不绝于耳；"排衙"说明整齐划一，尊卑有序；"荣耀""俯伏得有怎么低"，就是习惯使然，是集体无意识，是奴性的深入骨髓。满城百姓无外乎在羡慕、夸耀、攀比奴性，真是万劫不复的奴才。

第一处集中描写群众，其实写了两次"围观"：一次的对象是国王；另一次的对象是眉间尺。围观国王是大事件，早有预期的，一定会发生的，是有机会的一次看戏；围观眉间尺是小事件，是偶然突发事件，属于没有机会也要创造机会的看戏。国王是权势者，所以他们屈从，是恭敬地看戏；眉间尺是弱小者，所以他们鄙夷，是嘲弄地看戏。

第二处集中描写群众：

> 七天之后是落葬的日期，合城很热闹。城里的人民，远处的人民，都奔来瞻仰国王的"大出丧"。天一亮，道上已经挤满了男男女女；中间还夹着许多祭桌。待到上午，清道的骑士才缓辔而来。又过了不少工夫，才看见仪仗，什么旌旗，木棍，戈戟，弓弩，黄钺之类；此后是四辆鼓吹车。再后面是黄盖随着路的不平而起伏着，并且渐渐近来了，于是现出灵车，上载金棺，棺里面

藏着三个头和一个身体。

　　百姓都跪下去，祭桌便一列一列地在人丛中出现。几个义民很忠愤，咽着泪，怕那两个大逆不道的逆贼的魂灵，此时也和王一同享受祭礼，然而也无法可施。

　　此后是王后和许多王妃的车。百姓看她们，她们也看百姓，但哭着。此后是大臣，太监，侏儒等辈，都装着哀戚的颜色。只是百姓已经不看他们，连行列也挤得乱七八糟，不成样子了。

　　"合城很热闹"，因为"城里的人民""远处的人民"都来了，"挤满了男男女女"，都是来"瞻仰国王的'大出丧'"，"百姓都跪下去""几个义民很忠愤，咽着泪"，此外，还在看王后和王妃。这是百姓的"看"。国王的丧礼难得一见，自然要好好看一看；王后和王妃深居宫中，难得一见，更要逮着机会好好看看。

　　于是在"看"的过程中，国王的丧礼本身的严肃性、庄重性被消解掉了，而眉间尺、黑色人复仇事业的神圣性、悲壮性也不可能被他们认可，一并被消解掉了。一切都成了表演，一切都是可供观看的"戏"，他们不管国王的死活，也不可能顾及黑色人、眉间尺的悲壮，有戏可看最为重要，于是大出丧就成了大狂欢。

　　对这两处集中描写的"看客"形象做一个总结：

　　从称呼上来说：男人们、女人们、人们、前面的人们、干瘪脸的少年、闲人们、敌人、看的人、满城、百姓……，称呼上的模糊化，实际上指明的是这群看客的多，是无所不在而面目模糊的；从典型动作来看：呆站着，伸长脖子，跪，伏，爬，看……，动作反映出来的实际上是他们精神的低矮，是麻木空虚无聊，是他们屈从权势，是他们想看戏而且在做戏，是他们深入骨髓的奴性。

　　我们会发现，看客在乎的不是什么事，也不是事件的影响和意义，不管是令人哀痛的出殡，还是充满正义悲壮的复仇事业，看客们都不在乎，他们只是借此消解自己的空虚无聊，给无味的生活加一点佐料。在"看/被看"中一切的意义都被消解，天地、人间、社会都成了他们的戏台子，正所谓"天地大戏场"。

国王的头和两个逆贼的头、复仇者和仇敌的头一起合葬本身就很荒诞，复仇的悲壮感和出丧的哀戚感一点点地被消解掉。而在结尾处竟然出现了"此后是王后和许多王妃的车。百姓看她们，她们也看百姓，但哭着"的奇特景象，在"你看我、我看你"中，出丧、葬礼，连同复仇者和仇敌一起都被遗忘掉了，此时上演的只是活人的戏，因为活着的人太寂寞了，需要有一点无聊中的噱头，聊以打发光阴。这无主名无意识的看客团，就是鲁迅所说的"无物之阵"，你要复仇，你要启蒙，你想做点什么，但是仇敌呢？你的启蒙对象呢？找不到，中国就是一个大戏台。"群众，——尤其是中国的，——永远是戏剧的看客……"①

五、复仇及之后

大多数时候，复仇是以失败告终的，甚至你担当了黑色人的角色，有时候还得不到眉间尺的理解、遭到四方看客的嘲笑。但鲁迅仍然不愿放弃复仇。在《野草》的《复仇》与《复仇之二》里，对于想要鉴赏的群众，"他以'拒绝表演'报复那些无聊的'看客'，并且反过来'看'看客们的'无聊'，'以死人的眼光'，赏鉴他们的'乾枯，无血的大戮'，而沉浸于'复仇'的'生命'的飞扬的极致的大欢喜中"②。无聊的看客们组成了一个方阵，你找不到它在哪里，但是一定存在着，这就是"无物之阵"，鲁迅简直是在对"无物之阵"复仇了。当然这样的斗争是会失败的，然而"在他看来，复仇者尽管失败，但其生命的自我牺牲要比

---

① 鲁迅. 鲁迅全集：编年版：第 2 卷 [M]. 北京：人民文学出版社，2014：363.
② 钱理群. 试论鲁迅小说中的"复仇"主题：从《孤独者》到《铸剑》[J]. 鲁迅研究月刊，1995（10）：35.

苟活者的偷生有价值得多。但即使如此，鲁迅仍然用了犀利的怀疑的眼光，将复仇面对无物之阵必然的失败，无效，无意义揭示给人们看，任何时候他都要正视真相，绝不自欺欺人"①。"真的猛士，敢于直面惨淡的人生，敢于正视淋漓的鲜血。"失败了，仍然是战士，战士永远是战士，而苍蝇永远只可能是苍蝇。

鲁迅就是一直如此的怀疑，不轻易下结论。还记得他在《〈呐喊〉自序》中和金心异②关于"铁屋子"的争论，他一方面怀疑毁坏"铁屋子"的希望，另一方面也说："然而说到希望，却是不能抹杀的，因为希望是在于将来，决不能以我之必无的证明，来折服了他之所谓可有……"也许这就是鲁迅的可贵之处。他不能包治百病，但是会尽其能揭示真相，"揭出病苦，引起疗救的注意"③。鲁迅高于常人的地方也许就在这里，给你看人生的真相，但是他也不会完全抹杀掉人生的意义：是不是最后是失败就停止战斗了？不是，人生不止，奋斗不止。

我们再回到小说。复仇一定是好的吗？复仇在一定历史限度里是成立的，一旦超越了其历史限度就会是灾难性的。所以我觉得鲁迅在小说中探讨的只是我们某些人生命中的特定事件，阐释的却是每个人都会遭遇的人生困境，这里"复仇"就可以置换成责任、使命这样的词。在我们的生命历程中，或多或少都会遭遇这样的人生困境：必须去完成而又无力去完成。这样的时候我们就会希望"黑色人"的出现，帮助我们摆脱困境。在生命中的某一段路上，我们都会是"眉间尺"，是生活的弱者，都在生命中体会自身的孱弱和无力。

那么面对如眉间尺遇到的一样的困境，我们只能屈服吗？鲁迅告诉我们并不是。1926 年在《〈穷人〉小引》中他说："凡是人的灵魂的伟大的审问者，同时也一定是伟大的犯人。审问者在堂上举劾着他的

---

① 钱理群. 试论鲁迅小说中的"复仇"主题：从《孤独者》到《铸剑》[J]. 鲁迅研究月刊，1995（10）：35.

② 即钱玄同。——编辑注

③ 鲁迅. 鲁迅全集：编年版：第7卷[M]. 北京：人民文学出版社，2014：83.

恶，犯人在阶下陈述他自己的善； 审问者在灵魂中揭发污秽，犯人在所揭发的污秽中阐明那埋藏的光耀。这样，就显示出灵魂的深。"①掘着灵魂的深处，尽管受了精神的苦刑与创伤，但能从这得伤、养伤和愈合的过程中，得到痛苦的涤除，从而走上了苏生的路。正是有了这种灵魂的拷问，才能使人获得精神的新生。在生命困境面前，敢于直面，敢于正视，这是鲁迅的回答，更是对我们今人的启示。

　　除了在内容思想上鲁迅做出杰出的开掘外，复仇之后的部分在写法上也极为高明。小说写到第三部分，复仇就算完成了，而小说似乎也可以结束了，但是鲁迅却继续在进行探索。所以，与其说《铸剑》是一个复仇的故事，不如看成是鲁迅对于复仇的形而上思考，他不仅在思考"复仇"本身，更在考虑即使复仇成功后，其意义的指向。他还是其一贯的思维，总是爱问："之后呢？"《娜拉走后怎样》如此，《铸剑》也如此，复仇之后呢？

　　鲁迅要展示出眉间尺、黑色人与王同归于尽后，王后大臣们会怎么办？这三头合葬又该是怎样一幅图景？ 无论是商议如何处置三颗人头，还是三头出殡的场面，都是"闹剧"。那鲁迅为什么要写这一部分呢？闹剧岂不是对复仇悲壮性、崇高性的消解吗？严家炎对此做了精彩的阐述："《铸剑》不但写出了发生在宫中的这场惊心动魄、既荒诞又庄严的复仇正剧，还写了血仇得报以后宫廷内外延续下来的一场无可奈何的殡葬闹剧，使小说节奏从连续搏斗的紧张气氛得到调节，转向松弛，并在调侃嘲弄声中作结，尽情尽兴地表现了作者鲁迅独特的审美旨趣。"②

　　至此，我们才知道为什么鲁迅要加上"看客"这一群像以及"复仇之后"充满调侃滑稽意味的结尾：既是对专制暴君进一步的鞭笞和嘲弄，同时也是把批判之剑指向看客这一群像，向所有愚弱而又卑贱

① 鲁迅. 鲁迅全集：编年版：第 4 卷 [M]. 北京：人民文学出版社，2014：196.
② 温儒敏，姜涛. 北大文学讲堂 [M]. 北京：中央编译出版社，2005：16.

的现实中的人们挑战。与此同时，他还对"黑色人"式的人物给予了清醒的自嘲。

如黑色人般，因为清醒，所以绝望；因为绝望，于是自问：走向何方呢？

1925 年 4 月 11 日鲁迅在致赵其文的信中说："虽然明知前路是坟而偏要走，就是反抗绝望，因为我以为绝望而反抗者难，比因希望而战斗者更勇猛，更悲壮。"①

黑色人是清醒者，绝望者，反抗者；

鲁迅也是清醒者，绝望者，反抗者。

---

① 鲁迅. 鲁迅全集: 编年版: 第 3 卷 [M]. 北京: 人民文学出版社, 2014: 490-491.

拓展阅读

① 鲁迅：《复仇》，选自《鲁迅全集（编年版）》，人民文学出版社，2014 年。

② 鲁迅：《女吊》，选自《鲁迅全集（编年版）》，人民文学出版社，2014 年。

③ 鲁迅：《娜拉走后怎样》，选自《鲁迅全集（编年版）》，人民文学出版社，2014 年。

④ 钱理群：《诡奇、荒诞的背后：鲁迅的另一类小说》，选自《解读语文》，福建人民出版社，2017 年。

⑤ 孙绍振：《荒诞而庄严的颂歌》，选自《解读语文》，福建人民出版社，2017 年。

思考题

1. 比较鲁迅小说《药》《阿 Q 正传》中的"看客"与本文中的"看客"，有哪些相同之处？

2. 小说题目从"眉间尺"改为"铸剑"，你认为有哪些原因？

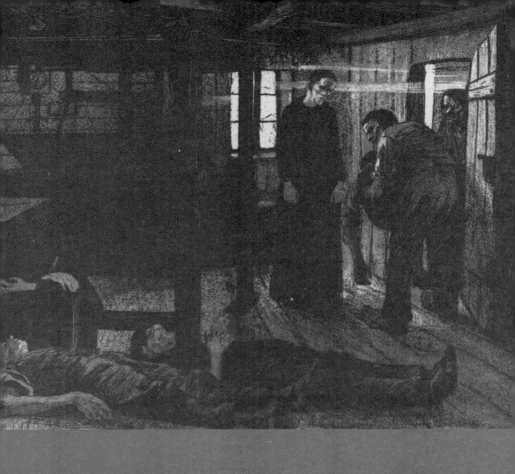

珂勒惠支：收场
铜版画
24cmx30cm
1898 年

第十五讲

希望是在于『他们』：《呐喊》中的『知识分子』

改变中国，不仅要改变他们贫困的现状，

更要帮助他们拿掉"因袭的负荷"，

而这样的任务必须落在知识分子身上。

知识分子必须"敢于直面惨淡的人生，敢于正视淋漓的鲜血"。

"知识分子"是鲁迅在《呐喊》中极力塑造和开掘的一类人物形象，他们或是落后思想的卫道士，或是接受了新思想的启蒙者，或是在"新"与"旧"思想之间经历痛苦的挣扎，他们的精神现状，他们的命运走向，寄予着鲁迅对于中国、未来的看法。

一、旧时代的背影：守旧的"知识分子"

　　孔乙己和陈士成都属于旧式的知识分子，是科举制度的遵从者和守护者，也都是科举制度的失败者。《孔乙己》着重写周围人如何看待孔乙己，而《白光》重在写陈士成的内心世界。

　　因为两篇小说所要表现的重点并不相同，所以在小说叙事的视角上也有区别：《孔乙己》是借用咸亨酒店小伙计的视角来写；《白光》则是从陈士成的角度出发。前者是隐含作者（小伙计）在旁观主角（孔乙己），在叙述孔乙己的故事；后者则是从主角陈士成的视点出发，讲他的故事。《孔乙己》考察的是周围人对孔乙己的态度，所以场景设置在咸亨酒店，一个三教九流混杂的地方，是开放性的所在；《白光》因为重在凸显人物的内心活动，所以场景选择在他独居的家，是封闭性的空间。

　　任何一个人，在社会中生存，既要指向自我内心，也要观照他人。所以，既要有自己的内心世界，也要看周围人的态度。如果把这两篇小说合起来看，大约就可以窥探出那个时代落第知识分子的处境。孔乙己出场的时候，早就失意于科场，连抄书的营生也被他自己弄丢了，只能靠偷勉强维持生计。小说中，他不再参与科举考试，他的"学问"不过被他自己当作了彰显与众不同的身份的工具：既不能混入穿长衫者中间，也不愿成为短衣帮，那一件常年不洗的破长衫，是他身份的特征。此外，他的"学问"就是用来教小伙计"茴"字的四种写法以及被众人调侃嘲笑：旁人便又问道，"孔乙己，你当真认识字么？"孔乙己看着问他的人，显出不屑置辩的神气。他们便接着说道，"你怎的连半个秀才也捞不到呢？"

而陈士成出场的时候，正是他刚刚看完了县考的红榜，他来得早，一直看到人群散尽，也没有找到自己的名字。于是在初冬傍晚的凉风中，他那斑白的短发在太阳中愈加显眼，他的脸色"越加变成灰白""红肿的两眼""发出古怪的闪光"。一"白"一"红"，形成强烈的对照，所有的好事都是别人的，陈士成什么也没有捞上。之前他在脑海中幻想了无数遍的"前程"：

> 隽了秀才，上省去乡试，一径联捷上去，……绅士们既然千方百计的来攀亲，人们又都像看见神明似的敬畏，深悔先前的轻薄，发昏，……赶走了租住在自己破宅门里的杂姓——那是不劳说赶，自己就搬的，——屋宇全新了，门口是旗竿和扁额，……要清高可以做京官，否则不如谋外放。

按照陈士成自己的话来说："这回又完了！"

什么是"又"？陈士成屈指计算，自己一共考了十六回。十六回意味着什么？按照明朝确立的乡试规定，一般来说每三年一次，十六回也就意味着可能是四十八年，怪不得陈士成已经满头白发。当然这其中可能会有加试等情况，但大致能推测，陈士成应该已经五六十岁了。一生科考，孜孜以求，到头来毫无所获。他在小说中重复说"这回又完了"也是现实和心境使然。

> 寓在这里的杂姓是知道老例的，凡遇到县考的年头，看见发榜后的这样的眼光，不如及早关了门，不要多管事。最先就绝了人声，接着是陆续的熄了灯火，独有月亮，却缓缓的出现在寒夜的空中。

这就为陈士成陷入到幻觉当中提供了外在环境。他没有亲人，租户也都按照老例及早关门，不愿意多管闲事。他的满腔郁闷，无处可以倾诉，他只能自己排解。既然科举考试无法改变现状，在四面寂静之中，他把希望寄托在祖母给他讲的一个谜语当中：原来陈士成的祖上是巨富，所住的房子是祖基，祖基埋着无数的银子。而留下的谜语，则是挖到银子的线索。

那陈士成是个什么人？落第的考生。但是他有祖居的老屋，有租客，而且还有七个学生。也就是说，陈士成有自己的产业，有自己的营生，他是能够养活自己的，他是可以过上正常人的生活的。而孔乙己呢？小说《孔乙己》中并没有交代他是否有祖业，大约是没有的。他把抄书的营生弄没了，又因为偷被打折了腿，一直欠着咸亨酒店的酒钱。只有很少的时候才能要一小碟茴香豆，就着酒吃。

孔乙己的物质条件比之于陈士成差得远。在外人的眼中，孔乙己是笑料，只要他到咸亨酒店，"店内外充满快活的空气"，他是最弱小者，所有人都可以欺侮、嘲笑他。而陈士成落第回家，租客都早早地关门，不愿意多事。二者所遭遇的外在环境也不相同。

"大约孔乙己的确已经死了。"孔乙己被打折了双腿，没有职业，到哪里都被人嘲笑，他能活多长时间呢？孔乙己的死，与物质的匮乏，与众人精神上对其的威压伤害，与他自己的好吃懒做都有关系。

而陈士成呢？"那是一个男尸，五十多岁，'身中面白无须'，浑身也没有什么衣裤。或者说这就是陈士成。"陈士成追逐着白光，一路从家追到万流湖，最后可能落水而死，被人剥去了所有的衣服。陈士成的死是因为精神上受了强烈的刺激，他无法抑制自己的幻觉。对于陈士成来说，科场中举，是其人生的最大追求。只有实现了这个追求，要什么就有什么，个体的生命价值才算实现了。可是偏偏他考了一生，都是失败而归，压抑在其内心的情绪总需要排解，陈士成的排解方式就是去寻找白光，然后挖祖上埋下的银子。可不可以这样理解：陈士成的科举梦和祖上留下来的白银梦，到底就是一个梦。科举也是祖上留下来的基业，实现科举梦其实就是实现了白银梦。然而落榜了，梦醒了无路可走，于是陈士成疯了。

陈士成落第后的精神状态，使人想起《范进中举》。范进中举后，疯了；陈士成落第后，也疯了。范进多年科考，陈士成也是多年科考。科举之梦是他们一辈子唯一的精神追求，实现了就是范进，落第了就是陈士成。

陈士成死后，"邻居懒得去看，也并无尸亲认领，于是经县委员相验之后，便由地保抬埋了"。孔乙己和陈士成都遭遇过人世的凉薄，都追求过相同的梦，都经历了梦的破灭。他们是这个世界上毫不重要的存在，没有人惦念，默默地活，默默地死。

相较于《孔乙己》，《白光》对科举考试的诅咒和批判更为强烈；对旧时代知识分子的精神世界的挖掘更为丰富深入。而《孔乙己》则将批判的对象关涉得更为广泛：当旧时代知识分子的个体价值失落后，社会上的人们如何对待他？从而刻画出社会人的精神现状，揭示出国民的劣根性，引人深思。《白光》更多是描画特定的一群人，而《孔乙己》则可能关乎每一个读者。

孔乙己是旧时代知识分子中混得最为落魄的，所以他特殊，甚至成为被侮辱被损害者欺侮损害的对象。陈士成是旧时代知识分子中的典型，毕竟能够受教育，能够参加科考，大多是有祖业，在当地也算中上人家，只是他一生未中第，最后疯掉死了。

再来看另一类旧时代的读书人：《风波》中的赵七爷、《阿Q正传》中的赵太爷。无论时世怎么变化，他们都是"特权阶级"。赵七爷因为"有十多本金圣叹批评的《三国志》，时常坐着一个字一个字的读；他不但能说出五虎将姓名，甚而至于还知道黄忠表字汉升和马超表字孟起"，于是方圆三十里以内，赵七爷是唯一的出色人物兼学问家。而赵太爷是未庄有钱有势的人家，在未庄人心里"赵太爷是不会错的"，儿子还中了秀才，他霸道到不允许阿Q姓赵："你怎么会姓赵！——你那里配姓赵！"

在这四个旧时代的知识分子中，孔乙己和陈士成属于一类，是深受科举制度所害；赵七爷和赵太爷属于一类，他们某种程度上得益于科举，他们认识字，考中过秀才，所以拥有了在愚昧落后的乡土世界里的话语权，是受人尊敬的人物。赵七爷和赵太爷因为获益，努力维护科举，维护封建思想，是可以理解的；但是孔乙己和陈士成因为死守封建思想，要么穷死，要么疯掉死了，却还依然把封建思想作为人生信仰，这就揭示出科举和封建思想的可怕之处：无论你获益还是受害，你都忠于它。孔乙己、陈士成们死守了不该死守的东西，把腐朽落后的思想当作了信仰，越是忠诚，其结果就越是悲惨。对旧时代知识分子，我们既同情其悲惨境地，也愤怒其不争；既看到他们的可怜，更看到他们的可恨。

而赵七爷、后来"革命"了的赵太爷和他的儿子赵秀才，倒是能够"变通"。鲁迅在1936年2月15日致阮善先的信中说："自己一面点电灯，坐火车，吃西餐，一面却骂科学，讲国粹，确是所谓'士大夫'的坏处。印度的甘地是反英的，他不但不用英国货，连生起病来，也不用英国药，这才是'言行一致'。但中国的读书人，却往往只讲空话，以自示其不凡了。"[①] 对赵七爷、赵太爷、赵秀才等人而言，"变通不变通"只是依据于是否对自己有利。

二、新时代的"弄潮儿"：现代知识分子

《狂人日记》中的狂人，《药》中的夏瑜，《一件小事》中的"我"，《头发的故事》中的N先生，《故乡》中的"我"，《端午节》中的方玄绰，都属于接受了新思想的知识分子。

狂人从中国历史上发现了"吃人"，进而发觉周围的人在"吃人"，

---

① 鲁迅. 鲁迅全集: 编年版: 第10卷 [M]. 北京: 人民文学出版社, 2014: 185.

自己的亲大哥在"吃人"，最后连自己也在"吃人"的行列中，于是发出"救救孩子"的呐喊。狂人之"狂"是针对周围人而言，他的发现和反省、他对封建社会的揭露是周围人所不能做到的，所以他被周围人误解，甚至他的大哥直接称呼他为"疯子"。狂人试图自救，试图劝解他的大哥，然而他最终回归到周围人之中，"赴某地候补矣"。"至于书名，则本人愈后所题。"他当初的两册日记，被自己取名为《狂人日记》。狂人不再狂，于是称呼为"本人"，回归到正常的世俗社会中。狂人发现了"吃人"的历史，然而他自己最后也被周围的人"吃掉"。他曾经精神上觉醒过，后来则精神被同化。

夏瑜在小说《药》中几乎没有正面出场，鲁迅只是借助于康大叔的讲述，转引了夏瑜在监狱中对阿义说的一句话："这大清的天下是我们大家的"。就这一句话，夏瑜的身份、思想就可以推知。他是觉醒者，也是行动者。他是徐锡麟、秋瑾一类的人物，把唤醒国人的使命扛在自己的肩上，以实实在在的行为革命。但结果是夏瑜被杀，成了华家治愈肺痨病的药。夏瑜想给当时愚弱的国民、落后的中国开一剂药方，荒谬的是他自己却被当作了治疗肺痨病的"人血馒头"。夏瑜的呐喊、行动都是失败的，因为当时民众太愚昧，当所有人都不理解革命者的行为的时候，他们的革命行为注定会失败。《药》写出了革命者的悲凉和寂寞——他们为了民众的幸福拼却性命，却在生前死后为民众误解诟骂。

还有《长明灯》中的"他"，也被吉光屯的人视为疯子。在鲁迅的小说中，革命者似乎都被民众视为疯子。所谓"疯子"，其实就是思想和行为不轨于众人，是民众对不合己者的称呼。革命者的思想和行为往往超出他们的理解范围，于是只能冠之以"疯子"的名号。一则是他们精神愚昧无知的明证；二则也是唾之杀之师出有名。

而N先生和方玄绰都是受过新式教育的知识分子，他们所处的时代背景和"狂人"、夏瑜等已经有了变化。N先生目睹"双十节"被民众遗忘，于是耿耿于怀，牢骚满腹，他沉痛地发现"革命"之前怎么样，

"革命"之后改变并不大，甚至可能和革命前一样。中国太难改变了，而且连流血牺牲的英雄也一同在人们的记忆中被忘却。

毕竟N先生还在愤愤不平，还在记忆，并且反省自己。而方玄绰一出场就是凡事都"差不多"，胡适先生写过一篇文章《差不多先生》。什么叫"差不多"？其实就是马虎、凑合，就是安于现状，不是很大的鞭子打在身上绝不肯动弹。方玄绰并不是一开始就如此。他看见老辈威压青年，在先是要愤愤的；看见兵士打车夫，在先也要愤愤的……然而他究竟认识到："这不过是他的一种新不平；虽说不平，又只是他的一种安分的空论。他自己虽然不知道是因为懒，还是因为无用，总之觉得是一个不肯运动，十分安分守己的人。"

方玄绰有愤愤不平，有自我的反省，但为什么他会在不平之后找到安慰自己的借口？为什么他在同事们索薪的时候袖手旁观呢？原来"只要地位还不至于动摇，他决不开一开口"。他只想做一个安分守己的人，"他既已表同情于教员的索薪，自然也赞成同寮的索俸，然而他仍然安坐在衙门中，照例的并不一同去讨债"。方玄绰原来不是同事们以为的"孤高"，不过是"没本领"，到底就是"不敢"。接受了新思想的知识分子，在一地鸡毛的琐碎之中，还能做一个有理想有抱负的人吗？在生计面前，知识分子还能葆有自己一贯的独立性吗？为官无法度日，只好去兼课，兼课又拿不到薪水，方玄绰连家人都养不活的时候，他还能够坚持他一贯的精神追求吗？一个人拖累太多，顾及的也就会太多，相应地其行动也会变得犹疑迟缓。方玄绰即是此类。

但是，方玄绰在自己精神失守之后，竟然还为自己找到了借口，那就是"差不多"。反抗与不反抗差不多，有没有精神独立性差不多。心中的不平很快在一瓶莲花白佐两个小菜中遁逃得无影无踪。"差不多"是方玄绰为自己找到的"精神胜利法"，借此他可以心安理得。可是在差不多主义中，黑白是非曲直，是不是就统统没有了差别呢？

1935年10月鲁迅给萧军、萧红的信中有这样一段感慨："我看中国有许多智识分子，嘴里用各种学说和道理，来粉饰自己的行为，其实却只顾自己一个的便利与舒服……"① 方玄绰即是如此，是鲁迅塑造的一个接受了新思想，但是在庸常的生活里丧失了行动继而丧失了新思想的知识分子。

鲁迅在《娜拉走后怎样》中探讨娜拉的出路："可是走了以后，有时却也免不掉堕落或回来。"② 在没有取得经济权的时代，娜拉只能如此；而在知识分子无法养活家人的情况下，他们是不是也面临着方玄绰一样的选择？困苦的生活，对一个人究竟会造成什么样的影响？

《故乡》里的闰土在辛苦麻木地生活，杨二嫂在辛苦恣睢地生活，而"我"则是辛苦辗转地生活。但"我们"的生活都足够辛苦，"我们"的眼睛就只能盯着如何去解决生活的辛苦，即使是接受过新思想的"我"也是如此。又哪里有时间去发展自己，在精神上有所追求呢？《故乡》中的"我"，在母亲和宏儿睡了以后，自己一个人听着潺潺的流水，一面思考社会问题。"我"到底还是愿意解决问题的，所以尽管"我"对辛苦的生活本身很绝望，但是"我"依然发出了呐喊："希望是本无所谓有，无所谓无的。这正如地上的路；其实地上本没有路，走的人多了，也便成了路。"

《一件小事》中的"我"，以怀疑的眼光看待老妇人的摔倒，而车夫则以他的行为教育了"我"。于是"我"进行了深刻的反省。鲁迅在《论睁了眼看》中说："中国的文人，对于人生，——至少是对于社会现象，向来就多没有正视的勇气。"③《一件小事》中的"我"是稀有者，因为敢于"正视"。

① 鲁迅. 鲁迅全集：编年版：第9卷 [M]. 北京：人民文学出版社，2014：425-426.
② 鲁迅. 鲁迅全集：编年版：第2卷 [M]. 北京：人民文学出版社，2014：360.
③ 鲁迅. 鲁迅全集：编年版：第3卷 [M]. 北京：人民文学出版社，2014：343.

三、希望是在于"知识分子"

从狂人的呐喊、夏瑜的舍生取义，到 N 先生的愤怒、方玄绰的"差不多"，再到"我"的自省和希望，大致呈现出接受了新思想的知识分子的不同命运走向。早期革命者因为其所面对的敌人太过强大，而己方太过弱小，所以他们的行为往往勇猛，但结果悲壮惨烈，这是狂人和夏瑜的人生选择。当先觉者的血已经浸渍了一部分人的心灵，当社会已经有所改善，知识分子不再是"先觉者"的时候，他们就会逐渐产生分化：N 先生愤怒，方玄绰变得犬儒。然而，使方玄绰堕落的"敌人"在哪里？很难寻找，似乎陷入到"无物之阵"。在一点一点的鸡毛蒜皮里，人的热情、信仰会逐渐被消耗殆尽，最终泯然众人。当外在的形势发生了改变，知识分子的使命也相应地发生了改变，知识分子该如何选择？《故乡》中的"我"，《一件小事》中的"我"，都属于具有强烈反思精神的知识分子，因为反思，才可能完成自我思想和行为的调试、矫正，也才能够保证思想和行为的一致。

鲁迅所生活的年代，正是中国遭遇大变革的时代。而《呐喊》自 1918 年 4 月《狂人日记》开始，到 1922 年 12 月 3 日《〈呐喊〉自序》的完成，14 篇小说塑造了很多经典的人物形象，比如杨二嫂、闰土、七斤、单四嫂子、阿 Q 等。他们是广阔乡土上挣扎的底层民众，像蝼蚁一样，卑微而且辛劳。他们是鲁迅形容为"哀其不幸，怒其不争"的代表，是麻木愚昧难以自救的无数人。在广大的中国社会，他们是最为庞大的一群人，他们构成这个社会的基础。鲁迅在《俄文译本〈阿 Q 正传〉序及著者自叙传略》中揭示："至于百姓，却就默默的生长，萎黄，枯死了，像压在大石底下的草一样，已经有四千年！"[1]

所以，改变中国，不仅要改变他们贫困的现状，更要帮助他们拿

---

[1] 鲁迅. 鲁迅全集：编年版：第 3 卷 [M]. 北京：人民文学出版社，2014：286.

掉"因袭的负荷",而这样的任务必须落在知识分子身上。

因此在《呐喊》的 14 篇小说中,出现了众多的知识分子形象:狂人、夏瑜、孔乙己、陈士成、赵七爷、赵秀才、假洋鬼子、"我"……这些人物形象共同展示了民国那个特定时代知识分子的样貌和精神状态。在一个新旧交错的时代,知识分子身上有抹之不去的旧学传统,也有欧风美雨的浸润,势必形成知识分子不同的群体。于是在小说中就表现了守旧的孔乙己、陈士成、赵七爷等,也有接受了先进思想的革命者:狂人、夏瑜以及"我"等。应该说,《呐喊》中的知识分子形象展现的是特定时代下的特殊面貌,是社会中个体知识分子的纠结和命运走向。他们有挣扎,有血泪的抛洒,有为信仰而死,有让步……恰如鲁迅形容《新青年》同人的"散伙":"有的高升,有的退隐,有的前进"①。当我们以一种人物长廊的方式将"知识分子"排列在一起的时候,他们的"知识",他们的选择,他们的性格,他们的命运……就都比对出来了。所以,在《呐喊》中,鲁迅不仅在思考底层民众物质和精神困境的问题,也在思考知识分子物质和精神选择的问题,而更其重要的是鲁迅还在思考群众和"知识分子"的关系问题。

先觉者与群众,旧学的落魄者与群众,旧学的得利者与群众……还有"知识分子"内部的关系问题。鲁迅一直在以彼此观照的方式写他笔下的人物,他很少单一呈现,而是把人物置放在与他者关系的情境中去考察。通过一层一层人物间彼此关系的梳理,最后呈现出来的就是整个社会的样貌。

他 1908 年发表的《文化偏至论》中提出"首在立人,人立而后凡事举",所立的人应该是"尊个性而张精神"②,这是鲁迅对于社会人的期待;而写于 1927 年的《关于知识阶级》一文中他则指出:"真的知识

---

① 鲁迅. 鲁迅全集:编年版:第 6 卷 [M]. 北京:人民文学出版社,2014:819.
② 鲁迅. 鲁迅全集:编年版:第 1 卷 [M]. 北京:人民文学出版社,2014:139.

阶级是不顾利害的，如想到种种利害，就是假的，冒充的知识阶级。"①
真的知识阶级"对于社会永不会满意的，所感受的永远是痛苦，所看到
的永远是缺点，他们预备着将来的牺牲"。②

知识分子是一般民众思想的引领者，他们的思想和行为对于社会
的进步有重大意义。

群众愚昧，所以需要知识分子的启蒙，而知识分子必须"敢于直
面惨淡的人生，敢于正视淋漓的鲜血"，而且这些知识分子必须对其所
改造的社会，对其所启蒙的人群"有研究，能思索，有决断，而且有毅
力。他也用权，却不是骗人，他利导，却并非迎合。他不看轻自己，以
为是大家的戏子，也不看轻别人，当作自己的喽罗。他只是大众中的一
个人，我想，这才可以做大众的事业"③。

① 鲁迅. 鲁迅全集: 编年版: 第 4 卷 [M]. 北京: 人民文学出版社, 2014: 265-266.
② 鲁迅. 鲁迅全集: 编年版: 第 5 卷 [M]. 北京: 人民文学出版社, 2014: 266.
③ 鲁迅. 鲁迅全集: 编年版: 第 8 卷 [M]. 北京: 人民文学出版社, 2014: 218-219.

① 鲁迅:《文化偏至论》,选自《鲁迅全集（编年版）》,人民文学出版社,2014 年。

② 鲁迅:《关于知识阶级》,选自《鲁迅全集（编年版）》,人民文学出版社,2014 年。

③ 鲁迅:《文艺和政治的歧途》,选自《鲁迅全集（编年版）》,人民文学出版社,2014 年。

思考题

1. 鲁迅在《无花的蔷薇》中说"豫言者,即先觉,每为故国所不容,也每受同时人的迫害,大人物也时常这样。"请结合《呐喊》中知识分子的命运,谈一谈对这句话的理解。

2. "我们从古以来,就有埋头苦干的人,有拼命硬干的人,有为民请命的人,有舍身求法的人,……虽是等于为帝王将相作家谱的所谓'正史',也往往掩不住他们的光耀,这就是中国的脊梁。"出自《中国人失掉自信力了吗》中的这一段话令人振奋,谈一谈你对这句话的感受和理解,写一篇不少于 700 字的文章,文体不限。

出版人　李　东
责任编辑　欧阳国焰
装帧设计　毕梦博
责任校对　贾静芳
责任印制　叶小峰

图书在版编目（ＣＩＰ）数据

细读《呐喊》：大先生的绝望与希望 / 王志彬著
. — 北京：教育科学出版社，2019.10
（名校名著课堂 / 顾之川主编）
ISBN 978-7-5191-1988-1

Ⅰ.①细…　Ⅱ.①王…　Ⅲ.①鲁迅小说—小说研究
Ⅳ.① I210.97

中国版本图书馆 CIP 数据核字（2019）第 212835 号

名校名著课堂
细读《呐喊》：大先生的绝望与希望
XIDU《NAHAN》：DAXIANSHENG DE JUEWANG YU XIWANG

出版发行	教育科学出版社				
社　址	北京·朝阳区安慧北里安园甲 9 号		市场部电话	010-64989009	
邮　编	100101		编辑部电话	010-64989527	
传　真	010-64891796		网　址	http://www.esph.com.cn	
经　销	各地新华书店				
印　刷	中煤（北京）印务有限公司		版　次	2019 年 10 月第 1 版	
开　本	890 毫米×1240 毫米　1/32		印　次	2019 年 10 月第 1 次印刷	
印　张	10.25		定　价	58.00 元	
字　数	251 千				

如有印装质量问题，请到所购图书销售部门联系调换。